Miss deer

[鹿 小 姐 书 系]

予我一生

7号同学 著

江苏凤凰文艺出版社
JIANGSU PHOENIX LITERATURE AND ART PUBLISHING, LTD

图书在版编目（CIP）数据

予我一生 / 7号同学著. --南京：江苏凤凰文艺出版社，2019.11

ISBN 978-7-5594-4144-7

Ⅰ. ①予… Ⅱ. ①7… Ⅲ. ①长篇小说—中国—当代 Ⅳ. ①I247.5

中国版本图书馆CIP数据核字（2019）第233743号

予我一生

7号同学 著

责任编辑	丁小卉
特约编辑	张 靓
装帧设计	周 丽 李映龙
责任印制	刘 巍
出版发行	江苏凤凰文艺出版社
出版社地址	南京市中央路165号，邮编：210009
出版社网址	http://www.jswenyi.com
印 刷	长沙鸿发印务实业有限公司
开 本	880mm × 1230mm 1/32
字 数	250千字
印 张	9
版 次	2019年11月第1版 2019年11月第1次印刷
书 号	ISBN 978-7-5594-4144-7
定 价	36.80元

我愿予你我的全部，包括生命。

目录

Chapter 01 · 逆风者 001
Chapter 02 · 凡人歌 034
Chapter 03 · 声声慢 065
Chapter 04 · 遥远岛 099
Chapter 05 · 梦里花 134
Chapter 06 · 爱与罪 170
Chapter 07 · 凛冬至 206
Chapter 08 · 归来迟 237

Extra · 深海火焰 266

Chapter 01

逆风者

每一次平淡无奇的相遇，都有可能成为这一生最难忘的回忆。

比如那一天，你逆风而来。

[1]

许多事在发生之前，都是有征兆的。

只是往往无人在意。

那一天，南泽下了很大的雨。

姜槐从影视基地离开的时候，天黑漆漆的一片，沉沉地压了下来。

拍摄时间比预定的整整延长了两个小时，她赶时间，跑得急，又没有带伞，经过绿化带的时候，不小心被绊了一跤。她自己从水坑里站起来，身上的泥水直往下淌。

影视基地在城郊，远离闹市区，本就打车难，姜槐好不容易用打车软件打到车，司机到了约定地点，一看到她狼狈污脏的模样，摇摇头，直接将订单取消了。

姜槐还未来得及投诉，又被甩了满脸的泥水。

最后，还是一个过路的货车司机看她可怜，让她搭乘了回去的顺风车。她坐在货仓里，与满车的海鲜面面相觑。

饶是如此，她紧赶慢赶，还是错过了诉讼时间。

姜槐下了车，向货车司机道完谢，一瘸一拐地跑到法院，还未进大门，已经看见站在门口的姜山。虽瞧不见父亲的表情，但姜槐隐隐觉得事情可能没有预想中那般顺利。

果然她一走近，姜山面上的沉重一览无余。

“爸，怎么样了？”

“阿槐，你的脚怎么了？”

两人几乎同时开口。

姜槐不善撒谎，面对姜山关切的目光，只含糊道：“我不小心摔了一跤。”她关心的是另一件事，“判决结果如何？”

姜山果然被转移了注意力，叹了一口气：“武馆要赔偿五十万。”

姜槐以为自己听错了：“五十万？”这笔钱对他们来说，称得上是巨款了，他们怎么可能拿得出？

姜槐的震惊被姜山看在眼里，他怕她担忧，只是无奈地摇了摇头：“你别担心，我会解决。”

他的身材敦厚结实，又常年练武，年过六十还是十分健壮，姜槐一直觉得他像一座山。这会儿，他垂着头，一副疲惫的模样，看得姜槐心里一紧，觉得父亲不知从何时开始不知不觉地变老了。

“这关我们什么事？”姜槐咬着牙，抹了一把脸上的水，十分委屈和愤怒，“明明不是我们的责任！”她连尾音都带着颤意。

“他们请了一个了不得的律师。”姜山现在想起法庭上那人的质问，依旧觉得冷汗涔涔。那坚定的、冰冷的目光落在他脸上，让他甚至犹豫起来，难道真是自己的错？

姜槐沉默地站在一旁听着，脸上是隐忍的怒意，牙关越咬越紧。

姜山拍拍她的肩膀，想让她回家再说，却看见远处一个模糊的黑色身影：“那就是对方的律师。”

姜槐刚为姜山撑开伞，想了想，迅速将伞塞到了父亲手中：“爸，你等等我。”

姜山还未反应过来，她已经冲进了雨中，朝着那人的方向奔去，顾不上脚上的疼痛。

姜山早年受过伤，一只脚使不上劲，姜槐的速度极快，他追不上她，喊也喊不住。

这是一个年轻的男人，撑着黑色大伞走在雨里，这么大的雨，他身上却没有沾染半点水滴。

天色昏暗，又逆着光，他的脸隐匿在黑伞的阴影中，不甚清晰，依稀只瞧见他白皙的皮肤和俊秀精致的眉眼。

姜槐原先并不觉得对方高，跑近了才发现这人个头高得很。她并不算矮，可站在他面前还是矮了一截，不只是身高，还有气场。

姜槐忽然闯入，似乎让男人有些惊讶，但他很快顿住了脚步，声音音调并不高，被风一吹，显得有些冷：“有事？”

姜槐头脑一热冲过来，脑中乱糟糟的，也不知道要讲什么好。

对方见她不出声，直接就要越过她。

“等等！”她回头看了一眼父亲慢吞吞走来的身影，直愣愣道，“我是姜山的女儿。”

听到姜山的名字，对方终于停住脚步，却也没说话，像是在等着她的后续，不耐烦显而易见。

“小乖的事情，不是武馆的责任。”她顿了顿，组织语言，正色道，“是他自己下课不愿回家，在武馆玩时受伤的，和我爸无关！”

小乖是武馆的学生，今年才上六年级，三个月前在武馆独自玩耍攀爬时摔伤了右脚，当时姜山第一时间就做了应急处理，并联系了家长要送医院，但家长怕耽误当天晚上的补习拒绝了。

姜山习武多年，受伤是常事。为小乖上药后，姜山千叮万嘱他要去医院检查。结果他的父母以为只是普通扭伤，一拖就是一个月，直到发现他走路不对劲才赶紧送去医院，谁知错过最佳治疗时机，他落下残疾的可能性十分大。

小乖父母后悔莫及，又哭又闹，要姜家武馆对此事负责。

这对武馆来说简直是无妄之灾。姜山为人宽厚，原本已私底下协商好赔偿十万，谁知对方转眼就变卦，将武馆告上了法庭。法庭上，律师舌灿莲花，颠倒是非，俨然将姜山塑造成魔鬼武师，加训和教学不当致学员受伤，而姜家武馆则是唯利是图、暴力教学的黑心武馆。

眼下，助纣为虐的人就站在姜槐面前，轻飘飘地用三个字堵住了姜槐所有的退路。

“证据呢？”

她站在雨中，他站在伞下，隔着雨幕，她从他脸上看见了不耐烦。

“监狱里每个罪犯都说自己是无辜的，没有人会承认自己的罪恶，即便是在法律面前。”

“可我爸不是罪犯！”她猛地提高声音，克制的怒气终于在这一瞬间爆发，“你凭什么说我爸是罪犯？他做错什么了？”

她站在雨中，衣服还在滴滴答答地滴着水，手攥成拳头，因生气微微发着抖。

他站在伞下，在她的质问下扯出一个嘲讽的笑，动了动薄唇，想说什么，又收住，似乎懒得和她多说一句，越过她往停车场的方向走。

姜槐见他要走，想也没想，小跑几步，伸手拉住了他的衣袖。

她刚触碰到他，便被一股蛮横的力道狠狠拂开。她没料到对方反应如此之大，躲闪不及加上脚伤，倒退了两步还是跌坐在地。

这人估计没料到姜槐会突然拉住自己，拂开她仿佛是自然反应。他看着坐在地上的女人，微微抽了抽鼻子，剑眉微微蹙起。

姜槐被他嫌弃的动作弄得局促，一下子忘记从地上起来。她刚刚是与海鲜共乘一车，身上估计沾染了不少味道，且一身的雨水和污秽。

这人盯着自己刚刚被不小心触碰到的手肘，仿佛姜槐携带了传染病毒，压根没打算拉她一把。

“有证据，你就拿出来。对诉讼结果不满意，你就起诉。”

他居高临下，声音不温不火，唯独带上一点厌烦，丢下这两句便扬长而去。

姜槐看着他越来越远的背影，觉得这一天真是糟糕透了。

[2]

姜槐家位于老城区，是一座两层小楼，她与父亲住楼上，楼下开武馆，名字如同招牌一样朴实无华，就叫姜家武馆。

武馆原先生意还不错，生源充足，但随着散打、拳击、空手道等新兴武馆如雨后春笋般冒出，尽管原先已小有名气，只教习中国武术的姜家武馆还是被比了下去。

因此，姜家武馆的学生越来越少。且学费本就低廉，遇到家庭困难的学生，姜山还直接免去学费，这两年，武馆勉勉强强维持着经营，入不敷出已成定局，但无论是姜槐还是父亲，都没有关闭武馆的念头。

谁知道会突然冒出这件事。

眼下法院判决已下，武馆不仅要赔偿大笔金钱，还被要求停业整顿。

没有监控，没有证据，姜槐的确一筹莫展。

从法院回到武馆的两层小楼，姜槐也顾不上时间已晚并且自己浑身湿透，直接打电话咨询本市的律师事务所，结果打了好几个电话，一听到对方律师的名号，电话那头的人纷纷表示不接，反倒劝她：“你们可能不知道单池远是谁，但在我们圈子，他的名气可大得很，这么多年还没见他输过官司。你们这个案子，没什么胜算，还是算了吧，别多赔上律师费和诉讼费！”

姜槐临挂电话前，还听见对方小声地自言自语：“单池远怎么会接这种小官司？”

姜槐将那三个字在脑海中翻来覆去地想，原先的愤怒慢慢消散，这会儿只觉得心情沉重。

这是一个哑巴亏，他们不想吃也得咽下去。

五十万的赔款对姜家父女来说，无疑是天文数字。

姜山坐在沙发上一根接一根地抽着烟，姜槐心里酸涩，只能安慰道：“爸，别急，我再看看有没有什么办法上诉。”

“律师都这么说了，还能怎样？”饶是姜山脾气好，这会儿也带上了一点怒意，“下午你没在场，不知道那个人多么能言善道，死的都说成活的。我被他冷冷地盯着，后背都忍不住冒汗。”姜山叹了一口气，摆摆手，“你先去休息，明天还要上班。”

“我会想到办法的，再不然，我多接一些工作。”她低着头，声音闷闷的，“你别担心。”

“你啊，不过是设计师助理，公司分配给你什么就是什么，还能多接？刚上班，你多注意些，别傻傻得罪了人还不知道。”他的笑容很快淡下去，“钱的事，我再想办法。”

“要不找陆……”

姜槐的话还未说完，姜山的脸色已沉了下来。

姜山说话总是带着三分笑，平时也没什么脾气，但姜槐十分清楚他的底线在哪里。见他面色不快，她只好把剩下两个字咽了回去。

偶尔，她也会觉得父亲有些固执和不可理喻。但这个念头只微微冒了头，便被她狠狠压下去。

他们是这个尘世间彼此唯一的依靠，她是他的所有，他把最好的都给了她。纵然他有些小毛病，也应当被包容。他不喜欢的，她尽量不要做、不要提。

如果无法完全做到呢？那么她就瞒着他好了。说不定有一天，他忽然想通了呢？

雨下了一夜。

第二天清早，姜槐下楼的时候，姜山一如既往在打早拳。

不同寻常的是，学堂里空荡荡的，只有他一个人。

打早拳这个习惯，姜山已经保持了许多年，连带着姜槐和他的学生都养成了这一习惯。早些年武馆生意好的时候，每天早晨，姜槐都是被“喝喝哈哈”的打拳声吵醒的，一下楼，学堂人满为患，起晚的她往往连立足之地都没有。

这两年，武馆生意越来越差，学员越来越少，本就不大的学堂越来越空。前些天，姜槐还在想，会不会慢慢地，学堂就剩下她和姜山两人。

没想到，这么快就噩梦成真了。

看不出姜山什么情绪，他像是什么事都没发生，只关心女儿的脚伤："你韧带拉伤还是要多休息，要不今天别去上班了。"

"没事。"

姜槐自小练武，韧带拉伤于她来讲并非大问题，昨晚做了一整夜冷敷，又上了药、缠上绷带，今天已经没那么疼了。

这份工作来之不易，姜槐当然不可能旷工或者请假，更何况那五十万欠款悬在头顶，她怎么可能休息。

她走到门口，又忍不住回头看了一眼姜山，姜山背对着她在擦汗，晨曦中，他的白发发着光。

这是姜槐加入《歧路》剧组的第五天。

《歧路》讲述的是，能够看见过去的女主角，为了解开父亲死亡真相和富家公子之间发生的爱情故事，因为包含了奇幻、悬疑、动作等热门因素，加上女主角是警校学生，所以有不少动作戏。

姜槐第六次摔落在雨棚上，左脚撕裂般的疼痛越来越明显。

只是姜槐素来能忍，即使疼，她面上也不表露。她大气都没喘，保持着摔落时的姿势，岿然不动，直到导演喊"cut"。

灯光蓦地亮起，明晃晃地打在姜槐的脸上，她慢慢从地上撑起身体，望向坐在摄像机后的导演，没有听到再来一次的要求，终于松了一口气。

今天拍摄的是女主角被绑架后跳窗逃脱的戏份，已经连续NG了五次。

姜槐当然不是女主角，她只是女主角的武替。

此时，饰演女主角的南希就站在导演身后，她穿着和姜槐一样的服饰，但两人气场天差地别，一眼就能看出哪个是正主、哪个是替身。

南希留着一头利落的短发，妆容很淡，嘴边的两个小梨窝看起来十分甜美。她远远地朝姜槐的方向望了过来，声音并不大，但足以让姜槐听见："陈副导说你专业，练了十几年功夫，可我觉得这破窗而出的动作真是难看，像只落跑的鹌鹑。"

陈友是《歧路》的动作指导，这会儿对着比自己女儿年纪还小的南希只能尴尬地讨好赔着笑，实在无法理解为什么她总和姜槐过不去。

武行是一个高风险又辛苦的行业，收入虽然不算低，但经过层层抽水，能到手的并不多。现在的年轻人，特别是年轻女孩，愿意做这一行的已经不多了。姜槐虽入行不久，接的几部戏都只是配角替身，戏份不多，但功底扎实，又吃苦耐劳，基本没得到过负面评价，大家对这个沉默寡言的女孩子都颇有好感，这也是陈友引荐她进组的原因。

没想到南希偏偏不喜欢她，一连几场戏，给出的意见比他这个动作指导还要多。

姜槐是新人，有的动作难免生硬、不够流畅、没有张力，好在女主角方桃的定位是警校新人，这点生涩恰恰与角色相呼应，偏生南希不满意，专业给姜槐挑毛病。昨天的打戏和今日的跳窗，她都蹙着眉表示达不到自己的要求，若不是她前段时间拍戏伤了腰，医生千叮万嘱不可做大动作，这会儿估计要亲自上场。

南希今年不过二十岁，在娱乐圈内已小有名气，自四年前出演电影《回声》被观众熟知，并凭此片拿了几个新人奖后，又挑战了好几个不同类型的角色，凭演技在圈内站稳了脚跟并崭露头角。今年，她更是因文艺爱情电影《周而复始》拿了最佳女演员而声名鹊起，与当前的流量明星形成鲜明对比。

而姜槐不过是一个刚出道的小武替，名不见经传，进组不过五天。除非有动作戏，她会站在一旁观摩，否则拍摄完就回公用休息室，存在感极低，得罪风头正盛的女主角的概率不大。

[3]

此时，姜槐正在休息室给自己上药，门忽然被推开来。

"导演……"

陈友伸手将正要起身的姜槐按回座位："得了，这里没人，不用这样。"

姜槐这才小声喊了一句"陈师叔"，继续往左脚上缠绷带。她怕上镜会穿帮，拍摄的时候拆了绷带，现在整个左脚疼得麻木。她不善在别人面前表露，一直强忍着，但额上已经渗出了汗，后背也湿了一大片。

空气中弥漫的药味，陈友并不陌生，是姜山独家研制、调配的跌打膏，早些年，他也用了不少。

陈友是姜山的师弟，但这几年一个做武术指导，一个开武馆，交集不多，关系越发疏远。倒是姜槐，对这个师叔一如既往地亲近，只是进了剧组怕影响不好，一直喊着“导演”，只有私底下无人的时候才喊师叔。

“你今天怎么好像有心事？”

姜槐原想对师叔和盘托出昨日的事，但抬头看见他关切的眼神，又想起他得尿毒症多年、一直靠着透析强撑着的儿子，摇摇头，说“没有”。

受伤对武行来说是家常便饭，但这会儿看着低头上药的姜槐，陈友还是不免心疼：“你爸要是知道我带你做了武行，估计要打死我。”

姜槐想了想，认真道：“他现在打不过你。”

陈友被噎了一下，不与姜槐讨论这个问题，而是压低声音问她是否私底下得罪了南希。

姜槐一脸茫然：“我就和她说过一次话。”

南希现在如日中天，姜槐虽是武行，置身娱乐圈，却活得封闭，对南希的印象十分肤浅，就两字：漂亮。姜槐进组之后，对南希的印象加深了一些：被众星捧月的南希认真又敬业，最佳女演员实至名归。

姜槐虽是南希的专用武替，但知道自己与她的差距，摆得正自己的位置，老实拍戏，有事没事从不往她跟前凑。

两人唯一的交集，是在三天前。

那天，她刚到片场门口就被拦住了，一个戴着口罩的年轻男人麻烦她将一束鲜花和礼物带给南希：“工作人员不让我进去，我真的很喜欢南希小姐，所以拜托你了。”

姜槐怕麻烦，但不会拒绝别人，况且花和礼物都被塞到她的手中，她只好点点头，将东西送到了南希的专用休息室。

当时南希正在化妆，看到她手中的东西后脸色稍变，只问了一句：“你叫姜槐？”

姜槐看着她标志性的梨窝，点点头，等了好一会儿也没听到她说话，觉得气氛有些尴尬，便夸了一句花好看，然后退出了休息室，还不忘带上门。

结果当天晚上收工，姜槐就在垃圾桶看到了那束花。她倒没有觉得意外，明星们每日收到的礼物数不胜数，总不能都带回家吧。只是想起那个男人诚恳的请求，她还是有些不自在。

姜槐说完，发现陈师叔的神情十分凝重。

“有问题？”

陈友叹了一口气，心想问题可大了去。

片场虽不允许粉丝进入，但偶尔也有几个漏网之鱼来探班偶像。但南希这里，拒绝探班，拒绝鲜花和礼物，她的经纪人蒋瑶和助理严肃申明了几次，但凡有送给南希的礼物，都不能带进片场，原因不明。

世界上终归没有密不透风的墙，同个剧组多多少少都知道一些，大约就是南希有个疯狂粉丝或者说追求者，每日一束花、一份礼物。听起来平淡无奇，哪个女明星没这么一两个忠实粉丝，可问题就出在礼物上。每次南希打开礼物，不是情趣用品就是内衣，好几次还是合成的裸照。

南希不过是一个二十岁的小姑娘，哪里见过这阵仗，最初吓得几日没合眼，赶通告都提心吊胆。但随着时间推移，那人除送东西外，不曾露过脸，也没发生什么可怕的事，她便逐渐放下防备，只是觉得十分恶心和硌硬。

陈友毕竟是姜槐的师叔，也不好和她讲那些龌龊的事，只简单讲了南希有个躲在暗处的变态追求者，以后遇到这种事，一定要拒绝。

姜槐也没想到自己好心办了坏事，再见到南希的时候，不免觉得内疚。

至于南希，她压根没看姜槐一眼，只是该挑刺还是挑刺，该找麻烦还是找麻烦。

没几日，整个剧组都知道南希十分不满意她的武替，但一时间找不到合适人的顶替，只能变着法子刁难对方。

唯独姜槐，不觉得自己被刁难。

南希说她踢腿无力，说她出拳太慢，说她假摔太明显，她仔细琢磨，的确如此。

而姜槐看向南希的目光，不由得带上一点敬佩。

南希被姜槐看得心里发毛，对她的厌恶又多了几分，隐约觉得她这不会看脸色的毛病似乎和某人很是相似。

[4]

姜槐没想到会在影视基地遇见单池远。

当时她正给姜山打电话。《歧路》有场夜戏要拍，她作为一个“设计师助理”，再怎么加班也不可能彻夜未归，只好撒了谎，说最近公司特别忙，她申请了宿舍，太晚就不回去了。

最近，武馆学员跑得一个不剩，偶尔还有人上门要债，姜山担心姜槐受到影响，听到她这样说，反倒松了一口气，叮嘱她注意脚伤。

除了《歧路》，姜槐还接了另一部古装戏，女配角的武替，戏份不多，但是在另一个影视基地，她每天来回奔波，脚伤非但不见好，反而有加重的趋势。

这几日都是打戏，道具组冰袋供不应求，姜槐打完电话，见还没到拍摄时间，便决定去买几根棒棒冰，这脚不冰敷一下，明天怕是走路都成问题。

她从来没有想过休息，既然接了工作，就一定要完成。

就像初中时，她高烧将近四十度，烧得迷迷糊糊，走路摇晃的她还固执地要去上学，因为她答应了同桌，放学后要陪对方去买漫画。

姜槐这人，从来都是死心眼。

况且家中现在还积压着巨额赔款，沉甸甸的，犹如一座压在她背上的山。

姜槐拎着一袋棒棒冰，想着抄小路进片场。

小路寂静无人，只有路灯在北风中摇曳着昏暗的光。姜槐先看见的是裹着大风衣的南希，对方的头发被风吹得有些乱，脸色愠怒，和站在她面前的男人争吵。

那人背对着姜槐，穿着黑色风衣，背影高瘦。

姜槐隐约觉得这个背影有些熟悉。

姜槐并不爱管闲事，正准备绕道而行，却听见南希一声尖叫，那人竟然一把攥住了南希的手腕，扯着南希往外拉。

姜槐一愣，忽然想起陈师叔所说的南希那个变态追求者的事情，再定睛一看，这人的背影和之前的送花者很是相似。

怪不得她总觉得很熟悉。

她扬起手，将手里的东西当成武器丢了出去，棒棒冰砸在男人的后背上，发出响亮的撞击声后落地。男人却没有反应，头也没回，仍旧抓着南希的手腕。

姜槐从地上捡起砖头，大步冲去，砖头拍在他的肩膀上，碎成了好几块。

如果说刚刚的棒棒冰如隔靴搔痒，那这块砖头拍在肩膀上，她听着这响声都觉得疼，可这人像是毫无察觉，仍攥着南希的手。若不是东西是握在自己手上，她几乎要以为是哪个剧组掉落的道具。反倒是南希吓了一跳，辨认出昏暗中冲过来的人，喊了一声她的名字：“姜槐。”

南希的声音偏尖，这会儿还带着惊讶，在姜槐听来无疑像惨叫。她的声音未落，姜槐的手已经扣住了男人的手腕，身子一弓，手一拉，狠狠给了男人一个过肩摔。

姜槐将南希拉至自己身后，戒备地盯着地上的人。这人猝不及防被这么一摔，又错愕又愤怒地抬起头："你……"

姜槐一看这张脸，惊愕之余，只恨自己刚刚没有出手重一点。

摔在地上，愤怒地盯着她的人不久前她才见过，连带着这个场景也不陌生。几天前，居高临下的人是他，跌坐在地的人是她，现在可谓是风水轮流转。

现在的他，能否体会到那一刻她的心情？

他的名字，她还记得。

"单池远……"

单池远的手撑在地上，虽然姿势狼狈，衣服上也沾满了灰，但他挺直的鼻梁、俊秀的眉眼，在路灯诡异的光中看起来也不像一个变态跟踪者。

可他撑着伞站立在雨中沉静的模样，也很难让人想象他在法庭上是如何巧舌如簧、威风凛凛的。

人，从来就不能貌相。

"姜槐？"

姜槐的这一次过肩摔用力极重，曾经对付过公车车上的猥亵狂魔，对方当场就哀号不止。可单池远就像刀枪不入的钢铁人，面上全无痛苦。姜槐错愕不已，就算是极能忍耐的人，也不可能毫不痛苦。

单池远的眼神深邃而阴沉，姜槐赤裸裸的打量让他微微蹙眉，似乎终于想起在哪里见过她，又确认一遍她的名字："姜槐。"他咬牙切齿，像是要将之刻入脑海。

"你是……疯了吗？"盛怒之下，单池远竟然只挤出这一句话。

姜槐更加警惕，这个人可是一个能够颠倒是非黑白的律师。

在他开口说出更多话之前，姜槐迅速道："对，我就是姜槐。我警告你，以后不准你出现在南希小姐面前，不然，我见你一次打你一次。"说完，她拖着南希的手就跑，也顾不上脚上的疼痛。

姜槐力气大，南希被她拖着跑，回头看了地上的单池远一眼，表情复杂，半是同情，半是幸灾乐祸。

单池远没有追，而是目光沉沉地盯着两人远去。

一口气跑到了片场，两人都气喘吁吁，姜槐才想起自始至终南希都没有开口说话，以为她受到了惊吓，便安慰道："别怕，那变态不敢再来！"

"变态？"南希的语调都变了，小脸煞白，估计是吓得够呛。

“嗯，别怕。”

原先狠话撂得特别凶，这会儿面对南希灼灼的目光，姜槐却说不出更多的话。她沉闷又嘴拙，也不怎么会看人的脸色，看见南希无奈地摇头冷笑，还当对方是吓坏了。她正绞尽脑汁想着怎么安慰南希，南希却脸色一变，冷冷地看了她一眼：“今晚的事情，不准你说出去。”

姜槐心想，这女孩明明比自己小四岁，长得这么好看，虽然板着脸说话，标志性的梨窝也甜美地挂着，但是她真真实实地感受到了威胁，下意识地点头。

得到了自己想要的回答，南希拍了拍脸，往化妆间的方向走。她的经纪人已经满世界找了她许久，这会儿看到她，不禁松了一口气：“我的小祖宗，你接了一个电话，就不知跑哪儿去了……”

“我这不是回来了吗？”

她又回头，意味深长地看了一眼姜槐。

姜槐没有发现南希的目光，因为她的手正按着自己受伤的脚踝，表情懊恼。

接下来几日，姜槐不免胆战心惊。

姜槐自幼跟着父亲习武，姜山每每教习前，总要念叨几句：“习武之人，切记不可恃强凌弱。”

念书时期，姜槐曾看不惯校园欺凌与人动手，追过小偷，打过流氓，从未有过负罪感。唯独这一次，她总觉得不安。

就算他是一个律师又怎样，没有证据证明自己袭击了他，况且他是一个变态。

姜槐这样想着，可一闭上眼睛，那双漆黑的眸子又在脑海显现，冷冷地望着她。

姜槐打了一个激灵，整个人猛地往下坠，又被一股大力道扯住。

一记响亮的“cut”猛地将姜槐拉回现实，腰部与胯部的疼痛提醒着她现在正吊着威压挂在围墙上。

“这场戏方桃是和反派起冲突后动手，从天台翻了下去后攀住外墙，要表现出敏捷，不是惊慌失措！我说几次了！替身先休息一下，重来重来！”

导演拿着扩音器，几乎对着姜槐咆哮。姜槐还站在窗沿，被这刺耳的声音吓了一跳，差点没站稳，好在一只手及时拉住了她。

姜槐刚站稳，抬起头，对上面前的人，又是一愣，脱口而出，半是惊半是喜："你怎么在这里？"

"你怎么在这里？"对方反问，"这句话，我觉得应该我来问。"

对于站在面前的男人，姜槐觉得熟悉又陌生，立体的五官、深邃的轮廓，都是她所熟悉的，可他站在这里，气质卓然，与脑海中的人大相径庭。

是了，陆沉舟现在可是一个演员，他出现在影视基地出现在片场不是理所应当的吗？她出现在这里，才令人惊讶。

[5]

姜槐已经很长时间没有见到陆沉舟了。

她上一次见到他，还是在一年前。

那时候他已经不再是武替了，拍了几部动作电影，逐渐有了知名度，偶尔走在路上也能被路人叫出名字。他拍戏受伤住院，她背着姜山去看他，带了在医院门口买的康乃馨，却被拦在了病房门口——他的经纪人以为她是粉丝，将她拦在了门外。

直到陆沉舟听见声音，走了出来，脸上带着病态的苍白，看见她，有些欣喜："师父原谅我了吗？"

"他不知道我来看你。"姜槐说完就后悔了，因为她看见陆沉舟眼里的火光如楼道的灯忽然熄灭了。

那天，她只和陆沉舟匆匆聊了几句，就在经纪人的暗示下离开了。

陆沉舟想要和她说什么，但最终只是静静地站着，看着她的背影。直到她走到电梯口，他仍旧站在那里。

后来，他很忙，忙着到处拍戏，偶尔会给她发信息、寄东西。她不曾主动联系他，一方面知道他正值事业上升期，不想轻易打扰，另一方面，则是害怕看见他眼中的失望。

她直到现在都不明白，为什么姜山那么痛恨武行，不许他们踏入这一行，甚至因此与他疼爱的、看着长大的弟子陆沉舟断绝关系，并勒令他不许踏入武馆一步。

可无论是陆沉舟还是她，都违背了他的意愿。

陆沉舟看着低头不语的姜槐，她的心思都写在了脸上，完全不用去猜。

他在《歧路》中饰演的是一个反派角色，戏份并不多，加上还有工作在身，一直到今天才进组。他见到她先是错愕，而后是惊喜。

在姜槐看到他之前，他已经坐在摄像机后许久，看着她在天台上出拳、踢腿和空翻。

姜槐的招式看似杂乱，其实步法与擒拿都是咏春，这一招一式，都是来自姜山的教导。

他突然想起很多年前的事。

他好不容易鼓起勇气对姜山说想学武，姜山只有一句话："你能够打赢她，就叫我一声师父。"姜山是开武馆的，虽然学员们都喊姜师父，但姜山并未真正开山收徒。

那年陆沉舟十二岁，刚被姜家父女从泥塘沼泽中拉出来，每夜都从梦魇中惊醒。他没有少年人的稚气，反倒带着不属于他这个年纪的沉稳。而姜槐只有十岁，比他矮了一个头，瘦得像一根豆芽菜。

陆沉舟一愣，以为这是姜山对他的羞辱，还没反应过来，收到指示的姜槐已经朝他出了拳，又一个扫堂腿，直接将他撂倒了。

陆沉舟未曾学过武，毫无招式，虽然觉得没脸，但是用上了这些年在市井摸爬滚打的下三烂招式，却还是被姜槐压制得无法动弹。

就在陆沉舟破罐子破摔也没有力气再挣扎之际，那道压制着他的力量陡然一松，他迅速地绝地反击，终于赢了姜槐。

现在想想，多么可笑，当时姜槐是故意放水的，这个小把戏姜山不可能看不出来，唯独他沾沾自喜，以为自己靠实力得了姜山的青睐。

姜槐呢？她总是沉闷又无趣，也不怎么搭理他，他最初到姜家，还以为这是她抗议的一种方式。

他是被姜槐与姜山从那个可怖的环境中拉出来的，生怕有一天会再回到恐怖的过去，所以十分卖力地练武，拼了命地表现，希望姜山能够多看自己一眼。他是一个外来者，但他对姜槐总怀着敌意，在内心暗自与她较劲，还曾"不小心"将楼道门锁了，把她留在楼上整整一天。她明明知道的，可她未曾告状，维护他那可怜的脆弱的自尊心。

现在，她看起来如此为难，他当然不可能追问不休让她难堪。

"快去休息一下，你还有下一场戏要拍。"

他正准备走，姜槐却喊住他："陆沉舟。"

他入门的时候，姜槐已经跟着姜山学了几年武术，原本他该叫她师姐，偏偏他比她大了两岁，这一声"师姐"叫着就很尴尬，两人便一直直呼对方的名讳。

“武馆现在的学生越来越少，我想做武替，做武行，等成名之后，振兴武馆，专门培养武行。虽然现在是和平年代，但学武并非无用。”姜槐的声音不大，她觉得自己这话听起来幼稚又可笑，可她确确实实是这样想的。

在她心中，姜山的形象一直是高大的，自小父亲便是她的偶像，即使他后来瘸了一条腿。

她不知道姜山为什么那么厌恶他们走这一条路，曾经他也是赫赫有名的武行，被誉为金牌武指，受伤退出后便不再允许他的徒弟入这一行。或许是现在人人都说学武无用，强身健体又不能高考加分，学武还不如多报一个补习班。武馆生意惨淡，他不想他们走他的老路，希望他们找一份安稳的工作，衣食无忧。

陆沉舟看着姜槐，她的眼神澄澈，有他所没有的坚定。

他真怕姜槐在这时候问一句：你为什么要走这一条路?

他做武行，再到打星，并非因为什么远大理想，只是他仅有这一技之长，这是他能够走得最远的一条路。

好在姜槐没有问。

休息室里，姜槐与陆沉舟面对面坐着，面前放着的是陆沉舟助理买来的咖啡。

两人都不是能言善道之人，简单寒暄后便是沉默，也不令人尴尬。

从前，陆沉舟还在姜家住，他们就是这样相处的。

他对着木人桩练咏春，姜槐扎着马步看电视，互不影响。

姜槐看似懒散，姜山也极少打骂她，他教习武艺只是为了让她强身健体、修身养性。可每每两人对练，陆沉舟全力以赴，仍落于下风。

她比他有天赋，更适合走这条路，她轻轻一跃，便是他无法企及的高度。

陆沉舟喝了一口咖啡：“你的脚怎么了？”

“前几天韧带拉伤了。”

姜槐说得云淡风轻，陆沉舟不由得皱眉：“你还带伤上工，这脚是不要了？”

“没事，我有好好注意的。”姜槐看了一眼时间，忙起身，“应该到我了。”

“姜槐，你等等！”

姜槐头也没回，朝他摆了摆手。

陆沉舟忽然觉得自己有些可笑，无论是武行还是武替，受伤和带伤上工都是家常便饭。他也是成名之后，才有了专用休息室，从前在片场，哪次不是拍到大半夜灰头土脸席地而睡。

他看着姜槐匆匆离去的背影，忽然明白姜山为什么这么反对他们走这条路了。

可无论是他，还是姜槐，都义无反顾，不曾回头。

[6]

或许是休息好了定了神，接下来天台的那场戏，姜槐拍得很顺利，一条就过。就连站在一旁冷眼旁观的南希也觉得无可挑剔，冷哼道："还行吧，虽然左脚的动作总慢一拍，但勉强过得去吧。"

南希冷冷的声音传过来，姜槐倒不是特别在意，因为对方说的是事实，她左脚的伤还未痊愈。

接下来的两场戏都是文戏，南希亲自上阵，没有姜槐什么事，她可以提早收工，心情愉快得很。

姜槐收拾好了东西准备回家，陆沉舟的助理却来了。

"姜小姐，舟哥让我送你回家，他的车在外面。"小姑娘也就二十来岁，眼眶微红，语气不卑不亢，却还是带了一丝敌意。她刚刚就劝过陆沉舟，片场人多口杂，虽然是同门，但以他现在的身份，实在不适合和这种小武替，还是女武替走得太近，很容易被人抓住把柄大做文章。

说完，她半晌没有听到回音，抬头才发现陆沉舟正看着她，面色冷峻。陆沉舟虽不爱说话，但对身边的人一向宽厚，对她也好，所以她才敢毫无顾忌，现在他的目光沉沉地压了下来，她当即不敢多言。

"小蔡，如果没有她，估计十几年前我已经死了。"他的声音很轻，却带着警告，"我不希望再听到这种话。"

小蔡红着眼点头，向姜槐转告了他的想法。

没想到姜槐却摇了摇头："不需要，我自己打车回去就可以了。"

小蔡没想到她这么上道，半是高兴，半是不安："可是，舟哥说……"

"你和他说我已经回去就可以了。"

姜槐说完，便背着她灰扑扑的背包走了。

姜槐倒不是真的上道，她哪里能想到人言可畏要避嫌，她只是担心陆沉舟的车把她送到武馆会被姜山撞见，到时候还要解释，麻烦了一点。

连续拍了几天夜戏，姜槐疲惫不堪，但想到很快就可以回家在她软绵绵的床上睡个昏天黑地，连步伐都轻快了不少，左脚的疼痛也没那么明显了。

只是刚出了片场，姜槐便觉得不对劲，那辆黑色SUV又在那里。

她已经连续好几天看见那辆车了。

原本姜槐并不在意，影视基地各个片场有专门的停车场，平时演员、导演的车大多是将人送到便离开，偶尔也有车大大咧咧地停在片场，但多是保姆车、商务车和工具车，SUV与轿车比较少见。

姜槐无意间朝车里面望了一眼，透过车窗，她看见了一张并不陌生的面孔——单池远。

一看到他，姜槐便觉得有一股火从丹田往上蹿，怎么压也压不住。

这人长得人模狗样的，没想到是一个衣冠禽兽，不仅心黑，还是一个变态跟踪狂。

她开始后悔，觉得自己那天对他下手轻了些。

可他只是将车停在这里，并无其他动作，如果她现在无缘无故对他动手，无疑是将把柄送到他手中。

对于小人，姜槐不得不以最邪恶的念头揣测。

不仅如此，姜槐还去提醒南希注意提防。但拍戏的时候人多口杂，她只好在休息的时候去。谁知接连两次她都被挡在了休息室外，南希的助理说南希在休息，拒绝打扰。

姜槐无法，只好暗中留意。但这几天都风平浪静，并没有什么大事发生，她也逐渐放下了心防。

这会儿，姜槐再次看见这辆黑色SUV，又想起南希今天拍戏要拍到深夜，她的好心情便大打折扣。

姜槐十分难以理解，他长了这么一张好看的脸，偏偏不做一个好人，要做为虎作伥的律师和猥琐下流的跟踪狂。

这几日，单池远很忙。

他的大学同学、他最好的朋友，也是他的合伙人谢峋嚷嚷着要去度假，直接将手头上几个案子和事务所都丢给他，关了手机，自己飞去夏威夷晒太阳，也不管他日夜风霜。

这几日，单池远很累。

他每日要看很多文件，见许多人，说很多话，工作时间超过十二小时，大清早更被该死的助理从美梦中叫醒，一整天都心情低沉。

又忙又累的单池远刚结束和委托人的电话，好不容易得了空闲，闭着眼睛休息，刚梦见将谢峋那家伙揪出来揍一顿，拳头还没碰到对方那张引以为傲的脸上，便听到“咚”的声响。

声音不大，但他向来睡眠浅，几乎是第二声敲窗声刚响起，他就已经睁开了眼睛，眼神清明，一点也不像刚睡醒的人。

当他看清敲窗的人时，有那么一瞬间，他以为自己还没睡醒。

那个板着脸、严肃用力敲窗的人，化成灰他都认得。

“有事？你还想打我一次？”

单池远摇下车窗的时候，姜槐正准备敲第三下，听到这一句，她的手不知该举起还是放下，愣在半空中，无所适从。

单池远有严重的起床气，这会儿浑身散发着低气压。

律师有着高于常人的记忆与观察力，单池远不可能记错，这是他第三次见到这个女人，或许说女孩——姜槐。

她眼中的警戒与厌恶可真是刺眼。

单池远猛地推开了车门，姜槐迅速地倒退了两步，才没被撞到。

单池远勾了勾嘴角，原来对方不过是色厉内荏。

姜槐本就是冲动而来，被对方这么一质问、一逼近，忽然就想起了先前自己打过对方的事。她与他交过手，他的反应极其迅速，但身手比她还是差一些，动手倒是没有什么可怕的，只是她少与人对峙，这会儿气势已经弱了三分，偏偏男人还步步逼近。

“怎么，你不是找我吗？”

姜槐深吸了一口气，直面对方咄咄逼人的姿态，声音毫无威慑力：“是，我希望你不要出现在这里了。”

单池远以为自己听错了，见她一脸认真的表情，才意识到她不是开玩笑的，不怒反笑：“谁赋予了你权利？你凭什么不让我出现在这儿？”

“你再出现，我会报警！”

单池远还是那一句：“你凭什么这么做？我做了什么？”

“你跟踪南希小姐，你是一个变态跟踪狂！”

单池远第二次被扣上“变态”的帽子，却没有立刻辩解：“我若不呢，你又要打我一次吗？”

姜槐知道自己说不过他，便点头：“对，我见你一次打一次。”

“姜小姐对吧，您现在的行为已经触犯了《中华人民共和国刑法》第二百九十三条寻衅滋事罪，以及《中华人民共和国刑法》第二百三十四条故意伤害罪。寻衅滋事破坏社会秩序者，处五年以下有期徒刑、拘役或者管制。故意伤害他人身体者，处三年以下有期徒刑、拘役或者管制。”

姜槐听他这么娓娓道来，半晌说不出话，许久后才缓缓抬头看向眼前的人。

他披着一张好看的皮囊，可内里的灵魂是什么颜色呢？她看不见。

她活了二十四年，接触过的人不是老师、同学，就是同门和武馆里的学员，就算进了娱乐圈这个大染缸，她的世界仍是干净的、黑白分明的。

可眼前的人，能够颠倒是非黑白。

明明是小乖自己摔伤，明明是小乖父母耽误了治疗，武馆固然有责任，却也不该背负那么大的赔偿。

明明是他偷偷摸摸地跟踪南希小姐，给她带来了威胁，让她受到了惊吓，自己只是挺身而出，保护了她的安全，却被指责触犯法律。

“你有什么证据？”姜槐挺直了背脊，微微握紧了拳头，连她也没发现，自己已经是备战状态，“拿出证据再说话。”

这话单池远不陌生，不久前他才对她讲过，没想到搬起石头砸了自己的脚。

他笑了笑，朝她背后指了指。

姜槐狐疑地回过头，同时挪了挪脚，做好了他偷袭的准备，可背后什么也没有。

“抬头。”单池远声音里的笑意更浓。

姜槐头一抬头，当即像被雷劈了一般愣在原地，在她的身后，明晃晃地悬挂着一个监控摄像头。

[7]

在法庭上，单池远擅长压制，当对方已在自己的掌控中，他就会乘胜追击，一击即中，从来不会手下留情。给对手机会，等于给他绝地反击的时间。

可这会儿，他看着姜槐如临大敌，眼眶微红，傻愣在原地的模样，不免觉得好笑。不过是一个小孩子，压根谈不上是对手，他和她较劲什么。

这一次，他没有穷追猛打，点到即止。

姜槐却出乎他的意料。

“单池远先生是吧？”姜槐的声音低沉，如同她的人，低调沉静，“或许就像您所说的，我已经触犯了什么挑衅罪和故意伤害罪，这里有监控，您也有证据，想报警或者想告我都请随意！但是，我不觉得我有错！你可以颠倒是非黑白，却无法颠覆我的认知。什么是对，什么是错，我清楚得很！”

她的声音不大，却掷地有声，说完，她背着灰扑扑的包就要走。走到一半，她似乎想起了什么，回头道：“还有，你对南希小姐的所作所为，真的令人鄙夷。下次再看到你对她动手动脚，我还是要打你，就算你报警，就算你告我，我也不怕！”

“等等。”一直没出声的单池远忽然喊住她。他想过她的反应，或许是气急败坏，或许是流泪委屈，唯独没想过她会这样冷静地抗议。

姜槐停住了脚步，却没有回头，像是多看他一眼都不屑。

“你和南希是什么关系，竟然这样为她出头？”他的语气里带上了一点自己都没有想到的认真。

朋友？不，南希没有朋友，也不会和这样的人做朋友。那么是助理？也不可能，她身边的每一个助理和工作人员，他都有详细的档案。

可他从未见过她。

“我只是她的替身而已，武打替身。”姜槐说。

单池远恍然大悟：“我明白了，你是她的武替，想讨好她，看看她会不会多给你一些机会，能不能演戏。”

“就算是陌生人，我也会这么做！”姜槐虽然习武，并非出自书香世家，但她极少骂人，这会儿，她竟然想不到一个词可以形容面前的人，只能怒道，“因为你实在令人恶心！变态人人得以诛之！”说完，她真的头也不回地走了。

所以，姜槐并没有看到单池远对着她一瘸一拐离去的背影若有所思。

姜槐提前收工的好心情被单池远破坏，半点也不剩。

姜槐回到武馆已是一个多小时后的事。刚走到路口，她便看见了姜山，他背对着她，正在用力地刷着墙，白色的墙面上还有不少红漆，隐约可见写的是“黑心武馆”之类的字眼。

姜山弓着背，刷得认真又细致，压根没有发现姜槐走近。

“爸，这是怎么回事？”

姜山听到姜槐的声音，下意识要挡住墙，可是油漆字这么大，写满了一面墙，纵然他有个宽广的后背，也不可能完全挡住。

姜山看着姜槐发红的眼睛，无奈道：“前段时间，新闻报道了武馆的事，有人上门滋事被我赶走后，半夜来涂油漆。”

“是不是小乖的家人？”姜槐想起单池远，这一切都是他带来的连锁反应。

姜山摇头，表示不清楚：“是几个混混模样的年轻人。没事，你别担心，你爹还能挨揍不成？”

姜山虽然有伤患，一条腿不利索，但拳脚功夫还在，当然不可能挨揍，可墙上的油漆是明晃晃的嘲讽。

姜槐不吱声，将父亲拉到一旁的椅子上让他坐下，又抢过他手上的刷子，冷着脸，用力地拼命地刷着墙。

她将墙面当成了单池远。

姜山几次要接过工具帮忙，都被姜槐按回了椅子上：“你坐着，让我来。”

姜山拗不过她，只好坐在一旁看着她干活。她从下午刷到了深夜，墙才恢复了干净的样子。

临睡前，姜槐将一沓钞票放在了父亲面前。

“你哪里来的这么多钱？”姜山粗略一看，估计有七八千，她的工资并不高。

“加班，干私活。”姜槐不善说谎，不敢直视父亲的眼睛，看着父亲以肉眼可见的速度憔悴，她又难过又担心，却不知怎么安慰，只能一遍遍地说，“你别担心，一切有我。”

姜槐素来乖巧懂事，姜山又是窝心又是心疼，伸出手摩挲着她的头：“你别接私活了，也别加班，多辛苦啊。钱的事，爸爸想办法。”

“可是你有什么办法呢？我还年轻，我可以解决。”

姜山却摆摆手，没有再说，让她去休息。她看着他佝偻的背影，又望了一眼阁楼上的小房间，终于没有说她在片场遇到了陆沉舟的事，更没有勇气向他坦陈自己并非在设计公司上班，而是做了他最反对的武行。

第二天虽然没有戏要拍，但姜槐还是去了片场，一是不想引起姜山的怀疑，二是她有些担心南希。

虽然南希是明星，走到哪儿都有助理、经纪人和化妆师跟着，但难免有落单的情况。

结果姜槐到了片场，却未见南希的踪影，倒是见到了陆沉舟。他刚拍完打戏，身上灰扑扑的都是尘土，正和陈友交流着什么，时不时抬腿或出拳。

不远处，好几个工作人员正对着陆沉舟偷拍，而他毫无察觉。

姜槐没有走近，只是远远地看着。

从前，陆沉舟还没有离开武馆的时候，几乎每个月，他们都会交手几次，最初总是陆沉舟赢，因为姜槐会放水。并非她看轻陆沉舟，而是她觉得比试让她疲惫，想早些休息，而陆沉舟不同，他每次出手，都是用尽全力。到后来，又成了她赢，起初她以为他疏于练习，后来才知道并非如此。

他每天五点起床跑步，六点与姜山一起打拳，到了深夜，大家都休息，他则一个人在楼下对着木桩人练习。担心惊扰到他们，他便在木桩上缠上厚厚的海绵，寂静无声地一个人用功到半夜。

那样用功的一个人，怎么可能输给放水的她？他不过也和她一样，没有用尽全力罢了。

再后来，她约了他比试一番，说好拿出各自的看家本领。

可惜还未来得及比试，陆沉舟已被姜山驱逐出去。

陆沉舟似乎感觉到她的目光，蓦地望了过来，见是姜槐，有些惊讶。

“你怎么来了，不是没有戏要拍吗？”他朝她小跑过来。

姜槐不答反问：“你看到南希了吗？”

“南希？”陆沉舟想了想，“演方桃的那个女明星吗？我没有看到。”

“她昨天有发生什么事吗？”姜槐犹豫着问道，“在我走之后。”

陆沉舟对别人的事情并不关心，他与南希没有对手戏，两人压根就没说过话。倒是他那个脸圆圆的小助理小蔡，听见他们的谈话内容，鬼鬼祟祟地挤了过来：“昨天南希不知怎么了，一直NG，还在休息室发了好大的脾气呢！”

姜槐再问，小蔡便表示不知情了。

[8]

接下来几天，姜槐都没见到南希，据说她去赶宣传通告，请了几天假。

女主角没有到场，替身当然没有拍摄任务。

姜槐在陈友的介绍下，又接了几个零碎的替身工作。

在演艺圈，女武行比男武行少，但并没有因此特别吃香，许多女演员的武打戏份都是由身材纤细的男子完成。许多女武行从身手与体力方面来说不及男子，所以剧组保险起见，大多时候更愿意选用男子。

“有部武侠片需要一个女反派，戏份不多，就一两场，但身手要好，你有没有兴趣？如果有兴趣，我可以给你争取。”说得好听是女反派，其实就是群演。

姜槐一听要露脸，当即拒绝了陈友：“师叔，我不想接。”

“你真是傻，难道想做一辈子替身？哪里有前途？”

无论是群演还是替身演员，进了演艺圈，多数是想成名。唯独姜槐，默默无闻地只接替身戏，陈友怒其不争。

“虽然机会很小，但我担心我爸会看见。他不喜欢我做这一行，我现在还没有找到合适的机会说。”姜槐还没有找到说服姜山的理由，但除此之外，她也有自己的一番打算，她看着陈友，认真道，“每个人都拼了命往前挤，但是幕后也站着很多人呀。师叔，像你不也是一直默默站在幕后？我不是要做一辈子替身，我想做站在后面的人，推着大家往前进。”

陈友没想到她会是这样的想法，一时间愣在了原地。

姜槐长得并不差，在美女如云的片场里当然不拔尖，但也绝不属于“其貌不扬”的范畴。虽然常年练武，但她并不粗犷，气质冷冽，即使沉默地站在人群中，也不会让人轻易忽略。加上她年轻，身手好又能吃苦，从替身和群演做起，不是没有可能顺利进入演艺圈的，运气好的话，或许很快就能成名。这个圈子的事情，谁能说得定呢？

所以，姜槐一开始找到他的时候，他也是这样以为的。她是他从小看着长大的，所以也不吝于帮她一把。

只是他从来没有想到，她放弃了人多的大路，选择了无人走的崎岖小径。他震惊之余，又觉得这是她会做的事，就没有再劝她，拍了拍她的肩膀：“你自己想好就好，但是要注意身体，别那么拼命。”他的目光落在她的脚上，她已经拆掉了绷带，“你的脚……”

“脚伤恢复得差不多了。”姜槐边说边活动着脚踝。

当天晚上，她就用实际行动证明她的脚痊愈了。

因为收工早，姜槐特意跨越半个南泽去买蛋糕。她坐了两个小时车，又排了将近一个小时的队，才买到那家老字号的蜂蜜蛋糕。

这是一种老式的蜂蜜蛋糕，口感绵密，滋味香甜。

姜槐并不爱吃甜食，但姜山喜欢。在她的记忆中，每逢过节，他都会买上几斤蜂蜜蛋糕。只是这些年卖老式点心的店子逐渐关闭，只剩下这家限量供应的老字号，时间稍微一晚，想吃的人就买不到了。加上他血糖飙升，她也一直控制着他的饮食，不让他吃太多甜食。

每次他心情不好，姜槐都会坐很远的车来买蛋糕给他吃。

姜槐的运气还算好，轮到她的时候，蜂蜜蛋糕剩下了最后两斤。她刚付了钱，便听到队伍中传出哀号声："怎么轮到我就没了？一斤都没有吗？半斤呢……"

即使坐了很久的车，即使排了很长的队，即使天色已经晚了，但买到了最后两斤蜂蜜蛋糕，还是让姜槐十分开心。

老字号坐落在深巷中，路灯常年失修，时明时暗的景象将破旧小路衬得有如恐怖片现场。姜槐提着两斤蜂蜜蛋糕，并未觉得害怕，她向来胆大。

小路越走人越少，当她走到分岔路口的时候，她听见另一端深巷传来嘈杂的声响。

或许是职业的敏感，或许是这些声音与她在片场中听见的相似，她一下子就辨认出是追赶和破骂声。

果然，她刚走到路口，便见一个男人拉着一个穿着校服的人匆匆从她身边跑过，后面追着几个中年男人，一边跑，一边骂着，棍棒摩擦着地面，发出刺耳的声响。

姜槐躲闪不及，险些被撞倒。

"滚远点！"见她愣在原地，撞到她的男人凶神恶煞地回头啐了一口，"别多管闲事！"说着，男人提着铁棍追了过去。

姜槐站在原地，没有"多管闲事"，也没有一走了之。

此时，她的脑海里正在进行天人交战。

像这样的情况，姜槐在混乱的老城区偶尔也会碰见，但她从来不会贸贸然出手，而是选择报警，因为大多是混混之间的斗殴，容易殃及池鱼。

但今天的情况明显不是这样，被追赶的人不是混混，还有一个学生。若是往常，她一定会出手帮忙。这会儿她却迟疑了，因为刚刚跑过去的人她认识：虽然他的西装已经混乱不堪，头发也凌乱，但她还是认出了他——那个无良律师变态跟踪狂单池远。

他为什么会陷入困境？

他带着的那个少年是谁？

他们似乎跑进了死胡同。

那些人看起来不是普通的混混，手中都有管制刀具！

姜槐是讨厌单池远的，觉得那是一个人渣，可是一码归一码，还有一个学生呢！她咬咬牙，身体比大脑更快做出了决定，她拔腿追了上去。

[9]

单池远从来没有来过这个鬼地方。

大学时期，他参加过马拉松，甩掉这几个人对他来说并不是特别困难的事，但他还拉着小野，更确切地说，他扯着小野的衣服。

十六七岁的少年因为常年营养不良有些孱弱，被单池远拉着，累得上气不接下气。身后踢踏踢踏的脚步声越来越近，他气喘吁吁，想要拂开衣袖上的手："你先走，他们找的是我……"

"闭嘴。"对方意简言赅地挤出两个字，同时停住了脚步。

虽然是自己让对方先走，但是当单池远松开衣袖时，他还是忍不住感到一阵失落。

只是单池远没有走。

单池远挪了挪身体，将小野挡在了自己身后。

小野一愣，回头才发现他们跑到了死胡同。

来者一行五人，两人拿了折叠刀，三人握着钢管，见他们不跑了，为首的眼角瘀青的男人不禁得意起来："不是跑吗？我叫你们跑啊……给钱不就了事了，跑什么跑！"

"东西都被你们砸光了，哪儿来的钱……"小野忍不住朝他们吼，却因悲愤带上了哭腔，让他显得十分怯弱。

"欠债还钱，天经地义！"其中脸上有疤的男人吐了一口浓痰，"别废话了，男人开着豪车，有钱得很！揍一顿就老实了！"

小野还想再说话，钢管已经朝他们挥了过来。

单池远狠狠地将小野往后推，手抓住了刀疤男的手腕，一用力，对方手中的钢管"当啷"落地，再一用力，"咔嚓"一声，刀疤男已经嗷嗷叫起来。

叫老K的人刚刚吃过单池远的亏，接了他好几下暗招，这会儿见同伴受伤，二话不说，扬起手中的钢管，狠狠地往他身上抡。

单池远没有防备，硬扛了这一下，手完全脱力，脸上却没什么表情。

施暴者更多的时候是想看到对方求饶，单池远这样无疑是挑衅，老K还想再来一下，手却被人从背后反手一扭，还没反应过来，人猛地腾空，猝不及防被来了一个过肩摔。

这一招很是熟悉，单池远眉头狠狠一挑，望向来人。

谁也没料到半路会杀出一个程咬金，几人还愣在那里，来人又一个擒拿手，将拿刀子的人反手扭在背后，人高马大的男人，叫得鼻涕、眼泪一起流。

“你们还不给我上！”

“你们还不走！”

老K和姜槐同时开口，单池远知道姜槐的身手，小野手无缚鸡之力，他又受了伤，正准备拉着对方跑，却听到小野发出了惨烈的叫喊：“单律师！”

单池远后知后觉地回头，看着背后的人狰狞的神色，低头一看，刀子已经从他身体拔出，对方正准备给他第二下，手刚扬起，一只脚已经连人带刀一起踢飞。

姜槐解决了最后一个人，看着地上哀号的几人，又看看后腰正汩汩冒着血的一脸茫然的单池远，难以置信道：“你不疼吗？”

单池远在小野凄厉的叫嚷声中才发现自己受了伤，伸手摸了一把后腰，湿漉漉的一片。

姜槐看见刀子没入他的身体又血淋淋地被拔出，但这人全然未觉。

“你怎么……小心……”

单池远话音未落，姜槐已经转过身，一个扫堂腿将正准备偷袭的刀疤男撂倒，不忘狠狠地在对方肚子上踩了一脚。

单池远眉心又是一跳，不禁想，她之前对自己真是足够手下留情。

而此时，姜槐看着地上被又摔又压的蜂蜜蛋糕，心里很是难过。姜山知道他的蛋糕变成这样，不知该有多失落。她忍不住抬头瞪了一眼单池远，真是一个扫把星，每每她见到单池远，都没好事发生。

小野坐在医院走廊的长椅上，一副垂头丧气的模样。

他好几次想与姜槐搭话，碍于她周身的低气压不敢吱声。

在姜槐像神奇女侠一样从天而降，又将五人组揍了一遍之后，她提着那袋被压扁的蜂蜜蛋糕就准备走。

是了，闹出这么大的动静，估计附近已经有居民报了警，虽然是对方先找的麻烦，但是闹进警局终归不好。

但单池远一直没有反应，小野正要回头催促，他却盯着自己手中的血，面色惨白。

“我有点晕……”话还没说完，单池远已经一头栽倒。

单池远比小野高了整整一个头，看着瘦，却十分有重量，小野扶不住他，看着晕过去的他和满地的血，想起从他身体里被拔出的刀，忽然就哭了。

“你别死呀……求求你，别死！”

姜槐知道单池远死不了，祸害遗千年。但看着这触目惊心的场景，又看着这个不过十五六岁的羸弱少年，她终于不忍心把他一个人丢下。

“别哭了，他应该是晕血。”

姜槐和小野一起将单池远送到了医院，他们两人都没受什么伤，倒是单池远，除了后腰那一刀，还有好几处软组织挫伤和皮外伤，好在都没有大碍。

姜槐看着昏迷中面色苍白的单池远，十分愕然，被钢管与刀所伤，他连哼都没有哼一声，像是刀枪不入的钢铁人，但他才看了一眼血，就这么晕倒了，也不知该说他坚强还是脆弱。

她与小野面面相觑坐了好一会儿，她才觉得该说些什么打破尴尬的气氛。

“那些人……”

“要债的。”小野像是已经想好了措辞，刚问了一个开头，他已经知道她要说什么。

“律师不是应该很有钱吗？”姜槐不解，他打了那么多黑心官司，应该收了不少律师费才对。

小野忙解释：“不是，不是单律师的债主！是我……也不是！是我爸的。”小野像是觉得难以启齿，可咬咬牙，还是道，“他犯事坐牢了，但之前欠了很多债，那些人天天来要债，我妈开了一个小吃店，几天被砸一次，哪里做得了生意还得了钱？单律师……单律师看不下去，揍了他们，谁知道他们那么多人！”

小野口中的单池远，与姜槐所看见的似乎是完全不同的人。她没有打断或追问，因为少年眼中有着悲伤和痛苦。她从来就不是喜欢追根究底的人，更何况这是别人的事。

她更没有宽慰，对于别人的不幸，倘若无法施以援手，再多的安慰都不如沉默。

“你吃蛋糕吗？”姜槐把手中的袋子往小野的方向递了过去，“虽然它碎了，但还能吃。”怕他不相信似的，她拈了一小块往嘴里送。

小野说完那番话，暗自窥视着姜槐的表情，怎么也没想到她会是这样的反应。蛋糕散发出香甜的味道，他轻轻地咬了一口，松软细密。

姜槐拍了拍他的肩膀，趁着夜色，离开了医院。

她不想再与单池远有任何交集，她对这个人本身就无好感，他黑心又邪恶，却披了一张能够蛊惑人的面具，直觉告诉她，与他多待一刻，危险就多一分。

她也说不清自己在那一刻为什么会出手，或许就像她对单池远所说的，换作是谁，她都会那么做。

只是，她心里的疑云更深了。

刚刚单池远做检查的时候，她一直站在一旁，医生面无异色，说明单池远与常人无异。

可是，砖头和刀子给他身体带来伤害的时候，他为什么毫无反应？

[10]

姜槐怎么也没想到，单池远会大摇大摆地进了片场。

距离两人上次见面，已经过去了大半个月。

这些天，姜槐过得很顺利。

或许是已经适应了角色，她替身的戏大多一两条就能过，偶尔有些难度大的镜头，可能会被要求重来，但基本很流畅。而且这些天，她摸爬滚打，基本没有再受过大伤，都是一些瘀青和擦伤。

倒是女主角南希近段时间气场诡异，不仅周身笼罩着“生人勿近”的低气压，拍戏时也常走神，一场戏要NG许多次，不仅与她对戏的演员，连导演都意见颇大，但终归敢怒不敢言。

南希心情不好，连给姜槐找碴儿都少了，所以姜槐过得很舒心。

直到姜槐看见单池远。更让她不敢相信的是，单池远是与南希的经纪人蒋瑶站在一起的，看他们说话的样子，好像还挺熟。

姜槐想不通，为什么南希的经纪人会和变态跟踪狂谈笑风生，对方看起来恢复得好，不像受过伤的样子。

他站在灯光下，嘴角微微勾起，带着礼貌而疏离的笑，即便在片场这种星光熠熠的地方，他依旧是显眼的。

有那么一瞬间，姜槐几乎以为自己认错了人。

直到他走到了姜槐面前。

“你……”

“那个晚上，谢谢你出手，还有送我去医院。”

姜槐愣了一下，没想到他会这样正儿八经地向自己道谢。若他像从前一样咄咄逼人，或许她还轻松些，这会儿她反倒不自在起来，加上少年小野的话多少对她有些影响。

同时，她努力克制自己不往他后腰打量，他看起来恢复得很好，看起来也不似有异于常人。

“不客气。”伸手不打笑脸人，她点点头便要走，不想和他多接触。

单池远却长腿一跨，挡在她面前：“姜小姐，等等。”

“还有什么事？”

“我想聘请你当保镖。”

姜槐先是震惊，而后是恼怒：“你找保镖请你去保镖公司，我不可能当你的保镖！”他当她是什么人，她怎么可能做一个变态的保镖？

单池远像是早就料到这个结果，不慌不忙继续道：“我是要请你当南希的保镖。”

姜槐几乎以为自己听错了：“什么？你不是……”

“我不是变态跟踪狂。”单池远看着她瞠目结舌的模样，不介意多放一个大炸弹，“我是南希的舅舅。”

姜槐“啊”了一声，不敢相信，可是认真一看，他与南希的确有些许相似。她抬手虚空遮住他的嘴巴，一样的桃花眼，一样的高鼻梁。

加上他刚刚与南希的经纪人聊天，她不得不相信，他说的是真的。

可是，他看起来比她大不了几岁，怎么会是南希的舅舅呢？还有，他为什么会在片场外和南希起争执？她将他当成变态打了，南希似乎也没有说什么。

但是从头到尾，南希也没有承认他是变态跟踪狂呀。

姜槐面上没什么表情，心里却十分懊恼，自己做的都叫什么事啊。

虽然他不是变态跟踪狂，但还是一个无良的律师，助纣为虐是实打实的事情。想到这里，她的底气足了不少：“单先生，我还是那句话，找保镖，请去保镖公司。”

单池远看着她远去的背影，忽然提高音量：“之前你不是说，那孩子是自己摔伤的吗？”

如他所料，姜槐定住了脚步。

“虽然判决已下，但我可以让原告出谅解书，不申请执行。另外，你也可以继续做你的武行，只需在南希拍戏时间保护她即可。”

单池远在内心默数到“三”的时候，姜槐终于转过了头。

他微微勾起了嘴角，心想她可比南希好糊弄多了。

在来影视基地前，单池远去了一趟小乖家。

这个案子是谢峋留给他的烂摊子之一，据说小乖是他们家的远房亲戚。小乖出事后，其家人哭到了谢峋家老爷子面前，谢峋无法，只能接下案子，又不负责任地一走了之。谢峋临走之前，给单池远留了一张龙飞凤舞的字条，希望他能够严惩这个黑心武馆。

单池远从不接这种小单子，但看在谢峋的面子上，勉为其难地接了。因为原告一口咬定小乖是加训时受的伤，他事情多得很，不想浪费时间，没想到恰恰在阴沟里翻了船。

直到他去了小乖家，三言两语就套出了孩子的话。小乖并非加训时受的伤，而是自己贪玩，下课还在武馆逗留，攀爬木桩摔伤了。

“哦？”单池远看着那对诚惶诚恐的夫妻，轻飘飘丢下最后一根稻草，“诬告和做伪证，除了罚款、司法拘留，情节严重还可能移交公安机关立案，你们知道吗？”

“单律师，我们……”女主人一听，瞬间哀号出声，慌乱地要拉住准备离开的单池远。

单池远的步伐很大，在她的手触碰到自己之前，他已经闪身出了门。

他打电话将谢峋破骂了一顿。

谢峋知道单池远的底线在哪儿，老老实实挨了骂，又一个长途电话打给小乖父母，不知怎么和那边沟通的，已经答应不申请执行判决书，还写了谅解书。

“老单，你就帮我这一次，那边出了谅解书，不申请执行就没问题了！他们怎么说也是老爷子的亲戚，要是真的闹到法庭去，老爷子可要和我没完……”谢峋好言相劝了许久，单池远才松口不追究。

说到底，这事单池远也有责任，他不应该听信当事人的一面之词。

这些年来，他经手的案子无数，他有自己的底线和原则，若一开始就知道这个案子的猫腻，他压根不会接。

即便姜槐不答应做南希的保镖，这份谅解书也会被送到她的手中。

可是她什么表情都写在了脸上，他不过说了三两句话，她就已经动摇了。

“真的可以不申请执行？”她还是不相信。

“可以。”

“我们不用赔偿五十万元？”

“是的。”

姜槐还是觉得不放心：“可是因为这事，我们武馆已经休业整顿。”

“我处理。”

“我还可以继续做自己的工作？”

“可以。”

“我具体要做什么？”

“我会给你找一个公寓，给你一份南希的行程表，你在她拍戏和赶通告结束后保护她，护送她回家。其余时间，你可以自己安排。还有，她需要帮助的时候，你需要出现。对了，我还会每个月给你开工资。”单池远说了一个数字，并不少。

他耐心地解答她的每个疑问，直到听见她问：“你为什么找我？”

他抬起头，她也在看他。

她的眼睛圆滚滚的、湿漉漉的，有些像小鹿，但掩盖不住她的执着与坚韧。

他为什么找她？

她的身手固然好，却还没有到无可取代的地步。

或许是他已经很久很久没有见过她这样的人。

她的世界清澈透明，非黑即白，有着自己的一套规则，完全不受外人影响。

这样的人，只要认准了一件事，便会义无反顾，绝不回头。

Chapter 02

凡人歌

我们相信自己的耳朵和眼睛，只相信自己听见的、看见的。

可眼前的一切，不过是管中窥豹、冰山一角。

[1]

原则这东西，大多时候是用来打破的。

姜槐对单池远全无好感，她姑且相信他是南希的舅舅，但即使洗清变态跟踪者的嫌疑，他也还是一个唯利是图、不弄清真相的无良律师。

姜槐将心比心，觉得光她打了他这一条，就足以让他记恨好久。

他说的每一句话，姜槐都自作主张打了一个巨大折扣。

更何况，之前她给他狠狠来了一个过肩摔，误会他是变态，南希自始至终没有否认过，也没有为他辩解，由此可见，他这个舅舅做得极其失败，且不招人待见。

所以，他要请她当南希保镖这事，她持保留意见。

若不是这场官司，她与他毫无交集，更无利益可图，可她仍旧觉得，他在酝酿着什么阴谋。

她的目光实在是太直白，单池远淡定自若地面对她的审视。

“我拒绝。”

她的答案让他很惊讶。

她只是一个刚入行的武替，收入并不高，姜家武馆也是勉强维持着，五十万的赔偿款无论于她还是于她的家庭都不可小觑。他提出的条件，无疑是将她从深渊里拉出来，她却拒绝了。

“我不相信你。你明明知道小乖是自己摔伤的，明明知道我爸是无辜的，还泼了我们一身脏水。你这样的人，说出的话，我一句也不信。”她最开始还努力抑制着情绪，说到后面，越来越生气，拳头都握紧了，“你是不是觉得很得意，将人玩弄于股掌间，是不是觉得我会对你感恩戴德，然后接受你的好意？不可能，我不会相信你。”

她的愤怒让单池远讶然，他却不生气，从随身的名片夹子里抽出一张名片，递给她。

“这是什么？”

“我的名片。”他笃定道，“你会来找我的。”

姜槐没有接名片，他也没收回手，仍旧保持着递给她的姿势。

他的手指节匀称，手指白皙纤长，虚虚地夹着薄薄的卡片，很是赏心悦目。

黑色的名片上只有一个简洁的LOGO和两行字——博尔律师事务所，单池远。

“我不会。”

单池远无所谓地收回了手，嘴角微微翘起，声音却清冷、坚定：“你会的。”

姜槐却听出了一丝傲慢，她不想和他在这个问题上纠缠，浪费自己的时间，她还有工作。

转身之际，她听见他低沉的声音：“如果你要找我，找蒋瑶，她有我的电话号码。”

蒋瑶，南希的经纪人，剧组中无人不尊称她为瑶姐，包括年纪比她还大的两个副导演，单池远却将这两个字叫得十分顺溜。

这一次，姜槐没有回头。

三天后。

姜山打来电话的时候，姜槐正在拍戏——倒霉体质的女主又一次遭到暗算，被室友兼情敌开车撞了。

姜槐刚从镜头前走出来，衣服上除了泥和土，还混合着道具血浆，暗红一片，很是煞人。

看到姜山的三个未接来电，姜槐第一反应是出事了。

姜槐火急火燎地回拨电话，电话刚接通，她就急匆匆道：“爸，怎么了，发生什么事了吗？”

姜山的声音慢悠悠的，却掩盖不住兴奋：“我能发生什么事？武馆不是被停业吗？我原本还在担心，谁知今早有人打电话通知我可以开业了。还有，小乖父母打电话来了，说知道我们家的情况，可以不申请执行判决书……”

自出事后，虽然姜山极力掩饰，但他的萎靡、消沉还是显而易见的，越来越重的烟瘾、天亮后在武馆门口发现的酒瓶，无一不昭示着他的坏心情。除了那笔赔偿款，更重要的是武馆的招牌。武馆是他的心血，他所有的精神寄托，他怎么可能不发愁？

眼下，事情虽没有出现巨大转机，但总算不那么坏了。听着他在电话那头絮絮叨叨，姜槐喉咙干巴巴的，开心不起来。

怪不得单池远说她会去找他。

她不相信他，他便从武馆入手，给他们一点甜头，告诉她，他有诚意，绝非戏弄，让她无法心安理得地拒绝。他也聪明，没有将底牌完全亮出来，看似给了她选择，实际上她毫无选择，只能接受。

因为谅解书一日没出，他们一日不能睡得安稳。

他可真是笃定啊，若她是真小人，等武馆脱离困境后就装失忆，看他能怎么着。可她仔细一想，他那样的人，怎么可能没有留后招。

姜槐去找蒋瑶的时候，蒋瑶一点都不意外，转交名片给她，虽然眼中有狐疑，但半句也没问。倒是南希，盯着蒋瑶手中的名片看了半晌，又不住地打量她："你们背着我做了什么勾当？"长得好看的人，即便生气都是赏心悦目的。

见姜槐像一个闷葫芦，南希眼里都要冒出火来："我和你说话呢！"

蒋瑶揉了揉眉心，将南希往休息室推："我的小祖宗，你该去化妆了！"

南希当然不乐意："瑶姐，她不说你说，他又做了什么？他们什么时候勾搭在一起了？"

姜槐不悦地蹙眉，南希的形容词一个比一个刁钻，将她和单池远形容得像狼狈为奸的关系。她正要说话，却接到蒋瑶警告性的一眼："你先去忙你的。小希，别闹了，有什么疑问你直接去问单先生。"

听到那个名字，南希当即垮了脸色，任由蒋瑶将她推进VIP休息室，那道审视的目光终于被门隔绝开了。

姜槐捏着黑色卡片，磨砂质感，摸起来很舒服。

她深吸了一口气，良久后才按照上面的电话号码拨过去。

过了许久才有人接听电话，声音慵懒，似乎带着一丝笑意。

她还没开口说话，单池远已经叫出她的名字。

"姜槐。"

姜槐真是讨厌极了他的自以为是和笃定，更讨厌的是，被人拿捏在手心无法反抗的感觉。

[2]

姜槐正式成为南希保镖的那天，是一个大晴天。

姜槐任职后第一件事便是搬家，从老城区搬到了中心市区。

单池远的原话是这样的："我给你安排了公寓。"

姜槐没有异议。虽然她没做过保镖，但看过不少电影，哪个保镖不是贴身保护，二十四小时随叫随到，况且他们也签订了协议，这一条也白纸黑字写得分明。

她万万没想到，单池远口中的公寓竟是在南泽最贵的临江地段豪华小区碧海蓝天。

碧海蓝天位于南泽南江北侧，直面南江，一线江景，整个小区由八栋超高层江景公寓围合组成，社区中央设有双会所、配备室内室外双泳池、超大花园等，在寸土寸金的商业地段，愈显珍贵。

尽管对着手机上的地址和导航确认了好几次，姜槐仍旧觉得不可思议。

若不是在小区大堂遇见单池远，她估计已经折返了。

他出完庭，结束一个棘手的官司，在大堂遇见拖着行李的姜槐，觉得十分诧异，因为姜槐只带了一个行李箱。南希去外地赶一个通告，助理都要帮她收拾整整三大箱行李。

"怎么不上去？电梯与门禁密码都发给你了。"高级小区安保严密，从大门到公寓需要过四道关卡，他还以为她被困住了。

姜槐回过头，单池远穿着一身笔挺的西装，或许是眉宇间的一点疲惫让他看起来不似往常那般锋芒毕露。

听他这么说，姜槐终于确定她没有走错，单池远确确实实就是要她住在这里。

电梯恰好在这时到达，她刚走进去，见单池远也跟着进电梯，忙道："我自己可以，你不用陪我。"

单池远刚准备按密码，她突如其来的话让他愣了一下，她的凝视让他不得不开口解释："我也住这里，和你一层，你住2203，我住2201。"

公寓是两梯三户的模式，单池远的话再一次让她觉得意外，她有一肚子的疑问，却半句也没问出来，沉默地盯着电梯显示屏上跳动的数字。

电梯刚刚抵达二十二楼，她才踏出电梯，2202的门就从里面被打开了。

门内的人看起来比她还要震惊："你怎么在这里？"

姜槐张了张嘴，看着穿着一身粉红豹家居服、绑着发带的南希，还没回答，对方已怒气冲冲，将炮火对准了正在按密码的单池远："你又搞什么？她怎么在这里？"

“她是我给你找的保镖。”比起激动的南希，单池远显得沉着冷静，甚至有点漫不经心。

“为什么是她？我不需要！”南希就像一只暴走的狮子，“谁和你说我需要保镖？参加活动，主办方和经纪公司都会安排保镖！我不需要贴身保镖！平时出门有助理！”

“是谁天天被吓得掉发又失眠的？连快递都不敢收！”

南希努力想要挽回一点面子：“我那是警惕。”

单池远面不改色：“我也是警惕。”

“你凭什么擅自替我做决定？”

“凭我是你的监护人。”

“我已经年满十八了，我的经纪人、助理都给甄选一遍就算了，你现在还给我安插一个保镖，你这个控制狂。我告诉你，我不和她一起住！”

“放心，我知道你不喜欢与人同住，她住2203。”

“什么！你和我开玩笑？”

姜槐拖着她的行李箱，看着两人唇枪舌剑，你来我往，完全忽视她的存在，也没有自己插嘴的余地。南希气势汹汹，单池远四两拨千斤，一时间难以分出胜负。她还在想自己是直接进门，还是回自己家去，便听单池远道：“你妈让我看好你。”

这句话一出，南希像是被扼住了喉咙，半晌没出声，随后狠狠将门一甩，回了2202。

比起南希的横眉怒目，单池远自始至终都很平静，四两拨千斤，比应对无理取闹的熊孩子还轻松。

南希摔了门再无动静，单池远定定地看着围观了全程的姜槐：“还有什么事？”

“没事。”

“没事你还杵着不进去？”

说得姜槐像蓄意偷窥一般，她的脸涨得通红，还没来得及反驳，单池远已经进了门：“你喜欢站着请随意，我恕不奉陪。”

姜槐傻眼看着两扇关着的门，饶是她脾气好，也觉得气恼。

这对舅甥一个傲然冷漠，一个嚣张跋扈，但骨子里的傲慢何其相似。

这一夜，姜槐睡得不好。

公寓两室一厅，家电齐全，窗明几净，就连床单、被套都是新的，估计是刚有人来打扫过。

单池远已讲明，这里给姜槐随意使用，姜槐却没有把行李全部取出，而是将行李箱放在了墙角。进门时虽有惊艳和新鲜，但她十分明白，这不是自己的领地。

她躺在一米八的柔软大床上，虽然舒适，但还不及片场硬邦邦的地面让她安心。

她翻来覆去，就到了天亮。

同样睡不好的人还有南希，她顶着黑眼圈，在助理的夺命连环call中拾掇好了自己，刚开大门，便被直挺挺站在门口的穿着黑色连帽衫的人吓了一跳。

若不是姜槐及时取下了帽子，南希几乎就要尖叫出声。

南希看着倨傲而立的姜槐，内心十分不满。

南希昨夜就接到了蒋瑶的电话，对方苦口婆心地劝了她半天："现在哪个明星没有保镖？好多人还不止一个！虽然你出席活动、拍戏的时候，公司、剧组会安排保镖，但是在这种非常时期，怎么能没有一个贴身保镖呢？"南希虽然和蒋瑶关系亲密，但说到底内心对这个经纪人还是忌惮的，对方递了梯子，她就顺坡而下："我知道了，一旦变态跟踪狂消停，我就不要她跟着。"至于蒋瑶怎么知道这事，压根不用猜，她的助理和经纪人都更像在为另一个人服务。

南希气得一整夜都睡不好，被愣头愣脑的姜槐吓了一跳，气更是不打一处来，咋咋呼呼地下了楼。

姜槐像一个影子一般，悄无声息地跟在她身后。

说实话，姜槐并不聒噪讨厌，但南希并不喜欢她。

最初，是因为姜槐送来了花和可怕的礼物，南希以为她是故意看笑话，所以稍微刁难了她，且她的武打动作有些确实不够到位，南希不是非常满意。后来，她以为南希遇到了变态跟踪者，出手相助，南希的心情更复杂了：一方面是动容，因为在这个冷漠的社会，大家对麻烦都躲闪不及，而她却冲了过来。可另一方面，因为那个人压根不是送东西来的变态，而是自己的控制狂小舅舅啊。

他们那天为了何事吵起来，南希已经不记得了，姜槐对他那一次过肩摔，让她狠狠地出了一口气。

可说到底，那人再讨厌也是她的小舅舅，那女人怎么能够将他摔得那么重？

而且，他们不是水火不容吗，怎么突然就狼狈为奸了？

想到这里，南希又忍不住瞪了姜槐一眼。

南希频频回头，姜槐不知自己已被她在内心暴打了几遍，只觉得她真好看，就连素颜都十分养眼。

南希的眼神迷离，虽然两个人同为女子，但姜槐忍不住看了又看。

姜槐又想起了那个人，明明和南希有着一双一模一样的眼睛，同样有神，但给人的感觉是深不见底的阴冷。

[3]

单池远开的条件其实并不苛刻，甚至称得上优渥，大把人愿意为南希赴汤蹈火。

当然，南希愿不愿意接受，应另当别论。

每天，姜槐会收到南希助理发来的日程表，除去拍摄工作，她大部分时间都守在南希的身边。

姜槐对单池远提出的唯一条件是她不放弃武行的工作。好在她近期的大部分工作都在《歧路》剧组，偶尔一些零碎的活儿，片场也相距不远。

虽然这份工作最初她并不甘愿做，但不得不承认，成了南希的保镖之后，她在片场的待遇比之前要好上不少。

她不用每天转几趟车往影视基地跑，坐的是南希的专用保姆车；不用再与其他群演武行共用休息室，南希的VIP室的一角就比之前的宽敞太多；工作餐虽然也是剧组盒饭，但比之前要丰盛不少，因为主角和群演的待遇不同，南希的随行工作人员餐食都与她一样。

哪里都不乏捧高踩低的人，因着南希风头正盛，姜槐与南希同进同出，大家纷纷猜测姜槐的背景或以为她傍上了南希这棵大树，以前对她呼呼喝喝的人也态度大变，偷偷拉住她问个究竟：“你和南希……”

姜槐望了一眼南希的背影，后者似乎察觉到她的目光，回过头来警告性地瞪了她一眼。

只是这在外人看来，却是不同寻常的眼神交流，更是两人关系好的铁证。

姜槐受到威胁，不敢多言，忙追了上去：“抱歉，我还有事。”

从她成为南希保镖的第一天起，南希已经与她约法三章：“不准让别人知道你是我的保镖，不准偷拍我素颜，不准将我的起居饮食泄露出去。”

虽然南希的条件无厘头，但姜槐毫无异议地接受了。

只是姜槐虽然乖顺、面瘫，话也少得可怜，存在感约等于零，但南希还是看她十分不顺眼，每天想方设法地刁难她，希望她能够知难而退，这样就不是自己的过错了。

只是，南希低估了姜槐。

几日下来，虽然南希故意不按照行程表时间行动，早出门或者拖延，但只要打开门，她就能看见站在门口的像幽灵似的姜槐。她冷嘲热讽或是冷脸相对时，姜槐却犹如绝缘体，全然接收不到她的信号，毫无反应。

唯有在工作的时候，她才能从姜槐脸上看见其他表情：认真，专注，眼睛微微泛着光，像是世间万物都无法将她撼动。

对于南希的挑衅，姜槐并非没有察觉，但对漂亮的女孩儿，姜槐总是特别宽容。而且在她看来，南希的所作所为与因不想上补习班而闹脾气的别扭小孩没有不同。南希若知道她的内心所想，估计会气得爆炸，南希最讨厌的便是被当成小孩。

姜槐偏偏忘了，小孩子最有逆反心理，顺从对方，对方或许很快失了兴致，但是你越是不理会，她越是要与你对抗。

那天拍的是火场破窗跳楼的戏份，女主角方桃因发现犯罪集团的秘密被囚禁，结果起火，门被锁，她只能从七楼跳窗逃生，最后落到了货车上。

这场戏十分惊险，是姜槐入行以来拍过最危险的一场戏，她听着动作指导陈友讲解了好几遍，才郑重地点了点头。

对武行来说，一场简单的戏或一个几秒钟的镜头都是危机四伏、不可小觑的。

陈友入行多年，什么惊险的戏没有拍过，但姜槐毕竟是他看着长大的，看着她穿上了威亚衣，还是为她捏了一把汗。

姜槐最初还是紧张的，换了服装后，她逐渐冷静下来。这只是她的工作，从踏进这个圈子开始，她就要接受每一次新的考验以及各种未知的风险。

“Action！”

“《歧路》第四十五场第一次……”

在场记板拍上的一瞬间，姜槐深吸了一口气，朝窗外跃了下去。

破碎的窗户虽是糖化玻璃，但姜槐裸露的皮肤仍能感觉到锋利的刺痛感，因为穿的是夏天的服饰，不能垫棉片，绳子与钢丝直接卡在身体上了。不知是威亚衣没有穿紧，还是扣没打好，大概离地面还有三层楼高的时候，姜槐感觉自己整个人不受控制，直直地掉落在道具车上，虽然有气垫缓冲，但头部仍然受到猛烈撞击。

姜槐感觉有血从后脑勺和鼻腔涌出，但她始终没有动，直到听到导演一声“cut”。

道具车已停下，明晃晃的灯打在脸上，姜槐听着周遭的嘈杂声，想要从地上撑起，人却不受控制，又一次重重地砸到了地面上。

“没事吧！”

“快，来人扶一下她！”

一时间，场面混乱，姜槐模糊的杂乱的视线里，出现了陈友，还有另一个熟悉的身影。

“姜槐，你没事吧？”

她张了张口，却没发出声音，在她还未反应过来之际，陆沉舟已将她抱起来：“我送你去医院。”

“不用……我没事，只是有些晕。”她咬咬牙，目光直直地投向监视器之后。

直到听到导演喊了一声“过”，她才松了一口气。

周围探究的目光落在两人身上，陆沉舟却顾不上，抱着她往外走。

姜槐却十分不自在，片场人多口杂，虽然两人师出同门，但别人并不知。姜槐挣扎着要下来：“我没事，可以自己走，你放下我。”

鼻腔的血已止住，陆沉舟见她目光还算清明，才慢慢地将她放下。

姜槐刚站定，发现面前多了一个人。

[4]

看到姜槐出了意外，南希也被吓到了。

南希原本是想问姜槐有没有事，但看到姜槐满脸干掉的血迹，话到了嘴边却变成：“你怎么这么差劲？”

话一出口，南希就后悔了，可还没来得及挽回，姜槐身边的人已经冷冷地瞥了她一眼：“你这话什么意思？南希是吧？姜槐是你的替身，如果不是她，现在躺在那里的人是你。”

南希下意识反驳：“没有姜槐，还有李槐、王槐，想要做我替身的人多的是！”

“你！”如果说原先只是生气，这会儿陆沉舟已处于震怒状态，他的拳头紧了又紧，人朝着她逼近。

南希向来是被捧着的，什么时候受过这等待遇，仰着头对面前的人怒目而视。这个人她知道，却不记得名字，因为对方演了反派角色，两人至今还没对手戏，就算有对手戏，她或许也记不住他的名字。

剧组里，上至主演，下至领便当的群演，谁人不对她笑脸相迎，这个人却为了一个武替对她大呼小叫，甚至要动手。

“你想打我？有种你打呀！”

陆沉舟居高临下，与南希对峙着，他的确想将她扔出去，但对女人动手，他做不出来。他与姜槐是比试，点到即止，单方面动手，是恃强凌弱。

南希内心有些害怕，却不退让，直直地对上他的眼睛，这是一双明亮的眼睛，只是此时里面布满了血丝。

姜槐头疼得厉害，并没有听清南希问的是什么，所以也不知道她和陆沉舟为何一副要打起来的样子。

姜槐赶紧上前去拦，且不说她现在是南希的保镖，要保护好南希，就拿南希现在的咖位来说，陆沉舟打下去，怕是以后完全不用在这一行混了。

姜槐刚往前迈了一步，头部的疼痛越发明显，整个人摇摇晃晃地往前栽。

南希与陆沉舟站在相反方向，两人只顾着争吵，压根没注意到摇摇欲坠的姜槐。

姜槐的身体往前倾的一瞬间，人陡然清醒，就在她的身体与地面即将亲密接触的那一刻，一把横空出现的椅子接住了她的身体。

这边的动静让两个针锋相对的人同时回头，南希惊讶间也忘记自己还在与单池远冷战：“小舅舅？”

“姜槐！”

两声惊呼同时响起，姜槐的脸色有点难看。

看似椅子接住了她，其实是她狠狠撞在了椅子上，虽然没有跌倒，但身体被木椅子硌得生疼，尤其是威亚钢丝牵引的部分，疼得她半晌没说话。

她看着这个不该出现在这里的人，莫名觉得气恼。

刚刚南希与陆沉舟在争执，或许没看清，她却看得分明。这个不该出现在这里的人，其实一伸出手就可以将她扶住，可他拉了一把椅子，犹如她身上带了什么病毒似的。

她不是他，砖头拍在身上、刀子插进身体都面不改色，她只是凡人血肉之躯。

于是姜槐板着脸，忍着痛，一声不吭，连道谢也没有。

单池远看着她的臭脸，动了动嘴，像是要解释，最终还是作罢。

单池远已经好几日不曾见到南希，两人虽住在同一个小区、同一栋楼、同一层，仅有一墙之隔，但他忙着工作，她要拍戏，平时也不常碰面。这几日，因他给她请了保镖，她连电话都不接。

这样的事情经常发生。南希小时候软糯可爱，总是黏在他身后。随着年龄的增长，两人的隔阂越来越深，不知道的人还以为他们是仇人。她讨厌他，他是明白的，所以没什么事，他是不在她面前露脸的。

今日，他本来只打算看她一眼就离开，却不想到了片场，就看见威亚出意外那惊险一幕。

明明出了意外，受了伤，但姜槐还是坚持把那场戏拍完了。

她的心志，远比他想象的坚韧得多。

“你怎么来了？”南希见到单池远出现的那一刻，心情十分复杂。他的出现，让她一下子有了后盾，再也没人可以随意欺辱她，可另一方面，她和他还在冷战，她主动开口，感觉像在对他示弱。

单池远没有察觉到南希的纠结情绪，对于她的疑问，只用了短短两个字“路过”。姜槐脸上的血迹看起来十分瘆人，单池远瞧着有些发昏，别过脸：“我送你去医院看看。”

南希这边还想刨根问底，那边现场已经准备就绪，下一场要开拍了，助理火急火燎地跑来找女主角，看见这里紧张的气氛，仍旧踟蹰着开了口：“小希，轮到你了……”

南希虽不甘心，但还是跟着助理一步三回头地走了。

“不用了。”

“不用。”

两道声音同时响起。陆沉舟不知来人是谁，但看对方和南希像是关系匪浅，直接对此人没有好感，但还是客气道谢：“不用麻烦，我送她去医院就可以了。”

单池远眼神意味不明，看了陆沉舟一眼，没再说话。

倒是姜槐再一次出声拒绝：“不用，我休息一下就好了。你等一下还有戏，是不是要去准备？”

她这么说，陆沉舟却没有动：“你要去医院检查。”

“我自己去！”姜槐压低声音，“你忙你的，我休息一下就去医院，真没事。”

陆沉舟的戏就在南希之后，这个时间，他本该在化妆，而不应出现在此。见姜槐如此坚决，他只好叮嘱她小心后回化妆间了。

好不容易平息了一场战争，送走两枚炸弹，姜槐累得很，瘫坐在椅子上，准备休息一下再去洗把脸。

良久后，她察觉到不对劲，蓦地抬头，发现单池远还在。

“你怎么还在？”

“我带你去医院。”

“我说了不用了。”

单池远压根没理会她的不满，正眼都不看她：“我不是征求你的意见。很多人摔伤后脑后一开始觉得无碍，过了几日就悄无声息地死亡。姜小姐，我们签了协议的，你受雇于我，如果你出了什么状况，我可是要负责的。”

听到他这话，姜槐一口气没上来，咳了个昏天黑地。

单池远这才撩起眼皮看了她一眼，摇摇头，好像她已经一只脚踏进了棺材里。

饶是姜槐不迷信，此刻也开始怀疑自己是不是与他八字不合。

每每他出现，她一定倒霉，他就是行走的扫把星。

[5]

最后，姜槐还是坐上了单池远的车前往医院。

姜槐自觉地坐到了后座，单池远冷眼看着，从储物柜里摸了一包湿巾往后扔。

姜槐被砸了个莫名其妙。

“擦擦你的脸。”

她这才想起来，刚刚自己流鼻血了，血迹干掉后还没来得及洗脸，就被叫去医院。她后知后觉明白了他自始至终没正眼看自己一眼的原因——他晕血。

影视基地离最近的医院也有一个小时车程，中间有段路特别颠簸，姜槐被颠得后脑勺一阵阵发疼。她看着单池远的背影，心思忍不住飘远了。在不久之前，他才遭暗算后腰中了一刀，一般要休养好些天，她刚刚暗中窥视，他看起来却没有一点不自然。可他受伤会流血，血液也是鲜艳的红色，与常人无异。

姜槐不想承认，自己内心是羡慕的，若她的体质与他一般，拍起戏来可方便不少。

姜槐出于礼貌，还是没将话问出口，目光却不停往单池远的后腰瞟。

她的目光赤裸，毫无掩饰，单池远起先没在意，可看清她眼底的探究后，他的神色彻底冷了下来，他已经不止一次在她面前露了破绽。

车猛地停下，姜槐毫无防备撞在了座椅上，她抬起头，单池远毫无愧疚："医院到了。"

姜槐总觉得哪里不对劲，却说不出来。

单池远已经提前给医院打了电话，姜槐一到，医生随即安排了检查，结果很快就出来了，只是轻微脑震荡，至于鼻血，是因为突然遭到强烈冲击，并无大碍。医生帮她简单清理了后脑勺的伤口，她就可以离开了。

离开医院的时候，姜槐终于知道哪里不对劲。她就知道，单池远没有那么好心。他将她送到医院，又让她独自回去。要知道，她走得匆忙，戏服都没换，随身物品都在片场。

单池远面对她灼灼的目光，面不改色地撒谎："我有事，给你叫辆车回去。"

"不必了。"姜槐十分警惕，就怕他又给自己挖一个坑。

"你没带钱包和手机。"

他的话被姜槐当成了挑衅，她不理会，兀自去拦车。她刚上车，单池远已经抽出两张大钞递给了司机："影视基地。"

从这里到影视基地，打车也就百来块钱，单池远财大气粗，司机怎么可能拒绝，乐颠颠收下钱，服务态度也提升了不少："先生，还有什么要说的吗？"

单池远对南希的行程了如指掌，知道她接下来两天都没有拍摄任务，便对姜槐说："你这两天就休息吧，不用跟着南希。"

"我……"

“你这样子，我也不指望你保护她。”

单池远自顾自说完，也不理会姜槐恼怒的脸色，直接让司机开了车。

被招之即来、挥之即去的姜槐笔直地坐着，连个眼神都没有递过来。

从医院离开后，单池远回了事务所。

电梯里，两个年轻的实习生正凑在一起看手机新闻。

“凶手应该是老手，作案手法很熟练。”

“还割下了耳朵？”短发的女孩看着打了马赛克的图片，惊讶地捂住了嘴。

“对对对，我看论坛上有人跟帖，说和几年前南泽大学附近的连环杀人案手法很像呢！”

“这个凶手太可怕了，到现在都没有被抓住。”

有个清冷的声音忽然在后面响起：“你的手机可以借我看一下吗？”

两个实习生蓦地回头，看见是单池远，脸色一僵，毕竟此时是上班时间，被老板撞见讨论八卦不是什么好事。

长头发的女生忙将手机递过去：“单律师。”

单池远点点头，三两下浏览完页面，又将手机还回去。

电梯恰好到楼层，他冷着脸越过惴惴不安的实习生，直接朝办公室走去。

助理小孙一见到他，便垮下脸：“单律师，小野又来了，我按你说的，打发他走了。”

小野是几年前一宗案件的当事人家属，因为家庭困难，单池远偶尔会暗地里帮点小忙，上次的事情纯粹是一个意外。他去了老城区，只是因为这些年他一直在追寻一宗案子的线索，偶然遇见小野受欺凌，才出手帮了忙。小野却因为他受伤耿耿于怀，时不时到事务所来，被挡在了门外几次，却还是执着地上门。

小孙小心翼翼地觑了一眼单池远的脸色，咬咬牙：“他带了一篮子鸡蛋……”

“我不是说不许收他的东西吗？”

小孙也很委屈：“他偷偷放下鸡蛋就走了，我发现的时候他已经走了。”

见单池远盯着那一篮子白白胖胖的鸡蛋，眼神晦暗不明，小孙不敢再说话，悄悄地关上门出去了。

她的朋友都艳羡她有个又高又帅的Boss，每每拿她打趣，调侃着让她努力一下拿下他。每次她听到这样的话，都忍不住“呵呵”。单律师除了有令人着迷的外表，还有令人闻风丧胆的名号，自看过他在法庭上对对手的步步紧逼，丝毫不留余地地打击，她对这个男人就有着莫名的畏惧。

虽然单池远对她向来和颜悦色，只要不犯原则性的错误，他对下属也十分宽容，但是她对他从未有过非分之想，毕竟在她之前的那任助理是怎么被辞退的，她清楚得很。听闻对方离职后，再无事务所敢录用，迫于无奈只能转行。

助理的小心思，单池远并未理会，那篮子鸡蛋他也没有带回去，而是让小孙分给了办公室的女同事。

他一直在办公室翻阅案件，直到深夜才驱车回到碧海蓝天。从地下车库进电梯，单池远没有直接回二十二楼，而是到了一楼。

他没有烟瘾，也不喜欢睡觉的地方有烟味，只是偶尔心烦意乱就想抽根烟。

今日那条新闻，让他原本不佳的心情更加烦闷。

碧海蓝天安保森严，除去住户，其他人出入都需证明。深夜，花园空无一人，单池远点了一根烟，却没有直接放进嘴里，而是看着它徐徐燃烧。

一声微弱的猫叫，打破了夜的宁静。

单池远顺着声音望去，草丛窸窣作响，他神色一凛，熄灭了烟，缓缓地起身。

他的动作很轻，呼吸也被刻意压制，几乎令人无法察觉。月光冷冷地落在他的脸上，衬得他的表情越发冷峻。

单池远收了收拳，正准备撩开草丛，有个人影却猛然蹿过来。

在看清面前的人时，他已经来不及收回手。

好在对面的人身手比他更敏捷，拳头距离她还有十厘米时，她已经扼住了他的手。

她的手指冰凉，落在他裸露的皮肤上，他却像被火灼伤，迅速嫌弃地甩开。

他的动作令姜槐显得尴尬又委屈，明明是他先准备袭击她，她不过是应激反应自卫，现在搞得她像调戏大姑娘的流氓。

“你做什么？”

[6]

“这话该我问你才对。”单池远毫不客气地审视着她，一个女孩子三更半夜蹲在暗处鬼鬼祟祟像什么，“你在这里做什么？”

姜槐被他问得莫名其妙：“我每天晚上都在这儿喂猫。”

她的脚下，是两只小小的猫，橘黄色，他不喜欢小动物，也没有研究，看不出是什么品种，除此之外，还有一小袋猫粮和一个空的罐头。

姜槐穿着宽大的家居服，或许是白天受了伤，或许是灯光昏暗，她直挺挺地站在那里，竟显出一丝柔弱。

单池远被她水汪汪的眼睛盯得莫名心虚，捏了捏眉心，觉得自己过于草木皆兵了。

“你养的猫？”他不喜欢猫狗，它们虽是宠物，但有锋利的爪牙，一不小心就会将人挠得鲜血淋漓，他对未知的不可控的风险向来避之不及。

“不是，流浪猫。”

说话间，其中一只猫攀上了单池远的裤腿，他吓得一跳，猛地后退了两步，扒拉着他的小东西却没有被甩开。他说：“你把它弄下来。”

不可一世的单律师的反应让姜槐既惊奇又难以置信：“你还怕猫？”

“你才怕猫，我只是不喜欢。”姜槐语气中的幸灾乐祸太过明显，单池远僵着身体耐着性子，姜槐却像故意一般，慢吞吞地蹲下身子，轻轻地托住了小奶猫，可它的爪子仍旧锲而不舍地抓着他的裤腿。

“它很喜欢你。”姜槐的口气有些酸，她喂了好几日，这猫都不怎么让她摸呢！

“你快些。”他催促。

姜槐依旧不紧不慢，小心翼翼地将猫从他的腿上弄下来：“猫很小，不能太用力，会受伤的。”

她的表情寡淡，可单池远仍然觉得她眼中写满了赤裸裸的嘲笑，仿佛在说：你竟然怕猫。

单池远并不怕猫，只是这样软糯的小动物对他来说，也是不同寻常的危险。

这下，他连烟也不想抽了，直接上楼。走到大堂门口的时候，他鬼使神差地回了头。

姜槐的身子矮了下去，他只能看见她毛茸茸的头顶。

他看过她在深夜奔跑，看过她一脚撂倒一个大汉，看过她受伤后隐忍不发的模样，这会儿看见她悄无声息地喂猫，竟然也没有觉得违和。

她何尝不是一只猫，看似无害，若谁不小心踩到她的尾巴，奓毛不说，可能还会跳起来狠狠地挠你一把。

可这样的人，放在身边是安全的。

单池远按下电梯按键，他没有看见自己映在电梯壁上的脸，嘴角微微上扬。

单池远刚回到公寓，鞋子都未脱，便听到“砰砰砰”的拍门声。有门铃不按，只喜欢拍门和踹门的人，单池远只认识一个。

果然，单池远一打开门，南希就站在门外，不同寻常的是，她面色惨白，手里还颤颤巍巍地捧着一个箱子。

“小舅舅，他又来了。”

南希和这个小舅舅的关系越来越僵，单池远已经想不起上一次南希这样带着依赖感喊自己是什么时候了。她有着和姐姐相似的面容，性格却大相径庭。这会儿她站在自己面前，眼眶发红，单池远有一瞬间的错觉，仿佛回到了很多年前，她可怜兮兮地要跟着他去上学。

单池远心里一软，没意识到自己放缓了语气：“怎么回事？”

“那个变态又来了！他寄了这个！”她声音带着哭腔，将箱子掀开，里面除了密密麻麻的合成照，还有各种不堪入目的情趣用品。

单池远只看了一眼，便用力盖上箱子，快递单上只有收件人的地址和电话号码，是南希网购用的化名，寄件人一栏却是空的。

他从南希手上接过箱子，往消防通道的方向走。

南希明显惊魂未定，穿着拖鞋，踩着小碎步跟在单池远身后：“才搬家多久，他怎么知道我们地址的？报警也没用，简直要将人逼疯……他到底想要怎样？”

“你冷静点，别怕。”单池远深吸了一口气，将心底的烦躁压了下去，“碧海蓝天安保严密，他进不来，以后来历不明的快递不要收，网购的东西直接寄到我的事务所。有姜槐，我让她跟紧你。”

听到“姜槐”二字，南希忍不住撇了撇嘴，但紧绷的神经也随之慢慢放松，姜槐的身手她见识过。她有些懊恼：“姜槐受伤了。”白天发生的事，她想起来还有些后怕。姜槐从医院回来后，好几次她都想问问情况，却拉不下面子。见单池远也没有说下去的打算，她脸皮薄，也问不出口，跺跺脚，转身回了2202。

见南希的门紧闭着，单池远才将箱子里的照片一股脑倒进垃圾桶，然后点燃了火。

燃烧的过程很长，他被火光逼出了豆大的汗珠，但他没有离开。直到确认东西都烧成了灰烬，火也熄灭，他才往垃圾桶里浇了两瓶矿泉水，浇熄袅袅的余烟，却浇不灭心头的焦虑。

回到家后，单池远当即给谢峋打了电话。

电话那边，谢公子还沉浸在灯红酒绿中。听到合伙人要请假两天，他打了一个激灵，差点从吧椅上滑下来："什么？你要请假？辉煌地产刘辉预约了你几次，你还是不打算见？"

"不见，不接。"

谢峋说的是辉煌地产老总酒后驾车撞死一家三口的案件，对方几次上门，单池远都拒见。这个案子的律师费，相当于博尔事务所大半年的开支。但两人相识多年，谢峋知道单池远的底线，见他不接，也没有再劝。谢峋还想追问好友为什么请假，他已经挂了电话。

挂了电话后，单池远便订了飞上海的机票。

南希要飞上海参加电影节，她不是小孩，他不可能去哪儿都跟着。只是最近事情频发，新保镖姜槐又受伤，他总觉得有事发生，十分不放心。

结果第二日一大早，他掐着时间出门，却看见姜槐背着包站在门口。

"你……"

话还没问完，2202的门已经被打开，南希的精神并不好，看见门口的姜槐后眼睛陡然一亮："我不是给你放了假吗？"

姜槐摸摸后脑勺："没什么事，我可以的。"按照合同要求，南希出远门，她是要跟着的，机票也早订了，所以这几日她没接活儿。

南希听到这话，喜出望外。虽然经纪公司每有活动都会安排保镖，但是她向来不喜欢几个彪形大汉跟着。姜槐跟着她，会让她更有安全感。只是最开始拒绝请保镖的人是她，她不好表现得太明显，矜持地抿了抿唇。这会儿，她才注意到站着的单池远，目光不住往他身上瞟。

"出差。"单池远仿佛看透了她的心思。

南希没吭声，她才不关心他为什么拖着行李箱出门。

[7]

在成为南希的武替之前，姜槐对她的印象仅止于“新生代女演员”。姜槐不爱看娱乐新闻，也不热衷八卦，并不知道除了“演技好”，网络与媒体对南希的评价褒贬不一，这与南希火暴的性格不无关系。

接触之后，姜槐却莫名地喜欢南希，她其实挺可爱的，嘴硬心软。

在前往机场的车上，坐在前面的南希时不时回头，欲言又止。因她戴着墨镜，姜槐也不知道她到底是在看自己，还是在看坐在自己身边的化妆师。

到了机场，南希的助理便来要走姜槐的身份证。最开始姜槐还以为对方只是帮她取票，登机时才发现，是去帮她升舱，原本的经济舱升级到头等舱。助理的语气有些酸：“你昨天受伤，小希体谅你，给你升舱。”

南希与姜槐隔着一条过道，墨镜仍旧挂在脸上，面无表情。

姜槐不知道南希是不是在补眠，道谢的话语卡在喉咙里，过了半天才发出去。也不知道南希听见没，别说答应，她的头都没有往这个方向转。

此次的行程很紧，不过两天，众人一落地，便马不停蹄往酒店赶，然后便是各种采访。

但是姜槐十分清闲。因为只要是公众场合，就有几个男保镖跟着，南希遇到危险的可能性不大。她所要做的，便是像一个影子一样跟在南希身边，以防万一。她沉默寡言，又善于隐匿自己，有时候在角落里一坐两个小时也没人发现她的存在，别人看见了，也只当她是南希的小助理或化妆师。

两天一晃眼就过去了，参加完晚上的电影节，她们便搭乘最晚的一趟班机回南泽。

这两天虽风平浪静，但姜槐一直谨记单池远的叮嘱，任何一刻神经都不能松懈，万万没想到，意外会在这时发生。

电影节结束时已是晚上十点多，南希拒绝了采访，连休息都没有，一行人便往机场赶，第二天一大早南希还有拍摄任务。

抵达南泽时已经是凌晨，一行人走特殊通道往停车场赶。

因为行程非公开，没有粉丝接机，也没有狗仔蹲点，加上走的是特殊通道，所以公司安排的保镖都被南希遣回了。南希心情十分放松，还在说着两天没有吃好睡好，一回南泽马上去吃顿火锅犒劳一下自己。姜槐看着她嘴角若隐若现的梨窝，也受到了感染，不禁跟着她轻笑起来。

南希心情好，看姜槐也没那么不顺眼：“我以为你是一个面瘫，没想到你还会笑。”

姜槐被她这么一取笑，陡然红了脸，一群人都跟着哄笑起来。

谁也没注意到，那个穿着黑衣服、戴着鸭舌帽的男人是什么时候走近的。

深夜，停车场人不多，偶尔会穿行着几个工作人员。姜槐起初也没有在意，直到看见他手里提着的油桶。当她闻到那股腥臭的味道时，她下意识地顿住脚步。

那人抬头看了她一眼，对上她的目光。她想要出手，却已经来不及了。

姜槐的第一反应是背过身，用自己的身体挡住了南希。

南希猝不及防被这么一扑，整个人被撞得倒退了两步，下一秒，她的笑容凝固了。

腥臭、黏腻的红色液体还带着温热，味道令人几欲作呕，它透过衣服渗入皮肤，那种毛骨悚然的感觉让姜槐忍不住打了个激灵。

这人是有备而来的，速度极快，泼完东西就跑。待众人反应过来，他已经跑出老远。

耳畔是此起彼伏的尖叫声，姜槐没有去追，她仍旧保持着那个姿势，将因恐惧而瑟瑟发抖的南希死死地抱在怀中。

“不要怕。”她说。

单池远抵达医院的时候，已是凌晨三点。

单池远接到蒋瑶的电话，说南希出事的时候，有那么一瞬间，他感觉自己仿佛回到了许多年前，回到了那个阴暗、恐怖的深夜，他怀里还抱着一具冰冷的尸体。过了半晌，他才找回自己的声音：“南希现在哪里？”别的，他都没有再问，就怕听到的不是自己想要的答案。

凌晨，医院寂静、阴森，南希住在十九楼的VIP病房，只有走廊深处还亮着幽幽的灯。

单池远走得很慢，看到站在窗边的人先是一愣，而后像被一盆冰水当头淋下，诧异、恐惧与愤怒交织在心头，他忽然伸出手揪住了这人的领子。

他有严重的洁癖，又向来厌恶与人有身体接触，因为那对他来说都是危险。这一刻，姜槐身上的血已干，大片大片的暗红色看起来触目惊心，散发着一股难以言喻的腥臭味，像久未清理的阴沟，又像腐烂的动物尸体。

他的手就这样抓住了她的领子，紧紧地，微微颤抖。

单池远走近自己，姜槐是知道的，他伸手抓住她的时候，她完全可以闪身避开或者在他碰到的那一刻挣脱，可她没有，他眼中的红血丝让她惊诧，错过了最佳的反抗时机。

“你……我让你保护她，你做了什么！你让她受到了什么伤害？”他咬牙切齿，一字一句道。

他和她靠得很近，迎面而来的炙热的男性气息让她十分不适应，她忍不住挣了挣，他却将她的领子攥得更紧。

“你放开我。”一夜的惊险加上满身的污秽本就让她心情不佳，此时他不信任的态度无疑是雪上加霜，她向来吃软不吃硬，懒得与他解释，见他没有放开的意思，重复道，“你放开我！”

单池远还未放开，她已抬腿，狠狠朝他的肚皮踢去，又抬手，给了他一个重重的肘击。

令她意想不到的是，单池远面不改色，仿佛她的拳脚所及非他的皮肉，他盯着她，未曾移动。

第一次是在片场，第二次是在死胡同，这一次是第三次。

明明是那么警惕、敏感的人，她对他出手，他应该在感知后迅速采取反击才对。可是他没有，原先她猜测他对疼痛的承受能力强，这会儿她却怀疑他是不是没有痛感。

姜槐心里的疑惑，已经完全盖过了被侵犯的愤怒。

她的眼睛澄澈，明晃晃地透着疑惑，单池远这才意识到自己失控了，同时有种秘密被发现的难堪。

他正准备放开姜槐，便听到南希的声音。

“你放开她！”

单池远猛地回头，南希穿着松垮的病号服站在门口，除了脸色苍白，完好无缺，没有半点受伤的模样。

紧绷的神经陡然松懈下来，单池远才发现，自己的后背在这深秋的凌晨汗湿了一大片。

这会儿再回头看姜槐满身的血，他只觉得犯晕。

姜槐半点没有“生化武器”的自觉，目光灼灼地盯着他，气愤之余，毫不掩饰自己探究的目光。

单池远的心情大起大落，被她肆无忌惮地打探，他几乎无处躲避，只能别过脸，望向了南希。

“你没有受伤吧？”他没察觉自己的声音带上了一点小心翼翼。

他不想承认自己在害怕。

[8]

南希没有受伤。

那桶血被泼过来时，姜槐挡了大半，南希身上几乎没有沾到，却被溅了一脸，让她不小心回忆起某些可怕的时刻。

周遭一片混乱，尖叫声不停，南希紧紧地咬着牙关，没有发出一丁点声音。

等到姜槐发现不对劲的时候，南希已经晕了过去。

她满身是血，阵阵作呕，却傲然地屹立着，看着晕倒在自己怀里的南希，十分纳闷，心想晕血原来也会遗传。

可仔细一看，她发现南希不像是晕血，更像是惊吓过度，脸色死一般地惨白，手还紧紧地抓着她衣服的一角，她轻轻掰了掰，没有掰开。

南希是一个公众人物，发生这种事情对她来讲绝非好事，即使她是一个受害者。在如此混乱的场合下，也就蒋瑶能够保持镇定，马上将南希送往医院，勒令大家封口，又让助理细心勘察有没有人看见。

好在是凌晨，停车场没有什么人。

姜槐一直跟着到了医院，一路上，南希始终攥着她的衣角没有放开，最后还是她用了力，才掰开南希的手。

南希安然无恙，是惊吓过度出现了短暂昏厥。

姜槐最想做的事情是回去将这身衣服扔掉，再狠狠地洗一个热水澡，毕竟满身的血虽然干了，但也很吓人，几个护士都是绕开她进病房的。

蒋瑶安顿好南希，留下助理后就去处理烂摊子了，可姜槐没有离开。

她答应单池远，会好好保护好南希。

她信守诺言，却没想到遭到这样的对待。

不过，她也不吃亏，狠狠地反击了回来。

南希刚醒来，换了衣服又梳洗，就听到外面的动静。

她原先不喜欢姜槐，也没有什么特殊原因，她性格乖张，看谁都有些不顺眼。但一旦将对方划分进自己人的界限，她就会像护犊子的老母鸡一样护着对方。

她冲到了姜槐面前，狠狠地瞪着自己的小舅舅："你干什么？"

"我……"单池远与南希对峙，基本是四两拨千斤的顺利，这会儿被这么一质问，毕竟自己理亏，一时也词穷，"我以为你……"

"你为什么对她动手？她保护了我，你还对她动手！"南希今夜却少见地犀利，“你以为她没有保护好我吗？那你呢？那个人朝我泼血的时候，你在哪里？”

医院一片静寂，南希的声音不大，带着一点哭腔，在单池远听来却振聋发聩。他看着她发红的带着埋怨的眼睛，第一次产生了落荒而逃的念头。

可南希没有给他机会，步步紧逼：“你说啊！你在哪里？你答应我妈照顾好我！可是我每次伤心难过的时候，你在哪里？我妈死的时候，你在哪里？我爸的新老婆在我面前耀武扬威的时候，你在哪里？你有什么资格对别人发脾气！真正没有保护好我的人是你！反正，我也习惯了。我妈不喜欢我，我爸也不管我，我才不稀罕你这虚假的关怀！我为什么会受到惊吓，因为那些血被泼到我脸上的时候，像我妈死的时候，血溅了我一脸一样。”

说完，南希就拉着姜槐进了病房，当着单池远的面狠狠地甩上了门。

姜槐鬼使神差地回头看了一眼，单池远一动不动地站在那里，表情是一如既往的冷淡，可她从他眼中看出了一丝伤痛。

被迫听了一出豪门恩怨，姜槐震惊之余，更多的是触动。

她从未见过自己的母亲，姜山也缄默不提。虽然姜山给了她足够的关爱，但有妈妈和没有妈妈还是不同的。一开始，她以为母亲过世了，后来在姜山喝醉时，才得知母亲活得好好的，只是丢下了她。

有妈却从未见过与妈妈过世相比，也不知谁更悲惨。

姜槐看向南希的目光不免带上了一点感同身受的心疼，她轻轻地反握住了南希的手。

南希却像被针扎到一般，猛地抬头：“我告诉你，刚刚听到的那些话不准说出去！别以为你保护了我就怎样，你是我的保镖，这是你应该做的，也别想用这些事情来威胁我！但凡走漏一个字，我有一千种办法让你在这个圈子混不下去。”

面前的人张牙舞爪，可在姜槐看来，更像是虚张声势的威胁，南希甚至没有挣开她的手。

每个人都有秘密，南希有，她也有。

“好，我知道了。”

南希没想到姜槐答应得这么爽快，更多的威胁还没有发挥的余地，像一拳砸进了棉花里。

她瞪了姜槐一眼，转身往病床走：“你回去吧，这里很安全，你一身脏死了。”

“那你好好休息。”

姜槐再次从病房出来的时候，单池远已经不见了。

深夜，走廊空荡荡的，只有她细长的影子。

南希仅在医院住了几个小时，第二天照常去片场。

前一夜的惊心动魄被压得死死的，没有走漏半点风声。惊吓和失控并没在南希身上留下痕迹，整装待发后，她又精神抖擞地出场了。姜槐看着镜头后面的南希，总算知道她小小年纪为什么能够在娱乐圈站稳脚跟了。

娱乐圈不乏帅哥美女，比她更漂亮的比比皆是，但她身上有寻常人没有的专注和认真。

她是骄傲张扬的南希，可站到了镜头前，她就是坚强善良的方桃，这个角色犹如为她量身定做的。姜槐与她接触多了，就知道她的成功绝对不只是因为有得天独厚的条件。

别人休息的时候，她在看剧本；别人睡美容觉的时候，她和助理对戏。据说为了接《歧路》，她还秘密培训了三个月，但最后因为不小心伤了腰，留下了严重的后遗症。不得已，她只能寻找专用武替。

若非如此，以南希的性格，是没有姜槐的用武之地的。

《歧路》拍摄已经接近尾声，姜槐的拍摄工作完成了大半，除开剩下为数不多的零散的几场戏，她已经有一段时间没有接到别的工作了。

得知她成了南希的保镖，陈友十分唏嘘，又觉得这是不错的出路：“现在武行真不好混，大家都想从群演、替身往演员走，竞争激烈，可这一行多残酷啊，哪里有那么容易成功，陆沉舟之流毕竟是少数。你还不如继续在南希身边干下去，待在女明星身边总比吊在威亚上安全。”

武行是被多数保险拒绝的特殊职业，姜槐知道师叔是为自己好。

“可是，您不也一直没有放弃吗？”

陈友一愣，知道劝不动她，摇摇头走了。

倒是南希，在某天回公寓的车上忽然扔给她一张名片：“最近《龙门》剧组在给曲般若找武替，我推荐了你，你自己和剧组副导演联系。”

姜槐一时反应不过来：“谁？”

“你不会连曲般若都不知道吧？”南希难以置信。

姜槐当然知道曲般若，就是因为知道才如此震惊。

就在姜家那小小的二层小楼里，还有不少曲般若的海报和年代久远的明信片。

曲般若，著名的女演员、制作人，姜槐在很小很小的时候就看过曲般若演的电影《母亲》，曲般若凭借那部电影拿了国内外好几个大奖。这些年，曲般若拍了不少电影，塑造了不少经典角色。这几年，流量小花层出不穷，曲般若也逐渐淡出，但仍旧占据了影坛十分重要的位置。

姜槐从不追星，却实实在在喜欢过曲般若，买过她的明信片和海报。姜山发现后，骂她玩物丧志，将东西都扔了，后来她又去捡回来，藏在房间里。

姜槐心想，曲般若已经有好几年没有拍电影了，以她的身份，要选武替，多的是人前赴后继，怎么可能轮到自己。

姜槐看着南希，心里十分感激，却不知如何表达，只得郑重地道了谢。

“你别当我这么好心，是有人找瑶姐帮忙，我觉得你身手还可以，帮她解决一下麻烦而已！你可别给我丢脸！”

南希嘴上不饶人，可眼里明明带上了得意。

[9]

南希只是给了姜槐一个机会，能不能抓住，还要看姜槐自己，但这已足够让姜槐激动老半天了。

回到碧海蓝天时已经是深夜，姜槐洗漱后辗转反侧，仍旧无法入眠，干脆换了一身衣服，准备下楼跑步。

结果她刚出了门，就遇见从电梯里出来的单池远，两人看见对方，皆一愣。

自从在医院两人大动干戈后，姜槐就没有见过单池远。

她并非记仇的人，但除去在医院动手那次，再往前追溯，都是刀光剑影，惨不忍睹。一时间，她还不知道该用什么表情面对他，只好冷着脸往电梯走。

走到一半，她听见单池远喊了她的名字：“姜槐。”

姜槐下意识道：“南希已经休息了，我只是下楼去跑步，她有事会找我，我并没有擅离职守。”

姜槐说话向来简明扼要，除了之前为武馆辩驳、为南希出头，她能少说就少说，一般也不主动开口，难得见她一口气吐出这么多字。

那天在医院一时冲动的所作所为让单池远后悔，但他从来不是会道歉之人，且他不喜欢她，不喜欢她的眼睛，他站在她面前，总觉得自己像赤身裸体，没有任何秘密。

若她刻意打探或者暗中窥视，他反倒有应对的方法。偏偏她不是，明明好奇却保持着礼貌的距离，却像宿命一般，场面一次次失控，他一次次落于下风。

这种感觉，单池远很不喜欢。

这会儿，她这几句话像是对他的谴责和控诉。她的眼睛浑圆，带着震惊，让他有种自己是欺男霸女的周扒皮的感觉。

他清了清喉咙，在姜槐的注视下保持着淡定："我只是想说，你的鞋带松了。"

姜槐低头一看，果然，左脚长长的鞋带被踩在脚下。

"哦，谢谢。"

单池远却没再看她，开密码锁进了门。姜槐看着他消瘦的背影，不知怎么又想起了在医院时南希说的那番话。

不知是不是自己的错觉，她觉得他的背影看起来有些孤独、有些可怜。

南希所说的武侠片是由武侠小说《龙门》改编的，也是近年来影视圈最大的一个武侠IP，从制片人到导演，都是业内知名的人，阵容强大，其中就包括蛰伏了两年的曲般若。

这两年，据说曲般若拒绝了很多电影邀约，一直在等待心仪的剧本，此次她的加盟，更是为《龙门》造势添了一把猛火。

试镜那一天，南希正好在片场拍戏，一整天的拍摄任务，姜槐从清晨便守在片场。"泼血门"虽抓到了凶手，但对方一直不松口是谁指使的，咬死自己是恶作剧，所以最后蒋瑶无奈，只能将他交给警方处理。事情没过多久，南希身边的人不免都战战兢兢。

姜槐还在想着要怎么和南希请假，却没想到南希直接叫来了化妆师给她化妆，不忘指导："眉毛上扬一点，妆容尽量显得凌厉。"

看着姜槐一头雾水的模样，南希忍不住翻了白眼："《龙门》女主角是一个镖师，你有没有做过功课呀？试镜的时候机灵一点，别给我丢人。"或许南希都没有察觉到，她已经将"讨厌的姜槐"拉入自己人的阵营中。

试镜就在影视城的另一个片场，姜槐赶到的时候，已是人山人海，男女皆有。因为许多女演员的武替都是选用的骨骼纤细的男子，若不是借了南希的东风，姜槐还不知道要排队到几许才能踏进摄影棚里。

姜槐参加过几次试镜，像这种配角、群演和替身的试镜，来的基本是副导演，有些甚至只是工作人员过了一遍就确认，所以姜槐怎么也没想到，曲般若会在场。

曲般若已经四十五六岁，却保养得极好，饶是姜槐见过不少明星，还是被她所惊艳。她的头发被简单地绾起，正在和导演说着话，带着一点笑，带着一点与她年龄不符却十分养眼的少女感。

姜槐远远地望着曲般若，周遭一片喧嚣，可是她仍旧能听见自己沉重的一下又一下的心跳声。

与偶像相见，原来是这样的感觉。姜槐并没有冲过去抱住她的冲动，只是远远地看着就已经很满足。

虽已筛选过一轮，但来试镜的人并不少，有男有女，有十来个，姜槐站在其中并不显眼。

本次面试没有特定的题目，剧组准备了不少道具让他们自由发挥。姜槐的号码排得很后，轮到她的时候，时间已经过去将近两个小时，无论是导演还是曲般若，神色都带上了一点疲倦。

试镜只有五分钟，只有出奇才能制胜，所以在姜槐前面的试镜者，都使出了浑身解数，有表演吊环，有舞剑，更有危险的高空舞蹈。姜槐虽不愿承认自己比别人差劲，但确实很难突出重围。

姜槐的表演项目是咏春。

咏春是她学的第一套拳，这些年姜山开武馆教习，教的也是咏春，每一招、每一式，她都不知道练习过多少遍。

姜槐原本是紧张的，可当她双脚靠合，立正抱拳的那一刻，她像是回到了姜家武馆，姜山就在她身后抽着烟看着她打拳。

这一次，她打的是小稔头。

小稔头看似朴实无华，却极其考验功底，它是咏春的核心，从蹬腿、拧腰，到送肩出拳，只有多年的练习才能快而密集。

内行看门道，外行看热闹，姜槐出拳虽有力，一招一式有板有眼，但比起先前的杂技表演不是特别有趣，有个导演已经打起了呵欠，唯独曲般若看得认真，自始至终，目光都不曾离开姜槐。

当然，姜槐对此并不知道，她完全沉浸在自己的世界里。

直到她立正收式，曲般若忽然发问：“你为什么选择咏春？”

她的声音温柔却有力，与电影中听到的并不一样。

“因为《龙门》里，三娘最擅长的是咏春，靠着伏虎手成名。”三娘便是《龙门》的女主角，曲般若在片中的角色。

声音一落，所有人俱一愣，包括刚刚打着瞌睡的导演。演员试镜前，大多是要做功课的，但除了主角和几个重要配角，寻常人是拿不到剧本的，且一般武打演员和特技演员试镜都是试身手，基本不用看剧本。

曲般若赞许地点了点头。

姜槐想了想，又补充：“除此之外，还因为我父亲热爱咏春，我自小跟着他学武。”

从试镜伊始，曲般若一直没有多言，这会儿主动与姜槐交谈，让导演不禁多看了姜槐两眼，他翻了翻手中的文件：“你叫姜槐是吧？你明天……”

话未说完，却被曲般若打断：“姜槐？”她伸手拿起刚刚一直放在旁边不曾翻动过的花名册，翻到姜槐那一页，认真地看了一遍，又轻轻地盖上。

“你先回去等消息吧！”

导演不明所以地看向曲般若，长长的睫毛盖住了她的情绪。

[10]

姜槐回到《歧路》剧组，南希刚好在休息，正在化特效妆，脸上还有血浆，坐在镜子前，她的眼神却不住往后边瞟。

“听说你表现得不错，曲般若还和你聊了好几句。”她问姜槐。

从一个片场到另一个片场没有多长时间，南希就收到了消息，但姜槐并不确定是不是顺利：“我就打了一套咏春，别人都表演舞蹈、杂技。”她的确从曲般若眼中看到了赞许，但她隐隐觉得，事情不可能那么顺利。

南希冷哼了一声：“别装了，曲般若从头到尾就和你一个人说了话。曲般若可不是谁都看得上的，她看似和善，其实高傲得很！”

成为武行后，试镜便是寻常事，最初姜槐还会抱着期待等消息，可一次次的失望让她在事情成定局前，都做最坏的打算。没有希望，她便不会失望，更不会轻易绝望。

但或许是因为整场试镜会中，曲般若只和她一个人说了话，又或许是南希的话给了她信心，她对成为曲般若的武替这事燃起了一丝希望。

曲般若总共出演过三十四部电影，有的是主演，有的则是配角，但所有的影片姜槐看过不止一遍。她很喜欢曲般若，也没有什么缘由，只是小时候看电影，那么多人物，她唯独记住了曲般若。

接下来几日，姜槐一有空便拿着手机，《龙门》剧组的电话没有接到，倒是等来了陆沉舟的电话。

“有个活儿，工作虽多，但不会特别危险，而且给的报酬也丰厚。”原来是陆沉舟接的新电影，需要一个女武行跟组到外地拍三个月，负责剧组大部分女演员的武打替身。

一个武行担任一个或多个演员的替身已是司空见惯，若往常有这样的工作机会，姜槐一定毫不犹豫就应承，但这一次她拒绝了。

“因为……南希吗？”

陆沉舟的声音低沉，隔着电话，姜槐仍旧听出他不满的情绪。

“你和她……到底是怎么回事？你不是要做武行吗，为什么一下子成为她的保镖？你是不是缺钱用？如果缺钱，我……”

“不是。”姜槐不知怎么和他解释这件事，避重就轻道，“这只是暂时的，我只是暂时保护她的安全。但这只是一部分原因，我爸那边还不知道我做武行，要离开南泽三个月，他肯定会起疑。”

“这个机会很难得。”他也是从武行走到现在，每一步有多艰难，他都记得清晰。

“我还试镜了《龙门》曲般若的武替，结果还没下来，我想再等等消息。”

陆沉舟没有再劝她，也知道劝不动。

姜槐下定决心的事情，无论旁人怎么干预，都无法撼动她改变心意。

从前是，现在更是。

姜槐等了一周，没有等到剧组的电话，反倒听到《龙门》开机的消息。

那一天，南希完成了《歧路》最后的拍摄镜头，顺利杀青。

杀青之后还有酒会，作为南希的贴身保镖，姜槐当然不可能缺席。

南希是主角，又势头正盛，敬酒的人一个接着一个。南希酒量不好，和制作人以及导演喝完酒后，眼神已经有点飘。蒋瑶知道南希酒量的深浅，不敢让她再喝，忙让姜槐将她拉走。

南希年纪不大，脾气却很大，圈内不少人都知道，加上王牌经纪人蒋瑶在挡酒，也没有人再拿着酒杯找她了。

两人坐在角落的圆桌上，面面相觑。

姜槐一直心不在焉地盯着手机。南希没有完全喝醉，她的酒品也不差，但喝了酒便喜欢说话，见姜槐像木头人一样杵着，忍不住问她："你在等谁的电话，男朋友啊？"

姜槐虽然觉得不好意思，但还是老老实实开口："我在等《龙门》的试镜结果。"

南希当然记得这件事："这已经是板上钉钉的事情，怎么还没有通知你？我打电话帮你问问。"

南希的好意，姜槐没有拒绝，她看着南希掏出手机打电话，脸色由晴转阴，就知道事情没有想象中顺利。

果然，挂了电话后，南希便问："你得罪过曲般若吗？"见姜槐一脸茫然，咬咬牙，还是将话说出口，"两个副导都觉得你不错，身段也和曲般若相似，但是曲般若指名不要你。如果不是你先前得罪过她，那就是你那天说错什么话了……"

南希没有再说下去，因为她从未在姜槐脸上看见过那种神色。

姜槐并非那种情绪起伏很大的女生，大多时候她很平静，这会儿坐在这里，脸上的表情复杂，有错愕，有失落，更多的是难过。

"你还好吗？"

姜槐想要朝南希挤出一个笑容来，却无论如何也勾不起嘴角。

她已经不是第一次试镜失败，也不是第一次被拒绝，但从未有一次像现在这般难过。或许因为曲般若是她喜欢的演员，或许是她对这个工作带着从未有过的期待。

她成了南希的武替，她得到了以前从未有过的工作邀约，她沾沾自喜，以为自己朝梦想迈进了一大步。

而这会儿，生活朝她泼了一大桶冰水，让她蓦地清醒，冷得发抖。

她忽然伸出手，抓住了刚刚蒋瑶塞给她，她一直没喝的鸡尾酒。

Chapter 03

声声慢

世界上大部分的事情，我们是无法预测和控制的。

比如生老病死，比如我会在何时喜欢你。

[1]

人在难过的时候想起的那个人，一定是此时最爱的。

姜槐不知道自己喝了多少酒。

蒋瑶应酬完回到这一桌，被桌上散落的凌乱空杯子吓了一跳，她下意识看向南希，南希却摆手耸肩，表示这不是自己喝的。

蒋瑶这下更是抑制不住火气，转向姜槐，正想数落，却发现对方坐得笔直，一点都不像喝醉的样子。

“姜槐。”

“对不起。”

姜槐道歉诚恳，也没有醉醺醺的状态，加上她是单池远安排给南希的保镖，并不受雇于蒋瑶，让蒋瑶一肚子火都不知道往哪里发，勉勉强强地点了头，打电话叫了司机。

回了碧海蓝天，把南希送回2202，姜槐却没有进屋。

她喝了不少酒，走路还呈直线，脸色也看不出异样，只觉得头昏脑涨，十分不舒服，索性又进了电梯，打算下楼吹吹风。

她的脑袋昏昏沉沉的，委屈被无限放大，在这一刻，她特别想回家。

其实上一周，她抽空回了武馆一趟。当时姜山正在上课，武馆只有五六个学生，两个年纪比姜山还大，还有两个是学龄前的孩子，就住在附近，剩下一个正儿八经的学生，应该是大学刚毕业，问他为什么来学武，说是找不到工作，报个班打发打发时间。

姜山教得认真，学生资质却极其低，连马步都扎不好，摇摇晃晃的。

下课后，姜山看到她忍不住叹了一口气：“这武馆也不知道能维持到什么时候。”

“爸，我……”她原本是想说，她会让它发扬光大。

姜山却打断她，眼中有着满满的自豪：“还好你不像你爹这么没出息，当了设计师，赚大钱了。”

接下来的话，她一个字也说不出来，生怕一出口，就打破他所有的幻想。

此时冷风一吹，她那种无法言喻的难过又一次被放大。她站在北风中，给姜山打了电话。

电话响了很久，那边的人才接。

“爸。”

姜山的声音带着刚醒的沙哑，难掩惊讶和担忧：“阿槐，怎么这么晚打电话，发生什么事了？”

姜槐才意识到现在已经是半夜了，头仍旧一阵阵发晕，但还能控制自己的话语，忙道：“没有，我只是忽然想起你了。”

姜山听后才松了一口气：“怎么了，你是不是又加班？领导又让你改稿吗？工作不顺利吗？”

两人短暂聊了几句，姜槐便挂了电话让父亲去休息。她好几次想要鼓起勇气同姜山说自己没有去设计公司上班，她不仅做了武行，还在试镜自己最喜欢的女演员的武替时失败了，对方指名不要她。

可是话到了嘴边，她还是咽了回去。她知道，只要她一说出口，慈祥的父亲会立马变脸色，勃然大怒。

他的声音听起来太疲倦，姜槐不想激怒他，酒精也没有给她勇气。

挂了电话，姜槐不知怎么想起了从前看过的电影。

那是曲般若主演的《母亲》，曲般若在片中饰演年轻的继母，有个十八岁的继女小梦。情窦初开的小梦爱上了一个乐队鼓手，随着他离家出走又受伤归来。父亲拒绝女儿进家门，小梦大冬天无家可归，是继母偷偷在父亲睡着后开了门让她回家，又怕她难过，在她床边陪了一夜。

虽然过去很多年，但姜槐对这个画面记忆犹新。

她无数次想过，若自己有母亲，那么她就勇敢地向父亲坦言，纵然他恼怒地将她赶出家门，也还有母亲在其中周旋，母亲还会给她安慰和拥抱。

可笑的是，她甚至不知自己的母亲是谁、在哪里、过着怎样的生活。

风很大，姜槐忍不住伸手擦了一把脸。

不伸手还好，一伸手，她摸到了一手的泪。

姜槐已经想不起自己多久没有掉眼泪了。

小时候上学被骂没妈的孩子时她没有哭，练武受伤时她没有哭，武馆出事背负巨额赔款时她没有哭，当武替出意外摔伤后脑她没有哭，在医院被单池远揪住衣领的时候她也没有哭。

并非不难过，而是她泪点高，生性好强，又擅长忍耐，不愿意别人看见自己脆弱的一面。

久而久之，她也就习惯了。

可这会儿，她发现自己哭了，眼泪无法自控地拼命往外涌，像是这些年来受的委屈和无助都找到了一个突破口，喷薄而出，不给她留一丝余地。

起先姜槐还努力克制着自己，但失控的情绪被酒精催化，理智瞬间分崩离析。

她坐在花坛边的长椅上，也不知道哭了多久，袖子那一块都是冰凉的、湿漉漉的。

直到有东西轻轻地戳了戳她的肩膀。

姜槐蓦地抬头，模糊的视线里，那人逆着风，路灯悬挂在他的头顶，晕出柔和的光。他手里还拿着一支录音笔，刚刚手臂的尖锐触感应该是这支笔造成的。

她看不清他的脸，又眯了眯眼辨认。

单池远见姜槐盯着自己半晌没说话，又闻到她身上呛人的酒味，不禁皱了皱眉。

他蹲下身，又用笔戳了戳她的肩膀："你到底喝了多少酒？"

姜槐仍旧看着他，目光迷离，一言不发。他揉了揉眉心，想不通自己怎么一时冲动朝这个醉鬼走来了。

他今晚有应酬，喝了酒，便没有开车，谢峋送他回来的。律师需要清醒的头脑，他向来节制，倒也没醉，只是在包厢坐了一晚，身上难免有烟酒气，他想散散味道再上楼。

结果就看见有人深夜坐在长椅上痛哭。

若往常遇到这种事情，他压根不会多看一眼，可今晚喝了酒，那女孩看着有些眼熟，他不禁多瞄了两眼，这一看，却吓了一跳。

因为哭的人是姜槐。

他印象中的姜槐，强悍又固执，别说哭，连红眼都不曾看见，这会儿她坐在这儿号啕大哭，不免让他震惊。

鬼使神差地，单池远朝她走近。

或许是因为这一刻的她让他想起了另一个人。

那已经是很久远的事情了，远得让他已经想不起来到底为什么和周萌又起了争执。他只记得那天是周萌的生日，她又莫名发了脾气，控诉了他几大罪状后，说要分手。他那时候特别忙，毕业论文和实习让他分身乏术，加上还要迎接司法考试，每天都焦头烂额。他千里迢迢赶来陪她却得到这般对待，他心气高，长久的争吵也让他疲倦，便说分手就分手。

两人恋爱是从周萌追求他开始的，在一起好几年，他谈不上非她不可，但也绝非没有感情。

他记得周萌听到这句话，脸上的愤怒成了错愕，没有再说话，也没有再挽留，静静地看着他走了。

单池远走了很远，不知出于什么原因，还是回头看了一眼。

记忆里的最后一幕，便是周萌坐在长椅上抱着自己痛哭。

沉默地，悲伤地。

[2]

单池远原本想回去，姜槐却忽然伸出手拉住了他的衣袖。她的手指纤长白皙，他如临大敌，但这一次他没有甩开。

她会哭的，单池远想。

“你喝了多少酒？”

姜槐仍旧仰着头，脸上的泪未干。

单池远居高临下，声音带着些许烦躁，让她很是莫名其妙。

“我没喝多少。”

“我在小区门口就可以闻到你身上的酒味。”单池远冷哼了一声。

良久后，姜槐才吸了吸鼻子，闷声道：“也就八九杯鸡尾酒。”

“多少？”他以为自己听错了。

“八九杯，我记不大清了。”

鸡尾酒大多入口甜、后劲足，容易使人失去防备，一不小心就喝醉了，特别是喜欢甜腻酒水的女孩子。八九杯的量并不少，足以放倒一个身强体壮的男人，换作是他，估计早就醉倒了。这会儿她喝了这么多酒，竟然还能不慌不忙地和他对话。

若不是她那双哭得红肿的眼睛中的迷茫和满身的酒气，单池远还以为她在说笑。

喝了酒的人却不回家，坐在风口痛哭，他不是好奇心重的人，但还是忍不住多嘴问道：“你哭什么？”

这下姜槐干脆低下头，用头顶对着他，完全不理会他的问题，这让他再一次觉得自己多管闲事。他自嘲地扯了扯嘴角，松了松领带，转身往大堂走。

他走到电梯口，往外望去，她还是坐在那里，垂头丧气地低着头，也不知道在想什么。

碧海蓝天安保严格，寻常人压根无法进来，退一万步讲，就算有人欲行不轨，对方可是一脚撂倒一个大汉的姜槐，他也没什么好担心的。

在电梯门阖上的那一秒，他还是按下了开门键。

单池远觉得自己疯了。

他大步朝姜槐走去，用脚踢了踢一直低头装死的人："快点，上去！"

"南希在休息，很安全。"她的言下之意是，此时不是上班时间，他管不着她。

单池远气极反笑："你听过哪个保镖是要按照时间表上班的？我可没给你弄台打卡机。你上去，南希明天还有通告！"

姜槐脑袋晕乎乎的，难受得要命，只觉得单池远这人真的太讨厌了："你要上去自己上去，我有脚，自己会走！"

"那你走啊！"

"我不想上楼。"

"上去！"

两人你来我往僵持了很久，姜槐连姿势都没换。

"你上不上去？"

他不容反驳的命令语气终于成了压死骆驼的最后一根稻草，姜槐忽然站了起来，狠狠将他一推："你这人怎么这么讨厌！我就不上去，我想在这里，你管我！你又不是我妈，我妈都不要我了，不管我，你管我做什么……"

被推倒在地的单池远愣愣地看着骂完他又哭起来的人，错愕又愤怒，一下子忘记了起身。

他见过喝醉了蒙头大睡的人，也见过喝醉了痛哭的人，唯独没见过这种与平时反差极大，看似清醒实则不可理喻的醉鬼。

姜槐骂完他、推完他又哭完后，兀自上了楼。

单池远看着她摇摇晃晃的背影，觉得自己刚刚脑子肯定短路了，否则怎么会产生她很可怜的错觉。

他对着空气扯出一个笑容，声音小得只有自己听得见："没有妈妈很了不起吗？我也没有。”

姜槐活了二十四年，喝酒的次数寥寥可数，凑不满一只手。

姜槐不喜欢酒，甚至是厌恶的。

姜山偶尔会喝酒，可喝了酒的姜山像脱胎换骨变了一个人，会在家中号啕大哭，会在武馆门口一坐就是一宿，会对着木桩打好几个小时，直到双手鲜血淋漓。

可酒醒后，那些荒唐的失控的记忆，姜山全然忘记。

姜槐曾经阻拦过，劝慰过，也曾经偷偷把家中的酒藏起来，姜山也不恼怒，可该喝的还是喝，该醉的还是醉。

姜槐试了几次，知道阻止不了后，索性作罢。她看过他醉后在夜里哭，知道他内心肯定有她不知道的苦，他从不和她说，只能靠着酒精排解。

酒不是好东西，姜槐从来都清楚得很。

她第一次喝酒，是在十八岁生日的时候，姜山和陆沉舟为她庆生。吃完蛋糕后，她和陆沉舟坐在武馆的地板上喝光了姜山的存货。

她不愧是姜山的女儿，喝完便和他一样不记事。第二天醒来，陆沉舟眼角青了一块，身上也都是伤，姜槐才知道自己喝得醉醺醺后将他揍了一顿，还把他关进了阁楼。

为此，姜槐整整一个星期不敢出现在陆沉舟面前。

第二次是在大学，室友失恋了，她陪着喝了几瓶啤酒，没醉。

第三次是在毕业后，吃班级散伙饭的时候，她被同学灌了几杯白酒，据说醉醺醺地扯着高数老师问了几十道数学题，因为她话语清晰，也没人意识到她醉了，老师苦不堪言，解答了两个小时。第二天，她才在班级群里看到自己缠着老师发问的小视频，可她全无印象。

所以，当姜槐醒来发现自己在床上的时候，她松了一口气。

她对前一夜的印象很模糊，只记得自己喝了酒给姜山打电话，又不受控制地在楼下哭了一场。

姜槐认为此次醉后表现良好，未曾犯错。

至于前一天发生的那些不开心的事，也淡了不少。她洗了一把脸，收拾了东西出门。南希今天要赶通告，她要陪着对方去录制厅。

结果出了门，她正好遇见从2201出来的单池远。

她还在犹豫着要不要打招呼，单池远却连半个眼神都不曾施舍，犹如她是透明的，直直朝电梯走去。

姜槐摸了摸鼻子，觉得这个人喜怒无常的程度比之前更严重了。

[3]

虽然试镜《龙门》被拒，但姜槐并没有一蹶不振。

因为她清楚地知道，机会不会自己跑上门。

虽然姜槐现下不止武行一个身份，还是南希的保镖，但当初与单池远签的合同指明她护送完南希后，确保南希安全，加上南希本人抗拒，所以不强求她二十四小时陪伴在身边，她的时间并没有完全被束缚。

这还要归功于南希，除了脾气难以捉摸，南希并不苛刻。

南希作为时下炙手可热的新生代女演员，蒋瑶十分看重她的发展，不想她成为流量明星，消耗这些年积累下来的口碑。她的通告邀约虽不绝如缕，但她的选择十分慎重，不参加真人秀，不接电视剧，就连接广告都有一系列的标准。

姜槐却认为，这一切与她的舅舅单池远脱离不了关系。

就连南希也不止一次在她面前发牢骚："他就是一个控制狂。"

南希的工作并没有排得特别满，加上她是一个十足的宅女，休息时间连门都不出，要么是在家里看漫画和玩游戏，要么是关门睡一整天，连饭都是助理送来的。

所以，南希不工作的时候，姜槐的时间任由自己安排。

虽得不到想要的工作，但姜槐还是接了不少零碎的活儿。

只是替身和龙套的戏大多是在深夜，配合主要演员的时间，所以姜槐也习惯了工作到凌晨甚至早上，再回去匆忙洗漱，带着黑眼圈出现在南希面前。

南希天天熬夜看电竞直播，对姜槐上车就睡觉的行为表示理解、尊重并且效仿。

倒是几次遇见单池远，对方一看见她就皱眉。她也知道自己哪里得罪了他，估计他是觉得自己工作不够端正，忙打起了精神。

她与他签了合同，她是有契约精神的人，既然答应保护南希，就会圆满地完成任务。

姜槐待在南希身边有一段时间了，那变态追求者虽没有出现，但送花、送礼的行为断断续续没有停过。好几次录节目，都有人送了礼物来，被姜槐拦下，一看，果然又是那些下流的东西。她忙去追送东西的人，但每次送东西的人都是跑腿公司的。

那变态十分狡猾，从不露面，基本是在网上下单找跑腿，东西也是放在不同的地点，姜槐问了几个跑腿的人，一无所获，只知道对方是一个年轻的男人。

这条线索约等于无。

礼物都被姜槐暗中处理了，南希毫不知情，还在庆幸变态最近消停了不少。

姜槐却始终保持着警惕。

她们在明，他在暗，他能够准确地知道南希具体的行程，不是行程泄露，就是一直躲在暗中监视南希，无论是哪一种情形，都令人毛骨悚然。

所以，当姜槐在公寓楼下看见那个男人时，她当即察觉到不对劲。

碧海蓝天坐落在南泽寸土寸金的沿江地段，若不是成了南希的保镖，姜槐或许一辈子都不可能踏入这个小区。她朴素的打扮与这里格格不入，好几次都有保安上前盘问她找谁，压根不相信她是居住在小区里的人。

所以，姜槐一看见那个穿着运动服、鸭舌帽檐压得低低的男人，就知道他并非在这里居住。他同她一样，与这里格格不入。

她下意识挡住了南希。

那人似乎察觉到她的目光，拉了一下帽檐，躲开她的注视，急匆匆地往别处走。他的行为让她更加肯定自己的猜测。

“你在看什么？怎么了？”

面对南希狐疑的目光，姜槐不自然地扯开话题：“电梯来了。”

她再回头看的时候，那个男人已经不见踪迹了。

接下来几日，姜槐不免打起十二分精神，只要听到隔壁门传来响动，南希踏出2202，她便紧跟着。就算南希去公寓楼下的自助售货机，她也形影不离。

那个鬼鬼祟祟的人倒是没有再出现，只是姜槐无论看谁都觉得形迹可疑，稍微有人朝南希多看两眼，或是走近了些，稍有风吹草动，姜槐便进入备战状态，蓄势待发。

虽然住在碧海蓝天的人非富即贵，但南希毕竟是知名女演员，偶尔还是会遇到影迷或粉丝，有的只是打招呼问候，也有上前索要签名或合照的年轻男女。

南希这几日心情不大好，正想拒绝，还没张口，对方就被姜槐挡了回去。

姜槐年纪不大，看着像南希的助理，谁也不会往保镖那方面想，被拦下的人也多能理解，多认为南希不想素颜上镜。

别人没察觉姜槐被甲枕戈，南希却明显感觉姜槐小心翼翼。

“这几天发生什么事了？是不是又收到了什么奇怪的东西？”南希指着刚刚离去的那对情侣，“那个男生住在隔壁楼，一周换一个女友，我都被他好几个女朋友要过签名和合照了。你不用这么草木皆兵，这里是碧海蓝天，每个月好几千的物业费不是白交的。”

与南希相处一段时间了，虽然她是家喻户晓的大明星，但或许是年纪小，姜槐总不自觉将她当成小孩。

南希心情糟糕，说话也带了一点刺，姜槐也不生气，笑了笑，没有辩解。

有人在暗中窥视，只是姜槐的猜测，这个人到底是不是为南希而来，也是未知数。

姜槐作为一个局外人，打开那些恐怖的礼物盒子都感觉震撼和恶心，更别说南希这个才二十岁的当事人。南希虽生活在五光十色的娱乐圈，但她被保护得很好，姜槐下意识将她当成小孩，避免加深她的烦忧。

南希也习惯了姜槐像一个闷葫芦，见对方不搭腔，便捧着刚买来的咖啡往外走，姜槐亦步亦趋地跟着。

“你别跟着我，我就走走，散散步。”

“我陪你。”

“我想一个人静静。”

南希说完，姜槐就止步了。她大步走在前头，以为姜槐回去了，不料拐个弯，眼睛的余光便看见那个熟悉的身影，和她保持着不近不远的距离。

这下，她连散步的心情都没有了。

[4]

一连几日，南希都显得心情不佳，闷在家里玩游戏，还推掉了一个收视率挺高的访谈类节目。

蒋瑶也不恼，还叮嘱助理小烦和姜槐：“这几日，她心情不好，你们顺着她一点。”

助理小烦了然：“我跟着小希两年了，每年这个时间，她都心情不好。瑶姐，到底是怎么回事啊？”

蒋瑶隐晦地往门内看了一眼，比了一个噤声的动作，让她不要多话，小助理只好将疑问都憋了回去。

南希嫌姜槐和小助理在家里碍眼，将她们都赶了出去。

小助理讪讪地回了家，姜槐却没有直接回2203，而是倚着墙壁站在走廊上，因为刚刚南希将她们赶走的时候，穿的并不是平时穿的家居服，而是外出的服饰，还戴了棒球帽。

果然，还不到半小时，南希家的门就开了，她穿着牛仔裤和宽大的卫衣，头发被塞在耳后，棒球帽盖住了大半张脸。

看见姜槐，她明显一愣：“你怎么还在这儿？我今天心情不好，你别跟着我。”

“单……”

姜槐才说了一个字，南希已经厌烦地摆摆手：“你要跟着就跟着，别和我提他的名字，我嫌烦。”

这天的南希，实在是反常，少见地盛气凌人。她出了小区，拦了出租车，也不等姜槐，兀自走了。

姜槐忙打了车追上去，才上车，她便掏出手机拨通单池远的号码，响了两声便被挂断。

南希乘坐的车在酒吧街停下，她下了车，随即进了一间酒吧，姜槐赶紧跟上。

震耳欲聋的音乐辉映着灯红酒绿，姜槐是第一次来这样的地方，不免有些拘谨。她亦步亦趋地跟着南希，与南希一起坐在了角落的卡座里。这次南希倒没有赶她走。

“你陪我喝酒吧！”酒吧里灯光昏暗，南希又戴着帽子，谁也没认出她是谁。

姜槐摇摇头。

“你上次不是很能喝吗？”南希嘲讽地扯了扯嘴角，却没有勉强，自顾自喝起来。

南希的酒量不好，她平时并不喝酒，今天却一反常态，像要拼命把自己灌醉一般。

姜槐拦了两次没拦住，只好作罢，认真思考着她喝醉后怎么把她送回家。

单池远打来电话的时候，南希正在喝第三瓶啤酒。她不说话，也不吃东西，就这样一口一口地喝着。

电话刚接通，那边的人“喂”了一声，姜槐便听出了他的情绪不对，同南希一样，带着烦闷和不耐烦。

她简单地将事情说了，那边的人从头到尾只说了两句话，一句是问地址，另一句是命令：“你们哪里也不要去，等我。”

约莫不到半小时，单池远就来了。

时值初冬，南泽潮湿阴冷，单池远却仅穿了一件衬衫，领带也没系，袖子高高地挽起。他走近的时候，带来了一丝寒气，以及一丝陌生的类似香火的味道。

他脸上的表情也是冷的，看到趴在桌子上的南希后，蓦地抬头看姜槐。

“她喝多了，睡着了。”

单池远“嗯”了一声，抱着南希往外走，姜槐不远不近地跟在他身后。

单池远的车停得有些远。三人的组合在这深夜有些诡异，路人频频朝他们投来好奇的目光，但南希睡着了，毫无反应，另外两个当事人，一个比一个坦然。

上了车，姜槐忽然道：“今天是南希的生日，你不记得了？”南希喝了酒，絮絮叨叨地说了不少，其中便有这一项，只是还等不及姜槐说生日快乐，她就一头栽在桌子上睡着了。

她终于知道南希所有不快乐的根源，原来是过生日没人记得。

单池远正在系安全带，闻言动作没停。

姜槐极少过生日，因为每年她过生日，不仅没有礼物和蛋糕，姜山还会喝得酩酊大醉。小时候她不懂，长大后逐渐明白了，也就不愿意再过生日了。

但那种对生日的期盼和渴望，她再了解不过。

所以，姜槐少见地多嘴：“南希不过是一个小女孩，总是和你闹别扭也不过是想你多看她一眼。你雇我来当保镖，也不过是想保护她。但你如果真的疼爱她，至少也要对她说句生日快乐吧！”

单池远原本准备发动引擎，闻言手顿住，后视镜中，姜槐看见他笑了，这笑容很冷，带着嘲讽。

他说：“你懂什么？”

镜子里的人重复了一次：“姜槐，你懂什么？”

“我是不懂，但如果是我，生日的时候一定很希望亲人在身边。”

“今天是南希的生日，也是她妈妈、我姐姐的忌日。十年前，她在南希生日的那天自杀身亡，从那天开始，南希就不过生日了。而且我告诉你，她现在最不想看见的人，一定是我。”

“小时候她总追问我为什么妈妈不喜欢她，只喜欢小舅舅。长大后她就知道了，她不过是一个筹码，她妈妈嫁入豪门的筹码，她妈妈是为了我才嫁给一个自己不爱的人。你是不是觉得我们的关系很奇怪？因为她恨我！”

他的声音低沉、缓慢，却像钟一样狠狠地撞进了姜槐的耳里，她张了张嘴，却一个字也说不出来。

“对不起。”良久后，姜槐才低声道歉。

“算了，你懂什么。”单池远摇摇头，并不像生气，更像无奈。他不知道自己为什么要对她说出这个秘密，就连谢晌这么多年的好友，也不知道他们这些烂事，可是他说给她听了。

或许是这些年，它太过沉重了，压得他无法喘息。

重新发动引擎，将车开出很远，他才忽然道：“谢谢你。”

姜槐纳闷道：“你谢我什么？”

他却没有再说话，车厢里安静得诡异，只有南希轻微的鼾声。

[5]

那一夜发生的事情，谁都没有再提起。

南希醉醺醺的，在睡了一天一夜后，又恢复如常，照常工作，照常打游戏，照常在化妆的时候看直播，像什么事也没有发生过。那夜的抑郁、痛苦在她身上荡然无存，不留丁点痕迹。

姜槐暗自观察了几天，并未窥视出异常，倒是被南希抓包几次：“你为什么老是偷偷盯着我看？”

“我……”

“我也知道我很美，但我不喜欢别人这样盯着我。”

姜槐“哦”了一声，听话地将目光挪到别处，南希却不乐意了：“哎，你最近是不是没有工作，怎么整天杵在我面前？”

“前几天没有，但后天要进《刀光剑影》剧组，当几个不是特别重要的角色的替身。”

南希“咦”了一声：“《刀光剑影》，那部很出名的IP剧？不是开机很久了吗，武替竟然还没有完全到位？”

姜槐也是一头雾水，她这份工作来得突然。

就在前几天，师叔陈友给她打了电话，说有个认识的导演在找女武替，他便推荐了她。

姜槐接到电话很是开心，也没有去细究，现在听南希这么说，也疑惑起来。

“指不定是有人临时罢工之类，让你捡漏了。”见姜槐皱眉思考，镜子里的南希头也没抬，慢悠悠地补上一句。

两人相处时间不短，姜槐已熟知对方秉性，南希虽嘴上不饶人，但是典型的嘴硬心软，知道她是关心自己，也不恼：“捡漏也是运气。”

之后，姜槐便开了工。

《刀光剑影》改编自同名网络武侠小说，是一部斥巨资、大牌云集的IP剧，已开机将近三个月，动作指导与武术演员在圈内都是赫赫有名的，武行们也多是入行多年的老前辈。

姜槐主要担任的是几个女配角的武打替身，戏不多，却十分零散，因为要配合几个主角晚上六点收工的要求，他们的戏基本在晚上六点之后，时常拍至凌晨。

武行与演员们大多入驻在剧组安排的酒店，唯独姜槐每日奔波于碧海蓝天与影视城之间，因为除了工作，姜槐还是南希的保镖，需要护送她去录制节目或赶通告。

拍完《歧路》后，南希一直没有接新电影，工作并不多，基本是后续的宣传和电视台的通告。她两三天才出一次门，饶是如此，姜槐还是迟到了两次。

姜槐结束拍摄后，匆匆将戏服换了，脸也没顾得上洗，便打了车往市区赶。到了电视台，南希已结束录制，正在休息室百无聊赖地玩手机，助理也不知道去哪儿了。

“对不起，我迟到了。”

南希没耐性，等待让她焦躁，看到气喘吁吁的姜槐，正要发脾气，猛地又收了回来，指着姜槐的脸：“你……你这是怎么了？”姜槐的额上豁了一个口子，口子有好几厘米长，血已经干了，但看起来仍有些可怖。不仅如此，姜槐手上裸露的地方也有大大小小好几道口子。

姜槐先是一愣，后知后觉明白了刚刚为什么出租司机一直欲言又止，忙道："刚刚跑得急，我忘记清洗了。"

姜槐是武行，这样的拉伤、碰伤、摔伤对她来说习以为常，这就是她工作的一部分。比起很多前辈，她还算幸运，入行后受过最重的伤也不过是拉伤韧带和轻微脑震荡。

姜槐的淡定让南希觉得自己的反应太过大惊小怪。在片场，武行受伤是常有的事情，比这种严重的多了去，听说去年有个武替还在拍戏时意外去世。

她明白这是他们的工作，风险难以预计和避免，可看到每天陪伴在自己身边的人受了伤，她的心情难免受到了影响。

但当事人毫无察觉，完全不明白南希为什么突然沉下了脸。姜槐伸手挠了挠伤口，手背却被南希狠狠一拍。

"你挠什么挠，这样会留疤的。"

"我有点痒。"

"痒也别挠，你去医院清洗一下。"

姜槐直截了当地拒绝："不用了，我们回去吧。"

拍了一天的打戏，姜槐很是疲惫。刚上车的时候，她还努力撑着头，慢慢地还是忍不住靠在了椅背上打起了盹。

南希盯着她看了好一会儿，还是忍不住，伸出手推了推："喂！"

姜槐猛地睁开眼睛，拳头已握紧，发现是南希后才陡然松懈："怎么了？"

"你是不是很缺钱？"

姜槐摇头："还好，我的收入还可以，还有单……你舅舅给我发工资了。"

南希原本想说"你一个女孩子别做这一行了，这么危险"，话到了嘴边，却逐字咽下。

每个人都有自己的选择，她不是救世主，也不是上帝，没有权利也没有义务去主宰和干预他人的人生。况且，男女从来都是平等的，姜槐的身手不比男人差多少，工作态度比许多男武行还要认真，她这样说，未免看轻了对方。

姜槐见南希沉默，伸展了一下身体，准备换一个姿势继续休息。

南希又突然开口了："这几日我工作不多，也没什么危险，那个变态似乎消停了很久，你忙你的，不用跟着我。"

的确，最近那些恐怖的礼物没有再出现，那个曾经出现过的可疑人物也没有再来，可变态一日没有揪出来，危险一日不能排除。

所以，姜槐还是摇摇头："不可以。"

"你怎么这么烦，我都说了不要你跟着。"

"我收了单池远的钱。"

"那关我什么事？"

"他是你的监护人。"

南希忍不住翻了白眼："拜托，我已经成年了！"

这一次，姜槐索性结束讨论，在南希的愤怒中冷着一张脸。其实她的内心有些高兴，南希虽然凶巴巴的，但确确实实是在关心她。

"谢谢你。"

姜槐突如其来的道谢让南希一怔，随即她哼了一声："谢什么啊，我又不是关心你，少往自己脸上贴金。"

话虽这样说，但她的小梨窝已在嘴角晕开。

[6]

姜槐再次遇见那个可疑的男人，已是半个月后的事情。

这大半个月来，姜槐每日奔波，一下子瘦了好几斤，且因为工作强度大和不稳定性，还受了好几次伤，但好在都是皮外伤，未伤到筋骨。

那日，她没有拍摄工作，陪南希赶完通告已经是深夜。南希在车里睡着了，她将迷迷糊糊的南希送回2202后，才发现自己的包放在了车里忘记拿，又折返去了地下车库。

深夜，地下停车场一片沉静，只有照明灯幽幽的光照着姜槐瘦长的身子。

停车场大车多，姜槐不记得车位号码，又有些路痴，所以一个人在场内绕了好一会儿才找到车拿了包。

她是先看到单池远的。

自上次南希生日后，她与单池远仅见过两次，皆是在电梯里。一次她带着伤，手缠了薄薄一层纱布，血还是渗出来了。一见到他，她便将手藏到了身后。

单池远微微挑眉："你藏了什么？"

"没有。"

"我看见了。"

他似乎很好奇，姜槐只好将手伸了出来，果不其然，他的脸色瞬间变得难看，迅速移开了脸，再开口，语气也差了不少："你怎么整天受伤？"

"工作性质决定的。"姜槐说完又慢吞吞地补充，"我都说了，没什么好看的。"她藏起手不过是想起他晕血这事。

单池远映在电梯壁上的脸色已恢复正常，他的嘴唇动了动，姜槐却没听见他发出声音。电梯一到，他的长腿就迈了出去，颇有些落荒而逃的意味。只是走到了2201，他又猛地回头看了她一眼。

姜槐被瞪得莫名其妙。

第二次是在某个深夜，她刚结束拍摄，灰头土脸地回来，刚开门，身后的门也传来响动，两人看到对方都是一愣。

三更半夜，她蓬头垢面地回来，而他穿着一身笔挺的正装出门，真是鲜明的对比。

姜槐只朝他匆忙地打个招呼便进门了，她实在太累了。

关上门的时候，她又朝外面望了一眼，恰好对上单池远的眼睛，幽深沉静。她的心脏猛地一跳，她也不知自己慌什么，忙避开，再抬头的时候，触目所及只有厚重的门板。

两人住在同一栋楼、同一层，大半个月仅碰到这么两次，这会儿却是在停车场遇见了。

两人离得远，中间还挡着好几辆车，姜槐并未看见他的正面，只看见一个挺拔的背影，却不知为何，只是那么一眼她就确定这人是单池远。

他刚停好车，正往电梯的方向走。

姜槐慢悠悠地走着，与他隔着百来米的距离。

就在转角的时候，一个人影忽然跳了出来，拦在单池远身前。姜槐的眼皮狠狠一跳，因为这个人她见过。不久之前，他出现在公寓楼下，鬼祟神秘。

男人连衣服都没有换，依旧是运动服和鸭舌帽的搭配，低着头，微微弓着背脊。

他似乎要伸手去抓单池远，却被单池远避开了。

姜槐听不见他们在说什么，只看见两人起了争执，一推一拉，胶着在一起。

姜槐飞快地朝两人跑去，当她靠近的时候，男人忽然伸手往怀里摸，她忙大喝："单池远，小心，他有凶器！"

单池远听见声音，陡然一愣，回头望，姜槐已经狠狠地抬起腿朝男人踹去。

"姜槐……"

单池远想要阻止已经来不及，只能侧过身子，挡在男人的面前。

这突然的变故让姜槐措手不及，她已经来不及收回脚，狠狠地踹在单池远的手臂上，"咔嚓"一声，在这静谧的停车场听起来尤为清晰。

男人被这么一吓，手中的东西落在了地上。

这回，姜槐看清楚了，是一张银行卡。

她抬头看单池远，他仍旧保持着那个姿势，左手却无力地垂下，脸上还保持着错愕和慌乱，唯独不见痛苦。

他在这个时候竟然还笑得出来："姜槐啊，为什么每次见到你都没有好事发生呢？"

单池远的笑容很浅，却与平时不同，没有孤傲与嘲讽，而是带着无奈。

这也是姜槐想说的话，只是她及时刹住了车。

每次遇到单池远，事情都会往失控的方向走。

车开出了停车场，姜槐才发现外面下雨了。

雨滴拥挤地落在玻璃上，被雨刷一次次刷开，又迅速地汇集。

单池远的左手被她踢了一脚，迅速肿起，无法抬高，只能无力地虚扶着方向盘。因为一只手开车，又下了雨，所以他开车比往常要认真几分，全神贯注地盯着前方。

姜槐坐在副驾驶座上，懊恼地垂着头。

虽然单池远的表情并无多少痛苦，那一脚她也收了力道，但那一声"咔嚓"听起来实在瘆人，不仅她，那个陌生男人也吓了一跳。

姜槐盯着地上的东西，觉得自己似乎闯祸了，那并非她想象中的"凶器"，而是一张银行卡，那个人似乎也不是想袭击单池远。

"你把银行卡拿回去吧，我不会要的，你也不用再来了。"

单池远的声音不大，却带着威严，那人嘴唇动了动，还是点头，离开前又深深地鞠了一个躬："单律师，我哥的事情真的很感谢您。抱歉，给您添麻烦了。"

原来，他并不是那个变态跟踪者，上一次在公寓楼下鬼鬼祟祟，也是在等单池远。

姜槐看着他慢慢远去的背影，被单池远打断了思绪："你会开车吗？"

"什么？"

"去医院。"他低头看了看自己的左手，"难道你想一走了之？"

"我有驾照。"她忙道，念书时驾考打折，她也报了名，但考试后从未摸过方向盘。

所以最后，开车的人还是单池远。

"那人是我一个委托人的弟弟。"单池远看路，没看姜槐，却似乎知道她有满肚子的疑问，"半年前，南泽大学有个学生刺伤老师，事情闹得还挺大的。"

姜槐虽不常上网和看新闻，但对这事十分有印象，因为南泽大学是她的母校，这事当时闹得沸沸扬扬。为人师表的教授长期性骚扰班上的女生，甚至不惜用成绩和不能毕业威胁，最后终于激怒了一个被性骚扰学生的男朋友，他拿了一把美工刀，刺了教授三刀，导致对方大出血。虽然那个教授脱离了生命危险，但至今已动了三次手术，仍未能出院，且后半生可能落下残疾。

男生被拘留后，南泽大学有学生联名为他求情，且曝光该教授的禽兽行为，但很快都被删帖，只留下客观的媒体报道。

事情已过去大半年，当初姜槐也一直关注着，但知情者一个个被封口，热搜一次次被撤，案件逐渐被人们淡忘了。后来她在网上看爆料，有人说那教授家里颇有人脉，教授重伤致残，请了一个律师团队，扬言要学生把牢底坐穿，学生出身贫寒，怕是斗不过财大气粗的教授。

姜槐觉得愤怒又心寒，刻意不再关注，唯恐看到自己不想看的消息。

"你的委托人是……"

"刘书宁。"

单池远仍旧看着前方，嘴唇动了动，挤出三个字。

姜槐的心猛地一跳，她盯着单池远，觉得不可思议，却又理所当然。

"他被判了多少年？"

这一次，单池远隔了很久才回答。

“两年。”

重伤致残，基本是三年以上、十年以下的有期徒刑，两年实在是太难得了，也不知单池远耗费了多少精力和努力才换得这个结果，怪不得刘书宁的弟弟一次次地出现，想要对他表示感谢。

姜槐在听到这个量刑时，已经忍不住弯了弯嘴角。

可单池远看起来并不开心：“原本可以更少的。”

“不，你已经很了不起了。”

单池远转头看她，目光充满了讶异。

“他们不是请了一个律师团队吗？你做到这样，已经很了不起了。况且，他的家人不也很感谢你吗？虽然他是为了正义，但还是伤害了人，做错了事。这两年，也是他为冲动付出的代价。”

车猛地停下，姜槐毫无防备，险些撞在玻璃上。

她疑惑地看着单池远，单池远却已经别过脸，指着前方：“医院到了。”

[7]

姜槐那一脚，威力不小，直接将单池远踢成骨裂，好在情况不算严重，简单固定上药再挂药消炎就可以了，不需要住院和做手术。

做检查的时候，他左手的肿胀已十分明显，他却面不改色。

“你也是能忍，肿成这样都没吭一声，多少人一进门就鬼哭狼嚎。”医生啧啧称奇，“你是怎么弄伤的？”

姜槐闻言，背脊一僵，忙别过脸看窗外。

单池远看也没看她，模棱两可道：“被小狗伤着了。”

姜槐冷不丁听到这么一句，呼吸突然不畅，被自己的口水呛得猛咳嗽。

医生不愧是医生，听到这么假的理由也没有怀疑，还在追问：“这么严重，怎么可能是小狗？巨型犬猛地扑过来撞上了？唉，我看你忍得脸都红了，不用忍着，这里是医院，说疼医生不会笑你的……”

单池远“嗯”了一声，没再说话，姜槐却看得明显，这家伙根本不是疼，明显是在憋笑。

被比喻成小狗，她有些恼怒，却一声不吭。总不能让她对医生说，他不是被狗扑伤的，而是被她踢的吧？

她说不出口，且伤了人心里有愧。

做完检查、固定完伤口，时间已过十二点，单池远躺在病床上输液，姜槐无所事事，便坐在旁边盯着点滴瓶。

“你先回去吧。”单池远被她看得心里发毛，揉揉眉心，“你这样盯着也没用。回去吧，我这输完天都亮了。”

“南希明天没通告。”她言下之意是不会耽误。

单池远觉得好气又好笑，每次他关心她，都能被堵回来：“你不是还要做替身？天天弄得一身伤。”

“明天下午才拍摄。”

“你打辆车回去，我的手这样也开不了车，等会儿让人来接我就可以了。”

单池远并非有耐心的人，这会儿已经到了极限，可姜槐不会看脸色，又固执得很，让她走，她却不，也不吭声，就坐着。见他对自己翻白眼，她便背过身，盯着窗外发呆。

单池远活了二十八年，没见过这样的人，一时间也傻眼了。

像是过了半个世纪那么久，姜槐才开了口，声音带着挫败与懊恼：“对不起。”

“学武是强身健体，我却伤了你几次。”

急诊室病房里的灯光昏暗发黄，单池远抬起头，这才发现坐在面前的人其实很瘦，穿着的宽松的卫衣仍旧遮盖不住她的纤细。

他很难想象，这样瘦弱的女孩身体内隐藏着那么大的力量。

她的声音很低，让她看起来更加可怜。

单池远并非姜槐那种沉默寡言之人，他只是有些懒，加上性格孤傲，不爱与生人讲话，加上是律师，多少带着职业病，一开口就言语犀利。谢晌不止一次说他：“你还是不要说话的好，容易把人噎死。”

他擅长举证，却不擅长安慰，良久后才挤出一句：“没有很疼。”

“我知道，你一点都不疼。”姜槐的回答却出乎单池远的意料，他猛地坐直了身体，姜槐却没有回头，仍旧保持着那个姿势，连语调都没有变，“你几次受伤都没有表现出痛苦，不是特别能够忍受，就是感觉不到痛楚。忍受表情也会有变化，可你受伤的时候，完全没反应，更像是没意识到自己受伤，所以我猜你可能对痛觉不是特别敏感。”

这是单池远的秘密，连南希都不知，姜槐却三两句道出了。

“我知道这件事之后，还想过如果我也没痛觉该多好啊，受伤就不会疼了。可是我仔细一想，那样其实也很不方便，哪天不小心受伤了都察觉不到，挺危险的。”姜槐说着，忽然转过头，“你也很苦恼吧？”

单池远这才发现，她的眼睛很圆，又黑，清明透彻，没有一丝杂质。

她知道他对痛觉不敏感，却不惊讶，也不好奇，更不同情，只是认真地问他是不是很苦恼。

因为没有痛感，他对外界始终保持着警惕和防备；因为没有痛感，他不敢与动物接触，怕不知不觉被抓伤了；因为没有痛感，他身体不适也无法及时察觉，每个月都要到医院做全身检查；因为没有痛感，他与任何人都保持着距离，唯恐被发现软肋。

这些年，他已经习惯了这样没有温度的生活，但姜槐的话像一只温暖的手，忽然焐住了他冰冷的心。

单池远心里微微一酸，但很快，他就驱散了那种陌生的感觉。

“并没有，我挺好的。”

姜槐听到这样的回答，终于表现出了讶异，不过稍纵即逝，很快就恢复了正常，转过头，继续盯着窗外。

单池远望了一眼窗外，窗外一片漆黑，什么也没有。

“你看什么？”

“没有，你说别盯着，我只好看别处。”

单池远看着她黑漆漆的后脑勺，觉得自己一定是脑子进了水，否则怎么会这么多嘴。

两人从医院出来时将近五点，天还未亮。

来时手还没固定，单池远能勉强开车，这会儿却不行了。

路灯不知何时熄灭，又起了雾，天灰蒙蒙的一片，大街上人车稀少。

单池远去拦车，姜槐看着他站在薄雾中的挺拔身影，有一瞬间恍惚，不知自己身在何处。

直到单池远又一次喊了她的名字：“姜槐。”

“来了。”

她跟在他身后进了出租车，他似乎有些疲倦，一上车就闭上眼休息。她盯着他纤长的睫毛，感觉似乎有什么变得不一样了。

“你在看什么？”单池远忽然开口，眼睛却没睁开。

“啊？”

“你一直盯着我做什么？”

“你怎么知道？”

“我都要被烫伤了。”

姜槐匆忙移开目光，心烦意乱，没看见他微微勾起的嘴角。姜槐觉得他有些讨厌，却又不是最初印象中的那种讨厌。

两人并非第一次这样相处，可姜槐从未有一次觉得像现在这样尴尬，坐立不安，单池远倒是坦然。

回了碧海蓝天，出了电梯，她急匆匆便往外冲，也顾不上和他道别。

谁知没迈出几步，2202的门就被打开了，南希穿着家居服，拎着垃圾，睡眼蒙眬地走出来。

两人面面相觑，南希陡然清醒，目光疑惑地将姜槐自上而下扫描了一遍，又落在她身后的单池远身上。

“你们去哪里了，衣服怎么没有换？”南希说道，声音又猛地拔高，“你的手怎么了？”

单池远倒是淡定：“大清早的，你小声一点，别扰民。”说完，他也没回答她任何一个问题，施施然进了2201。

姜槐趁着南希去拦单池远，忙开了密码锁，以迅雷不及掩耳之势进了屋，关了门，将南希的质问挡在门外。

事实上，姜槐也不知自己在心虚什么。

[8]

武行门槛低，接活还要靠关系。

姜槐入行时间越长，越是明白这个道理：人脉远比身手重要得多。

她瞒着姜山偷偷入行，在网上看招聘信息，独自试镜，整整两个月都不曾接到一部戏。不少与她一样的新武行，还会接一下夜场的表演活动，甚至有任人拳打脚踢解气赚钱的。

姜槐拍的第一部戏，还是一个群头看她年轻、身手利落给她介绍的。

武行的收入其实不算低，说起来还是幕后基层工作人员中最高的，但姜槐拿到手的只有工资的五分之一，因为需要“层层抽水，打点关系”，拿到手的只有这么多。

饶是如此，她还是属于运气好的那个，多少人想要“被抽水”都没有机会。

若不是后来在片场偶遇师叔陈友，姜槐或许就没有现在的际遇。

陈友对她瞒着姜山偷偷入行也颇不赞同，但总归是自己看着长大的孩子，怎么可能任由她一个人摸爬滚打，也就给了她几个不错的机会。

但姜槐实在出乎他的意料，她的身手与毅力不仅比同龄的女武行要好，比起不少武术学院和体育学院出来的男武行也毫不逊色。加上年轻的女孩子已极少有人走武替这一条路，她们更愿意从群演做起，争取在镜头前露脸，寻求一举成名的机会。所以，身手不错又吃苦耐劳、只接武替和不露脸戏的姜槐逐渐在这个圈子中站稳了脚跟。

《刀光剑影》从投资方、制片人到导演、演员，无一不是声名赫赫。因为是武侠剧，大牌演员们基本自带专用武替，一些重要群演与角色的武替，也在开机前就早早定下了，基本是武行圈内的老前辈，像姜槐这样身手虽好但入行时间短的默默无闻之辈，分到的便是零碎又危险的戏。

优胜劣汰，在每个行业都存在，在武行中更甚。且这个高危行业，多数保险公司不愿承保，接受的保额也不高，武替们如同游走在生命边缘，拍戏与搏命无差别。

姜槐进组的第六天，有个武行前辈需要在三层楼高的场景表现出飞跃悬崖的场面，因为威亚忽然断裂，他从十米高的地方摔下。当时姜槐就站在不远处，她甚至能听到他腿骨清脆的“咔嚓”响声。

这个男武行四十来岁，他抱着自己的腿，在地上痛苦地呻吟，脸上除了汗水、泥灰，还有一种浓浓的绝望。武行与运动员一样，一旦过了三十五岁，如果没有突出重围，可能一辈子都没有机会再进一步，而如果身体有严重伤病，或许以后连站到镜头前都难。

他这一摔，怕是把原本就不多的希望都摔得稀巴烂。

姜槐远远地望着，不自觉地握紧了拳头，直到他被抬上担架，才惊觉自己出了一身冷汗。

意外随时发生，剧组虽措手不及，但也不至于慌乱无序，受伤的武行前辈很快便被送到医院，拍摄进度却不能被耽误，还要继续，很快就有人顶上那个前辈的位置。

那是一个高难度又危险的动作，但仍旧有人前仆后继。你一定要往前走，停滞不前或者后退，只有被淘汰的命运。

不知是因为意外有所触动，还是连日来的工作密度太大，这日姜槐的拍摄十分不顺利。

只是吊着威压施展几个简单的打斗动作，她却频频NG，不是进入不了状态，便是动作不到位，连续拍了好几遍都过不了。

导演对着主演们客客气气，对着她却没什么好脾气，大发雷霆："我要的是女侠风范，不是中学生打架！这谁找来的人？"

姜槐低声道歉："对不起，导演，再来一次，我一定可以做好。"

"你拍不好，大把人要拍……"导演还想发火，武指看了一眼姜槐，低声对他说了句什么，他瞪了姜槐一眼，再次回到摄像机后，"休息一下，各就各位！"

姜槐深吸了一口气，调整了一下威亚衣，然后对威亚师点了点头。

随着双脚的腾空，身体的失重感越发明显，姜槐凌空踏步，挥起了手中的剑。

或许是因为调整了心情，姜槐的注意力无比集中，这一次的拍摄顺利又流畅，她甚至没完全从剧情中抽离，导演已经喊了"cut"。

落地的时候，姜槐才发现自己因为吊了太久的威亚，腰部几乎没有知觉了。

这一天，姜槐结束拍摄回到碧海蓝天时已经是半夜两点多。

连续二十几个小时没有休息，又摸爬滚打了一天，她感觉自己脚都是软绵绵的，走路打飘。

从电梯到门口，已耗光姜槐仅剩的一点精气神，她连按密码的力气都没有，靠着门瘫坐在地上。

原本，她只是想靠着门休息一下再起来，却不想这一靠，身体得到了极大的放松，她毫无防备，竟这样靠着门睡着了。

因为忙碌，她已经很久没睡过一个好觉，这会儿坐在冰凉的地面上，身后是冷硬的门板，身上还挂着包，却睡得十分踏实，连梦都没有。

直到那扰人清梦的声音伴随着轻微的震动感出现。

姜槐原本不想理会，但那声音越来越大，震动感也越来越明显，她终于无可奈何地愤怒地睁开了眼睛：“干什么！”

眼前是一个高大的影子，估计也没想到她会突然咆哮，半晌没吱声。

姜槐痛苦地撑开眼皮，良久后才看清眼前的人，他一身正装，居高临下地面无表情地盯着她，若不是左手打着夹板，脖子上挂着固定带，或许会更有威慑力。

姜槐已经有好多天没有见到单池远了。

因为不小心伤了他，姜槐心里始终有愧。这几日，每每出门姜槐都担心2201的门会突然被打开，但也奇怪，来来去去这么多次，两人一次也没碰着。

她有些庆幸，也有些说不明的失落。

南希对单池远的伤似乎还不知情，几次旁敲侧击问他们那天清晨到底去哪里，单池远又怎么伤了手臂，姜槐从来守口如瓶，半声不吭，每每都将南希气得跳脚。

好几次，姜槐也想发信息问问他的伤势，但拿起手机，编辑了又删除，也不知怎么问。

这会儿，单池远就站在她面前，她被吵醒的愤怒迅速平息，张口就问：“你的手好点了吗？”

单池远费了好大力气才将她弄醒，又被她莫名其妙吼了一通，正憋着火，她却忽然来了这么一句。单池远低头看了一眼还坐在地上的人，没好气道：“难为您老还记得这事。怎么坐这儿睡？”

“太累了。”

他又踢了踢她的脚：“你还不起来吗？”

姜槐看了一眼时间，没想到自己已经睡了两个多小时，这会儿天已蒙蒙亮。

单池远估计也是刚从外面回来，身上还带着一股寒气。

“你才回来？”

“嗯，事务所有工作，我才忙完。”

两人说完，都察觉到不对劲，这样的对话似乎太过亲密。

姜槐忙从地上起来，拍了拍身上的灰，正想和单池远说“再见”后进屋补眠，肚子却忽然传来一声响亮的“咕噜”。

她直挺挺地站着，许久后才想起来，因为她习惯在吊威亚之前不吃饭，拍完戏后又急匆匆赶回家休息，已经超过十个小时没有吃东西了，这会儿可怜的胃终于承受不住，发出了愤怒的抗议。

[9]

姜槐坐在干净、整洁的沙发上，听着厨房传来的细微声响，不知道事情怎么演变成这个局面。

就在半个小时前，她的肚子传出了第一声抗议后，她还没来得及缓解尴尬的气氛，它便接连造势，一声接一声，不绝如缕。

单池远估计也没想到她能用肚子演奏交响乐，一时间也没顾得上嘲笑，怔怔地和她面面相觑。

姜槐当即拖着疲倦的身体往电梯走。

“你去哪里？”

“买点东西吃。”

“现在将近凌晨五点，二十四小时便利店走过去也要半个小时，你确定你现在有力气？”

单池远不是恐吓她，说的是事实，她只好往回走。她每天在外奔波，每日只回来洗漱和休息，冰箱里除了矿泉水，什么都没有。

她想着，回去睡觉吧，睡着就不饿了。

可手刚按下第一个密码键，单池远的声音已传来：“你过来吧！”

虽然是邀请，但他用的是命令的语气，或许是饿得很了，姜槐的大脑反应十分迟钝，等进了屋，见单池远换了鞋往厨房走，她才确定他刚刚那句话是什么意思，自己并没有理解错误。

她除了震惊，就是难以置信：单池远会做饭？他怎么可能会做饭？

厨房传来的水声回答了她的疑问。

姜槐不挑食，所以既来之，则安之。

这是她第一次进2201，格局与她所住的2203相似，连装修风格都是一致的。但她踏进这个屋子，就明白地感觉到两边的差距，和南希2202的随意、舒适不同，与她2203的空旷更不一样，这里给她的感觉只能用两个词形容：干净、整洁。

屋子里所有的东西都摆得整整齐齐，连沙发上的抱枕都规规矩矩地靠着，地板与桌面没有一丝灰尘，每一样事物都在大声地朝姜槐叫嚣：“我的主人有强迫症。”

与这里比起来，她所居住的2203就像狗窝。

姜槐在玄关站了好一会儿，单池远从厨房探出头：“你站着做什么？”

她这才慢吞吞地挪到沙发处，屁股只挨着沙发一角。单池远看了她一眼，眉头一皱，嘴唇动了动，却没出声。

单池远又进了厨房，姜槐低头看着自己身上的灰尘，恍然大悟：他嫌自己脏。

但既然她坐下来了，再让她起来是不可能的。

单池远在厨房忙碌，她独自坐着，困意又猛然袭来。

单池远看着姜槐用力地揉着自己的脸，终于忍不住开口问：“你到底有多累？”

姜槐掰着手指数了一下：“大概是三十个小时没有睡觉。”

单池远又抬头瞥了她一眼：“你过来吃点东西吧。”

他一只手受了伤，并不方便，在厨房捣鼓了好一会儿，也只端出一锅面条，但这对这一刻的姜槐来说，已经是美味的珍馐。

“谢……”

“停，我只是自己饿了，顺手罢了。”他说着，给自己盛了一小碗面条。

两人坐在桌子的两端，兀自安静地吃面。

姜槐原本只想填饱肚子，却不想单池远的手艺真的可以，简单的挂面，只放了虾皮与青菜，却十分美味。

“你原来真的会做饭。”

“我不认为这是夸奖。”顿了顿，他说，“我一直自己做饭。”

姜槐三两口吃完了一碗面，盛了第二碗，单池远还在慢悠悠地喝着汤。

她盛了第三碗面，他才吃了一半。

“我说……你到底是多饿？”当她再次起身的时候，他终于忍不住问。

姜槐摸了摸鼻子：“我只是想把碗放到洗碗机里。”

“一个女孩深夜吃三碗面也不是光荣的事。”特别是他一碗才吃了一半。

姜槐却老实道：“我平时也没吃这么多，今天饿得狠了。”

“你多久没吃东西？”

她的脸上又露出了那种思考的表情，过了好一会儿她才认真道：“有十个小时吧。”

这下，单池远终于放下了筷子。

单池远家的灯都是冷光，明晃晃的白，照在他沉静的脸上，不知是不是姜槐的错觉，她觉得此刻的单池远似乎有些生气。

“姜槐。”他声音低沉，每次叫她的名字都感觉十分用力。

“嗯？”她看着他，他却摆摆手，低头收拾餐桌。

他的那碗面并没有吃完。

姜槐知道他有话要说，但他板着脸，将她的追问瞪了回去。

姜槐不知道他为什么突然变了个模样，下意识想做些什么缓解一下气氛。

他一只手十分不方便，姜槐想要帮忙，却被他赶走了：“不用。”末了又补充，“别人洗的，我觉得不干净。”

吃完就走着实不礼貌，姜槐无所事事，只得再次坐到了沙发上。

她原本只想稍坐一下就离开，却不想吃饱喝足后便开始犯困。她原本只想稍稍打个盹，又不小心睡着了。

她再次醒来，天已大亮。

阳光透过落地窗洒落在身上，她从沙发上起来，盯着自己身上的被子，花了整整三分钟才回想起自己身在何处。

她竟然在单池远家的沙发上睡着了，身上还盖着他的被子。

姜槐震惊地寻找主人的踪迹，屋子里静悄悄的，单池远不知身在何处。

姜槐离家出走的羞耻心也随着记忆回笼，她终于迟钝地觉得不好意思起来：她踢伤单池远的手，让受伤的他给自己煮面，吃饱喝足后还在人家沙发上睡了一宿。

她原本想带着仅剩的一点羞耻心静悄悄地离开，却鬼使神差往里走。天已大亮，但有个房间还亮着灯。

这是姜槐第一次看见工作状态的单池远。

他穿着家居服坐在书桌前，鼻梁上架着眼镜，一只手在键盘上敲打着，阳光从窗外洒进来，在他身上萦绕成光圈，他却毫无察觉，连她走到门口都不知晓。

姜槐感觉自己心脏的某个位置被狠狠地撞击了一下。

她第一次见他，他是无良的律师，高傲又冷漠。

第二次见面，他被她误会为猥琐的跟踪狂。

再后来，他成了挺身帮扶弱者的英雄，却也是有严重控制狂的舅舅，会为南希受怕受伤而失控，也会为正义不畏强权、不求回报。

他是单池远，每一次见面，姜槐都感觉重新认识了他一遍，一次次颠覆他在她心中的形象。

他是神秘的，却绝非表面看见的那样孤傲冷漠，像洋葱，剥开了一层，仍有一层，不知要剥多少层，才能触碰到真正的他。

姜槐并非那种大爱大恨之人，却也不冷漠，只是不擅长表达情感而已。

她对单池远的感觉，从最初的鄙夷、厌恶再到这一刻的心生好感，这样复杂的情感让她觉得陌生，甚至惶恐。

她和他之间，隔着一地的晨曦。

在单池远发现自己之前，姜槐用最快的速度将沙发复原，轻手轻脚地离开了。

她没有看见，在她关上门的那一秒，一直埋首在电脑前的单池远忽然抬起头，望着门的方向，用力地盖上了电脑。

这个人，偷窥也不专业，火辣辣的目光就这样盯着自己，他为了保持专注毫无察觉的形象，身体都坐僵了。

[10]

姜槐回了2203，简单地洗漱，在床上躺下后，像烙饼一般翻来覆去，怎么都睡不着了。

她的体力明明已经透支，精神也疲倦到了极点，几个小时前倚着门板靠着沙发都能睡得香甜，这会儿躺在松软的床上却难以入眠。

她极少有这样心绪不宁的时刻，一闭上眼，便是刚刚单池远坐在电脑前的身影。

不同的是，他并没有看电脑，而是转头看向她所在的方向。

姜槐也不知自己在心慌意乱什么，明明知道是自己精神疲惫产生的错觉，却还是下意识要躲开他的目光。

这一躲，她就从床上滚了下去。

虽然睡不着，但姜槐还是闭着眼睛一直休息到下午，然后吃了午饭，马不停蹄地赶往片场。

出门的时候，她下意识望了一眼2201，这一次大门紧闭。

姜槐在门口站了一会儿，那扇门也没有被打开。

这一天，姜槐的拍摄戏份虽然多，但比前一天顺利了不少。

姜槐摸爬滚打了一天，身上又添了几道小伤口，还没将戏服换下，便去找了武指。

姜槐虽是后期进组，又沉默寡言，但因为身手好，也不爱来事，所以工作人员都还蛮喜欢她的。见她来找自己，武术指导还以为刚刚拍摄出了什么问题，没想到她问的却是另一个人。

“昨天摔伤的那个前辈怎么样了，什么时候能回来？”

虽然武行是高危行业，入行时就把脑袋系在威亚上，受伤也是家常便饭，但武指还是难免唏嘘：“他的情况有些严重，别说回来，能不能正常走路还是一个问题。”

姜槐一听，心猛地一沉。姜山的腿就是在一次意外中摔伤的，此后几十年不仅走路不利索，一到阴雨天，还要饱受伤痛折磨。

“他的医药费……”

“剧组买了保险，也会负担一部分，但……”

他的话说了一半，但姜槐已经明白，剧组虽买了保险，有赔偿金额，但毕竟不是大牌明星，一个普通的武行保额能有多高，对后期的医药费来说，远远不够。

武术指导也是由武行转型，见姜槐脸色黯然，还以为她在为自己的未来担忧，忙安慰道：“你别担心，我会尽力给他想办法。现在道具都重新检查了一遍，不会有意外发生的，我也答应了沉舟要照顾好你，放心。”

“沉舟？”姜槐没想到会听到这个名字，“陆沉舟？”

“是啊，你不是陆沉舟的小师妹吗？他难道没有告诉你？我和他合作了好几部戏，关系还挺好的。”

姜槐一直以为自己进《刀光剑影》剧组是因为师叔陈友。

万万没想到，她的这个机会竟来自陆沉舟。

他从来没有和她说过这件事。

陆沉舟的电话号码在通讯录保留了许久，姜槐却极少给他打。

上一次给他打电话，她已经记不得是多久之前。

电话接通后，姜槐还没开口，那边助理小蔡的声音已经传来："不好意思，舟哥这会儿在拍戏，等会儿我让他给您回电话。"

姜槐"哦"了一声，便挂了电话。

一直到从片场回了碧海蓝天，她才等到陆沉舟的回电。

"姜槐。"他的声音有些喘，还带着呼呼的风声。

姜槐原本是想问他为什么帮自己，为什么不和她说，但听到他的声音，又觉得这一切都没有意义，所以嗫嚅了许久才挤出一句"谢谢你"。

那边的人一听就笑了："你知道了？我猜也是，不然你也不会给我打电话。"

陆沉舟性格沉稳，并不爱笑，只有比试时赢了她才会露出一点克制的兴奋。这会儿她听着他的笑声，不禁想起从前两人相处的时光，声音也带了一点笑："你不说，我万一不知道呢？"

"你不知道就不知道，这又不是什么重要的事。"陆沉舟似乎不想多聊这个话题，话锋一转，"听说你从家里搬出去了，现在搬到哪里了？"

"我……"姜槐对这里并没有归属感，她的家还是在老城区那座二层小楼，"我现在住在碧海蓝天。"

电话那边的陆沉舟静默片刻才问："你怎么住在那里？"碧海蓝天临江而建，所住之人非富即贵，不乏政界楷模、商界名流和明星名人，姜槐会居住于此，实在不可思议。

"我不是给南希当保镖吗？她住这里。"

她三言两语解释清楚，陆沉舟也没有再追问。

没想到电话挂断没多久，又一次响了，还是陆沉舟，这一次，他的周围很安静，他问："姜槐，你住在哪栋？"

"什么？"

"我在你家楼下。"

碧海蓝天门禁森严，陆沉舟的车没有开进来，姜槐小跑着出公寓的时候，他已经等在那里了，正逗着纸箱里的猫。那几只小猫陆续被领养，只剩下一只，小区里的好心人拿猫粮和妙鲜包喂了它一段时间，如今它毛色发亮，体重也增了不少。

姜槐没想到陆沉舟就这么来了，他现在是明星，虽然不及南希那般知名，却也小有名气。

“你怎么来了？”

“我看看你最近怎样。”

姜槐指着他虎口的纱布：“我倒是不错，你的手怎么了？”

“前几日工作时，我不小心扭伤了。”他虽从幕后走到台前，但靠“打”成名，拍的基本是动作戏，有点小伤在所难免。

陆沉舟说来看她，便真的只是来“看一看”，连上楼也不曾，目光流连在纸箱里：“这猫是谁养在这里的？”

“不是，是流浪猫。”

“我可以带走吗？”他轻轻地将手伸进纸箱里，猫顺势攀上了他的手掌。他的手掌很大，猫蹭着他的手心，湿漉漉的眸子泛着水光。

姜槐忽然想起了她遇见陆沉舟那一年的光景。

那年她不过十岁，与姜山去超市采购年货的时候，发现有个小孩儿在往兜里塞东西。她原本只想制止，没想到被发现的人却像发了疯一般挣扎，毫无章法地对她拳打脚踢，最后当然是他被她制伏。

姜山原本想将他交给他父母，追问之下才知道他无父无母，被“干爹”养活，每日上街赚钱。

这种犯罪团伙姜山见得多了，无非是拐卖儿童培养成小偷、流氓。他原本不想插手，但姜槐死活不肯放开男孩的手。

那一年，陆沉舟十二岁，没有名字，只知道自己姓陆。姜山收养了他，并花了不少时间摆平他那个“干爹”，为他取名“沉舟”，希望他有破釜沉舟的气魄。

陆沉舟清楚地知道，如果不是姜槐，姜山压根不会收养他。

而姜槐少时懵懂，已经不记得自己当初为何那么执着，只记得当初陆沉舟的双眸也犹如这小猫湿漉漉的，带着雾气。

“不能吗？”陆沉舟见她没出声，以为不能带走猫。

姜槐忙摇头：“可以的。其实我之前也想领养的，但……”但那终归不是自己的房子。

姜槐帮着陆沉舟将猫放回去，又让他等等，自己要上楼拿之前买的猫粮，却发现陆沉舟盯着自己身后的某一处。

姜槐回过头，便看见了单池远。

他穿着灰色大衣，背风而立，左手上的夹板不知何时取下了，右手指间夹着烟，红色的光点在黑暗中若隐若现。

或许是风大，天气又冷，姜槐觉得他的脸色有些冷峻。见她望过来，他在垃圾桶上熄灭了手中的烟。

“单……”

单池远像是不认识她一般，直直地越过她，往玻璃门的方向走。

Chapter 04

遥远岛

我们信誓旦旦的不可能，接二连三变为已发生。

我们固若金汤的坚持，到最后却溃不成军。

[1]

明明站在眼前的人见过无数遍，可看起来如此陌生。

单池远比姜槐先进电梯，他明明看见了她，却岿然不动，看着电梯门一点点闭合。

“等等。”她喊道，但电梯里的人充耳不闻。

姜槐小跑了几步，在电梯门只剩下一条夹缝时，迅速伸出了手。

但她并没有触碰到门板，原先对她视而不见的人在看见她伸出手的时候，比她更快地按下了开门键，并挡住了电梯门。

姜槐不知吹了多久的冷风，带着一身寒气，单池远的脸却比她更冷：“你疯了吗，知道这样很危险吗？”

姜槐这才抬起头看了他一眼，语气里有自己毫无察觉的愤怒：“如果你早几秒按下开门键，这样的事情就不会发生，你明明看见我进来了。”

单池远的确是故意的，她不是喜欢在外边与人谈笑风生吗？他冷哼了一声，没有接茬儿。

他不说话，她也不擅长咄咄逼人，只是愤怒越发肆意生长。

姜槐之前还觉得自己对单池远有所误解，但这一刻，她恨不得穿越回去给当时的自己一拳，这个人就是高傲、冷漠和恶劣，不仅如此，还阴晴不定，难以捉摸。

她还以为，他们就算称不上朋友，也不该归于陌生人的行列。他明明看见了她，明明听见了她喊“等等”，但他硬是当作没听见、没看见，就算是毫不相识的人，也不至于如此。

不仅单池远令她觉得陌生，这一刻自己内心的情绪也是陌生的，令她难以招架。

姜槐内心风起云涌，呈现在电梯壁上的脸却毫无表情。

从一楼到二十二楼，电梯竟然一次也没有停下，密闭的空间里只有两人，谁也不搭理谁。

到了二十二楼，两人分道扬镳，姜槐想用力地甩门表达自己的情绪，那边已经传来“砰”的一声响。

姜槐被先发制人，又憋屈又费解，想狠狠地往他的门上踢一脚解气，但看着那厚重的防盗门还是作罢，愤愤不平地进了2203。

她拿了之前买的猫粮和妙鲜包，匆匆出了门，陆沉舟还在楼下等。结果她才进电梯，一只手迅速地伸出来挡住电梯门。

“等等。”

姜槐抬起头，南希的脸从毛绒帽子里露出来：“你去哪里？”

姜槐扬了扬手上的猫粮：“有个朋友要领走楼下的流浪猫，我拿猫粮下去。”

南希自然地站在她身边：“我丢垃圾，看见你火急火燎就来看看。”南希还穿着家居服，一副看热闹的模样。

“你过敏。”

南希对动物毛发过敏这事，姜槐是偶然间得知的。姜槐经常下楼去喂流浪猫，去超市买过猫粮，南希知道楼下有几只猫后也凑热闹要去看，还伸手去摸，结果当天晚上身上就起了疹子。姜槐吓了一跳，赶紧打电话给蒋瑶，又发了微信给单池远，手忙脚乱将她送至医院。

原本姜槐想领养那只一直没被人带走的小猫，因此作罢了。

虽然两人不住在一起，但她贴身保护着南希，终归是有隐患的。

“我不靠近，不碰就好。”

姜槐还想再阻止，但转念一想，依照南希的性格，越是阻拦她，她怕是越要跟上，反正也改变不了最终的结果，自己何必浪费唇舌。

姜槐始终想不通，南希与陆沉舟有何过节，两人为何总是互看不顺眼。

在电梯里，南希的情绪很高涨，问题一个接一个。

“你的朋友是男的女的？”

“男的。”

“哦，男的。什么样的朋友？”

“一起长大的朋友。”

“青梅竹马，不错不错。”

问完了朋友，南希又追问单池远，姜槐应接不暇，只能保持沉默。南希笑得诡异，结果一出大堂，看到抱着纸箱的陆沉舟，她的脸完全沉了下来。

“你说的朋友就是他吗？他要领养猫吗？”

见姜槐毫不犹豫地点头，南希撇了撇嘴，伸手要去夺纸箱：“这猫，我要了。”

姜槐忙挡在两人中间：“你过敏，别碰。”

其实姜槐多虑了，在南希碰到纸箱之前，陆沉舟已经后退了好几步，躲开了她的“魔爪”。

南希看着避自己如避蛇蝎的陆沉舟，又看看拦在中间的姜槐，气不打一处来：“我说我要领养这只小猫。”

姜槐为难地看着南希，她知道南希是喜欢小动物的，不仅经常问她楼下几只流浪猫的状况，还网购了猫窝，可惜小猫好像更喜欢纸箱。可是南希也的的确确过敏，医生明确说明，轻则起疹子，重则休克。

姜槐知道南希是一时心血来潮，就怕她为了与陆沉舟较劲真的抱猫上楼。

陆沉舟却压根不理会，接过姜槐手中的猫粮就要走：“天冷了，你上去吧，我先回去了。”

“喂，我和你说话呢……”被无视的南希更加愤怒，再一次伸手。

但那是陆沉舟，比她高出整整一个头，又有练武之人的警惕，她才刚伸手，他已经错过身。她一个没站稳，险些摔倒，好在姜槐及时扶住了。

南希回过神的时候，陆沉舟已经走出好远。

“喂，你这人怎么这么没礼貌，我和你说话呢……”

“喂！”

无论南希怎么喊，陆沉舟都没有再回头。

姜槐看着气得跳脚的南希，忙拖着她往回走。但她明显不甘心，挣扎着还要追上去：“姜槐，你放开我！你放开！姓陆的，你给我站住……”

当然，陆沉舟没有站住，姜槐也没有放开。

南希虽纤瘦，但姜槐担心弄疼她，不敢抱得太紧，结果一下子竟然有些拉不住。

“南希，那边好像有人在看你，像你的粉丝。”无奈之下，姜槐只好撒谎。

下一秒，南希在姜槐怀里站直，迅速地背过身将帽子戴正，又从怀里掏出口罩挡住大半张脸。

“他还在看吗？”

“嗯！”

“那我们快点回去吧……”

姜槐还没反应过来，南希已经开了门禁，一个箭步冲向电梯。

虽然南希走到今日完全靠自己的实力，但她也是要面子的，会珍惜来之不易的路人缘。

南希虽然喜欢小动物，但是她知道自己有过敏症，不可小觑，所以当时开口要领养小猫只是为了与陆沉舟较劲。

没几天，她就把这事抛到脑后了。

但那天，她整整纠缠了姜槐两个小时。

“陆沉舟和你是什么关系？”

“我们一起长大。”

“我和他比起来，谁更重要？”

“不一样。”

“怎么不一样？姜槐，我就问你了，你看着他抱走那只小猫，你知道我喜欢！”

南希蛮不讲理起来，姜槐完全无法招架：“可是，你过敏。”

“如果我不过敏呢？”

对于不可能发生的事情，姜槐从不做无谓的猜测：“没有这个可能性！”

南希一下子就爆炸了：“好你个姜槐，你吃里爬外！”

姜槐面不改色，岿然不动，任由她魔音摧残。

[2]

直至《刀光剑影》拍摄结束，姜槐都没再见过陆沉舟。其间，她收到他发来的微信，几张小猫的照片，看得出它在新家过得很好。

她没有再向他表示过感谢，认识这么多年，她十分清楚对方的秉性，这样的客套他们之间从不需要。

《刀光剑影》拍摄结束后，姜槐又有了新的工作。南希接了一支武侠风的公益广告，有吊威亚的戏份，她无法完成，直接带人进组。

“哪个大牌演员没有专用替身，别说武替，现在连文替都有。以后，你就是我的专用武替，我懒得拍一部戏换一个替身，麻烦。”南希硬邦邦地对此做出了解释，见姜槐还在盯着自己，便说，“怎么，你不满意？”

“不是，我只是……”姜槐只是没想到自己会有这番际遇。

“你别以为我的武替好当，我是看你身手尚可，一般人我还瞧不上眼。”南希不自在地补充道，唇边的小梨窝已经显现。

广告拍摄地是在几百公里外的偏僻山区，因为景色秀丽，这几年不少影视剧和广告都在那儿取景。

出发那天，南希他们遇到了一个不大不小的意外——来接南希的车在途中出了车祸。

因为拍摄地是偏远山区，航班少，机票订的是晚上八点，又恰逢周六，人多车杂，蒋瑶再安排车接送已经来不及了。

所以，最后南希是由单池远送去机场的。

南希先表达了不满：“不能打车吗？”

单池远帮她放好了行李，又看着姜槐轻装上阵的小包，压根没有回答她的问题，直接进了驾驶室。

南希虽不满，但也不敢再多话，带着怨念进了后座，助理小烦紧跟其后。

姜槐慢了一步，虽然后座可以坐三人，但太过拥挤，她只能在小烦抱歉的眼神中坐到了副驾驶座。

姜槐上车的那一刻，似乎听到了一声“呵呵”，但后座的两人毫无反应，单池远亦目不斜视，连半个眼神都没有施舍，所以姜槐觉得自己听错了。这可是单律师，怎么可能会像小女生吵架冷战一样发出这么幼稚的冷哼声。

从碧海蓝天到机场，平时不到一个小时的车程，但因周六晚上道路拥堵，整整花了一个半小时。

车里四个人，南希几次挑衅单池远都碰壁，干脆不说话，气哼哼地玩游戏。小助理见南希不说话，也不敢吱声。姜槐不是话多之人，单池远保持沉默，加上音乐也没有，一时间，车厢里静悄悄的，只有南希手机里传来的游戏音效声。

姜槐听着后座传来的声音，坐立不安。

姜槐偷偷地朝驾驶座望去，单池远似乎感觉到她的目光，下颚的线条微微绷紧。收回目光，但很快，她又忍不住偷瞄了他一眼。

姜槐并非敏感的人，但这一刻，她感觉到了单池远的焦躁。他打方向盘的幅度很大，按喇叭的手很用力，就连呼吸的声音都比平时大。

很快，姜槐也瞬间明白自己的情绪为何波动。她的不安来自单池远，他对她的冷漠让她觉得不舒服。

这样的单池远是陌生的。

这样的自己何尝不是陌生的？

她极少这么在意别人的情绪，这个认知让她在接下来的车程里闷闷不乐。

下车的时候，南希终于憋不住，拉着姜槐压低声音问：“你得罪他了吗？”她朝他的方向挤眉弄眼，“我怎么感觉他老在瞪你？”

姜槐回过头，单池远看的并不是她这个方向。

“没有呀。”

“嘁，你们一定有什么不可告人的秘密，你就装吧！”南希冷哼了一声，带着小助理进了机场。

自动门打开的一刹那，姜槐听见单池远叫了自己的名字。

“姜槐。”

单池远定定地看着姜槐，仿佛在确定些什么。

姜槐与他对视，他不说话，她便也不吭声，就像谁先开口便失去主导权一般。姜槐没有猜错，这一刻的单池远是焦躁的。

当他的眼睛看向姜槐的时候，当他因她受伤而愤怒的时候，当他一次次在她面前卸下伪装的时候，当他看见她与别人站在一起的时候，他发现自己的心似乎不受自己所控。

他不喜欢这样的感觉，不喜欢有所羁绊，不喜欢被牵制，像是把软肋暴露在敌人的眼前。

这种感觉真是糟糕。

可是有的东西是不受人掌控的，拼命索求时毫无所得，刻意压制反而肆意生长，比如感情。

广告拍摄地是在十八线小城市，南希一行住在县城最好的酒店，虽是五星级的，但装修和设施远不及南泽的四星酒店，且因为住客爆满，小助理和姜槐只能挤在一间房里。

姜槐对环境并不挑剔，她睡过武馆冰冷的场地，躺过片场硬邦邦的地板，有张床给她睡便足够了。

小助理絮絮叨叨地发表怨言，反倒是南希，从下车到进房间都不曾抱怨一句。

姜槐发现自己越来越喜欢这个女孩儿了。

南希虽年少成名，集万千宠爱于一身，性格张扬，但不骄纵。从前她拍戏，从清晨拍到凌晨都不曾抱怨一句，忙起来，吃的是冷掉的便当也不曾有过怨言，那么因为工作住在稍差一点的环境，又有什么关系呢？

一行人抵达酒店时已是深夜，第二天南希就投入紧锣密鼓的拍摄中。

虽然携带了武替，但南希大部分戏份是亲自上阵，只有一些专业的打斗以及吊威亚部分由姜槐代替。

一站到镜头前，南希便成了另外一个人：专业，认真，追求完美。只是一支广告，她却用上了拍电影的态度，一句台词、一个动作都反复琢磨，有两次导演喊了“过”，她仍表示想要再来一次。拍摄结束回到酒店，她还要再对一遍戏。

姜槐总算明白为什么她的性格不算圆滑，与她合作过的导演却每一个都对她赞不绝口。

她的认真，造就了她的成功。

虽然这支公益广告只有四分钟，但因为天气，拍摄又延长了几天。

拍摄第三天，众人回酒店的时候，大堂是少见的喧闹。小助理自告奋勇去打听，回来后朝南希和姜槐挤眉弄眼：“节目组在拍竞技真人秀，好像是《非凡挑战》，我看见了张灏……”

张灏是时下爆红的小鲜肉、流量王，怪不得酒店挤满了不少年轻的女孩子，估计都是为张灏而来。

南希不感兴趣，无精打采。这几日的拍摄虽累，但并不是她情绪低落的主要原因，她痛苦的是，剧组的便当实在难吃，回酒店叫了几次外卖，也是差强人意。

南希垂头丧气，往电梯的方向走，走了几步，发现姜槐没有跟上来。

她回过头，顺着姜槐的目光望去，看见了站在大堂角落正和助理说话的陆沉舟。

陆沉舟显然也看见了她们，正要往这边走。

姜槐还没来得及打招呼，刚刚还恹恹的南希瞬间精神了，将姜槐拖进了电梯：“走！”这里人多口杂，她虽看不惯陆沉舟，但也不能对他怎么着。但姜槐不同，姜槐是她的武替兼保镖，要走要留还不是她一句话。

姜槐也不知道陆沉舟怎么会在这里，前阵子她听他说接了真人秀，估计就是《非凡挑战》。

她更想不通的是，陆沉舟到底什么时候得罪了南希，怎么南希一见他，就如针尖对麦芒，一副势不两立的模样。

“陆沉……”

“你别和我提那个家伙。姜槐，你是谁的人，该站在哪边，你心里有数吧？”

姜槐一头雾水，但只能在南希期待的目光中用力地点头。

[3]

南希阻止姜槐和陆沉舟会面，却忘记姜槐还有手机。

才回房间，姜槐的手机已经响了，果然陆沉舟是来录制真人秀的。因为节目组要保持神秘感，官宣至今还有部分嘉宾的信息没有公布。

两人虽同住一家酒店，但各自忙着拍摄，好几日下来也没有碰到第二次。

广告拍摄结束于一周之后，当天晚上十一点，姜槐正收拾行李，因为第二天早上要回南泽，却收到早早说要休息的南希的信息。

“你偷偷到门口来，不要让小烦知道。”

小烦是南希的小助理。

姜槐披了外衣出房门，南希已经全副武装等在那里了：“她呢？”

“她在看电视。”

南希压低声音，拉着她就要走：“走，别让小烦知道。”

“我们去哪里？”

“出去逛逛，吃东西，这几天我都饿瘦了。”

“不叫小烦吗？”

南希翻了一个白眼：“叫她，我还吃得成吗？”经纪人蒋瑶不在，小烦就是她的眼线，每天都目光灼灼地盯着南希，这也不能吃，那也不能去，好不容易有机会甩开她，南希才不会自找苦吃。

姜槐没有多想，跟着南希出了酒店。

时已深冬，小县城不比南泽，还未到凌晨，街上已一片凄清。出了酒店，马路上只有穿行的车辆、昏暗的路灯，以及几间还没有打烊的商店。

“南希，回去吧，这么晚，店都关门了。”

南希缩了缩脖子，裹紧大衣：“不会，赵导和我说这附近有个农家馆子，通宵营业，味道特别棒，明天就要走了，我怎么也得去尝尝。”

“但是……”

“别但是了，这不还有你吗，怕什么？”

姜槐被南希忽然伸手挽住，有一瞬间的不自然，但很快又觉得温暖。从小到大，她没什么朋友，与同学、同事都是泛泛之交，被信任的感觉让她一瞬间有些得意忘形。

既然南希想要去，那就走吧。

姜槐没想到，这是一个令她后悔莫及的决定。

南希是一个路痴，虽然赵导给她描述了馆子的地点，但两人迎着冷风兜兜转转许久，也没有找到确切的地点。其间，姜槐几次提出要回去，或是打辆车，她都坚决反对：“这小县城才多大，这地方才多大，不可能找不到，我今天和它杠上了，不找到不回去！”

在南希几次认错路还锲而不舍的精神下，她们终于找到了那家坐落在小巷里的农家小馆。虽然更深露重，但小馆子里零零散散还坐了五六桌客人。她们刚踏进门，就闻到浓郁的菜香与酒气。

或许因为南希包裹得严实，老板没认出她是明星。

馆子虽小，也没有菜单，但菜品真如赵导所言，是难得的美味，不输给南泽几家知名的酒楼，饶是胃口不大也没有吃夜宵习惯的南希也吃了不少菜，更别说姜槐这样不挑食的人。

馆子里有老板自酿的米酒，用小碳炉温着，每桌送上小小的一壶，度数也不高。姜槐在南希的怂恿下喝了小小的一杯，醇厚绵长的温酒夹着米香和甜味，一口下去，心和胃都是暖乎乎的。

她们离开小馆的时候，店里又挤进了一拨人。

南希戴好了口罩，姜槐低着头看路，两人都没注意来人，只听见他们嚷嚷着问有没有包厢。

两人慢吞吞地往酒店的方向走，南希多喝了两杯，脸蛋红扑扑的，走路歪歪斜斜。

“姜槐，你想知道我的秘密吗？”

“你想说吗？”

“我想说，但是我怕你会笑我！”

姜槐顿了顿：“这样吧，我也告诉你我的秘密，我们交换秘密好了。我先说吧，我没有妈妈，我从来不知道我妈妈是谁。”

“我啊，也没有比你好到哪里去！”南希的声音不大，听起来像在哭，

“你知道吗？我妈嫁给我爸，是因为他有钱，可以养活我小舅舅，可以给小舅舅带来很好的条件。所以啊，她放弃自己的爱情嫁给了我爸！所以，我爸出轨她也不在乎，我过得好不好她也不在乎。我小舅舅成年了，有能力照顾好自己了，她就跳楼自杀了！是不是很玄幻，是不是很搞笑？我爸啊，那个一往情深的爸，在我妈死后没多久立马就再婚了！我小舅舅也不知怎么和他说的，就要了我的抚养权！可是，我恨他！”

这段过往不是秘密，却被她死死地压制着，不曾对谁提起过。她不知道自己这一刻为什么会想对姜槐说起往事，或许是第一次有了朋友的感觉，想与对方分享，无论是多沉重不堪的回忆，在姜槐这里，她永远不会惊慌失措。

南希笃定，所以她絮絮叨叨地说起来。姜槐只是听，并用力地握住了她的手。姜槐以为她还想说下去，她却戛然而止，忽然叫了姜槐的名字。

“姜槐。”

“嗯。”

“姜槐。”

“嗯。”

南希却不回答，只是一遍遍地叫着她，她断定南希故意要自己玩，打定主意不吭声。南希却忽然冒出一句：“我发现，我还挺喜欢你的。”

她傻傻地看着南希，南希伸出手在她的额头上轻轻一点：“你傻了吗？快回去吧，我快要困死了。”

南希摇摇晃晃地走在前面，姜槐跟在后面，她没说的是：我也挺喜欢你的。

或许是酒足饭饱人也疲乏，或许是情绪太过高涨，或许是连日来太安逸了，这日姜槐的警惕性十分低。

两人慢悠悠地走在小镇的马路上，姜槐并未察觉到有人跟踪她们，直到拐弯的路口，她猛然发现有个长长的影子从背后落在脚下。

不是南希的，也不是她的。

她猛地一个激灵，正要回头，后脑勺却被什么东西狠狠地击中。

“南希……”

突如其来的疼痛与眩晕让姜槐猛地栽倒在地，她的视线已经开始模糊，南希惊恐的神色也不甚清晰，但她仍记得用力地抓住正要朝南希追去的双脚。

“快……跑啊……”

姜槐看不清那人的脸，眼前只有一个模糊的黑色影子，应该是一个男人。他被姜槐拖住了腿，恼怒地破骂：“放开……”

姜槐没有放手，反倒抓得更紧，只是她的意识越来越模糊，手脚也越来越无力，那人用力地挣开她，一脚狠狠踹在她的身上。

被踹开的姜槐又一次扑了上去。

一脚，两脚，三脚……

姜槐已经感觉不到任何疼痛，她歇斯底里地喊着，却发不出声音。

“南希啊，你快跑……”

“快跑，南希，报警啊！”

在失去意识的前一秒，她仍紧紧地抓着那人的裤脚。

[4]

姜槐是在医院醒来的。

她睁开眼，看到单池远的时候，几乎无法克制自己，整个人从床上翻起来，用力地抓着他的手臂：“南希，南希有危险……报警！你快去……”

她没发现自己手上还扎着针，这一扯，输液吊杆摇摇晃晃地砸到地面上，血猛地冒了出来，她却没有察觉，仍然紧紧地攥着单池远的袖子。

单池远讨厌别人触碰，却没有挣开她，反倒按住了她的手：“没事了，南希没事了……”

“你快去救南希，快去！报警了吗？报警了吗？”姜槐却听不进他的话，甚至要跳下床，却不知扯到了哪里的伤口，被疼痛硬生生带回去，口中仍喃喃地念着，“南希，你快去救南希……”

她手上的血沾在他的白衬衫上，加上她衣服上干了的暗红血迹，让他阵阵发晕，但他仍旧没有松开手，而是用力地将她按回病床上：“姜槐，你冷静一下！南希没事！南希好好的！”

姜槐却完全听不见他的话，他只能用力地将她桎梏在自己的怀中。

“姜槐，你冷静一点，没事了！”

他的手轻轻地拍着她的后背，她终于停止了挣扎，慢慢从他怀里抬起头。她的眼睛湿漉漉的，望着他：“真的吗？”

单池远轻轻地揽住了姜槐：“真的，没事，有人救了她，你那个姓陆的朋友救了她，她好好的。你冷静一下，好好休息。”

她迷茫地看着他，像要确认他话语的真实性，只是很快，他便觉得手上陡然一重，她已经慢慢闭上了眼睛，再一次睡了过去。

单池远轻轻地将她放回病床上，按下了床头的按钮。

医生、护士鱼贯而入，因为动作太大，姜槐头部的伤口又渗出了血，医生重新为她上药。

“病人刚做完手术，千万不能再激动。”

单池远别过脸，却没有离开病房，淡淡的血腥味混合着药水味往他鼻腔里钻，沉沉地往心脏压去。他伸手去摸口袋，才想起自己没有带烟的习惯，而医院也不能抽烟。

单池远是在半夜接到南希的电话的。

而在十几个小时前，他刚输了一场官司。那是一宗刑事案件，被告性格懦弱，长期被校园暴力，后承受不住暴力反抗，重伤同寝室同学，一审判决结果不尽人意。他作为辩护律师，承载着被告家属的希望，却又一次给他们泼了一桶冷水，法院维持原判。

被告不过二十岁，已被悔恨和痛苦压垮了，每每见到单池远，他都痛哭着说自己知道错了，是因为对方长期实施暴力，他实在无法忍受了。

可是单池远还是输了这场官司，没能为其减刑。

他一夜未眠，抽了大半包烟，电话在半夜响起，他看着南希的名字在屏幕上闪烁，有一瞬间是惶恐的。

他的前半生，生命中所有糟糕的事情都是由电话带来的。

但他没有犹豫，迅速地按下接听键：“喂……”

电话那边一片嘈杂，他又叫了一声南希的名字，那边才突然爆发出一阵巨大的哭声。

“小舅舅……”

他听着南希哭得上气不接下气，悬着的心才稍稍放下，因为她中气十足，应该没有受伤，只是忍不住恼怒。她咋咋呼呼，却也不是脆弱的人，哭得如此歇斯底里，到底是受了多大的惊吓？

“别哭了，出了什么事？你受伤没有？你给我说清楚！姜槐呢，她在哪里？你叫她和我说。”单池远其实是带着兴师问罪的语气的。

没想到他这一问，南希哭得更凶了：“姜槐受伤了，满身都是血……那个变态……她为了保护我受伤了……”

因为信号不好，南希讲得断断续续，他又问了几句，那边仍旧一片嘈杂。

南希没有受伤，他本该放心，但听到“姜槐”的名字，他感觉到了久违的疼痛，在心脏的位置。

“南希，你说清楚，姜槐怎么了？”

电话却在这个时候断线了。

他猛灌了一口水，正准备放好杯子，却听见“砰”的一声，杯子没有放稳，炸裂了一地碎片。

单池远见到姜槐，已经是六个小时后了。

因直达飞机只有晚上的航班，他只好买了联程航班。因为是早班机，飞机上很空，头等舱里仅坐了他一个人。他忙着开庭，已经好几个晚上没有休息好，所以在飞机上小憩了一下。

这些年，他的睡眠算不上好，偶尔依靠药物，但梦一直不多。

在这短暂的睡眠里，他却做梦了。

单池远梦见了姐姐，梦见了周萌，以及姜槐，她们三人站在一起，静静地看着他，却始终没说话。

单池远从梦中挣扎着醒来的时候，发现乘务员站在了身边，手上还拿着毛毯，是她将他叫醒的：“先生，您没事吧？”她原本只是要给他送毛毯，却不知这男人梦见了什么，俊秀的脸上痛苦万分，她只能不礼貌地将他叫醒。

单池远摇摇头，但余下的时间他不敢再闭眼。

只是不知怎么的，他又想起了周萌。

最后一次见面，她身体裹着白布，他拼了命冲开阻拦去掀开白布，只看见她白得发青的脸和身上斑驳的暗红色的干了的血。

周萌的手机血淋淋的，装在袋子里，上面通讯列表一行都是他的名字。

那个夜晚，他回了宿舍，周萌给他打了无数个电话，但是他一个也没有接。他觉得疲倦，每次都是她让他滚，可每一次他走了，她又一遍遍地哀求。他忙着赶论文，实在没心思陪着她玩你追我赶这一套，顺手关了手机。

单池远不止一次想，若那一天他接了她的电话，事情是不是会变得不一样。

他便是在这个时候开始做那个恐怖的梦，以及患上那奇怪的病症的。

此后的无数个夜里，单池远无数次梦见周萌，却不是她血淋淋的模样，而是她坐在长椅上哭得声嘶力竭，有只看不见的手在黑暗中握着刀砍下了她的双手。

“阿远，我痛！”

“好痛！”

“你快救救我，救救我！太痛了！”

他拼了命朝她跑去，可是怎么都无法靠近。

他没有看见那一幕，可是她凄厉的哭喊声一遍遍在耳边回荡，她一遍遍地喊着痛。

他不知道她有多痛，因为他感觉不到疼痛了，无论是心，还是身体。

直到在医院看见姜槐之前，单池远都不知道也不想承认，姜槐在自己心中已占据这么重的分量。

若不是那场官司，若不是因为南希，若不是那一次次的巧合，他们现在还只是毫不相识的陌生人。

可是啊，正是这些巧妙的际遇，才凑成了完整的人生。它是无法预知的，也是无法躲避的，你只能在它到来的时候，勇敢地接受。

当单池远风尘仆仆赶到医院的时候，姜槐已经完成了手术，她的头部遭到重击，身上多处外伤和软组织挫伤，也已清创包扎好，麻醉未退，她仍在昏睡。

她躺在病床上，脸色一片惨白，与他梦中看见的一模一样。

单池远呼吸一窒，若不是医生就在旁边，他几乎就要伸手去探她的鼻息。

南希估计也受到了不小的惊吓，脸色苍白地站在一边，看见他，猛地扑过来抱住他，像是突然找到了主心骨：“小舅舅……”

这一刻，所有的嫉妒与恨都消失了，她只知道眼前的人是他的小舅舅，一个永远不会伤害她的人。所以这些年，她才这样肆无忌惮地对他发泄自己的脾气。

她已经不是那个在学校被欺负，寻求小舅舅庇护的小女孩，虽然这几年在娱乐圈摸爬滚打经历了不少，但这一夜的惊心动魄，是她从未经历也无法想象的。

单池远轻轻地拉开她，将她自上而下地打量了一遍后，确认她真的没有受伤，才问：“事情到底是怎么回事？姜槐是什么情况？大半夜的，为什么你们会在外面溜达？小烦呢？”他的语速极快，几乎是质问着。

"我和姜槐去吃夜宵，半路受到袭击，就是那个变态跟踪狂……"

南希说着，牙齿不自觉地打战，她无法形容自己那一刻的感受：担忧，害怕以及从心底不住往上涌的绝望。

她喝了酒，姜槐受到袭击的第一时间，她还没反应过来，直到姜槐拼命拖住那人，歇斯底里地吼着让她跑，她才陡然清醒，像没头苍蝇一样拼了命往前跑。其间，她回头看了一眼，那人被姜槐拖住，疯了一样踢打着姜槐，可是姜槐仍旧叫她跑，她咬咬牙，埋头往前冲。

但南希喝了酒，又终归是女孩子，体力不济，那人很快就追了上来。

他"嘿嘿"的笑声和脚步声不紧不慢地跟着，南希气喘吁吁，瞬间才反应过来：他不是追不上，而是故意逗她玩，就像他寄过来的东西，一遍遍地提醒她，他就在她身边盯着她。

南希想到这里，脚下一崴，不小心绊了一跤。

摔倒在地的那一刻，她看见那个变态猛地扑了过来，她觉得自己完了。

在那只脏手触碰到她的前一秒，他整个人飞了出去。

南希睁开眼，便看见那个意想不到的人——陆沉舟。

后来，南希无数次回忆起那个场景，都忍不住后怕。如果陆沉舟不是也去吃夜宵，看见了她们离开，如果不是她掉了手机，他追过来还，如果出现的不是他，可能后面的事情都会变得不一样。

她庆幸，那些如果没有发生。

[5]

姜槐做完手术后，整整昏睡了三天。

除去单池远来的那一天她醒了一次，剩余时间都是沉沉地昏睡。

虽然请了护工，但南希一直守在医院，每天要找医生好几次，要求给姜槐做检查："为什么她还没醒？"

南希得到的回复永远是："她已经脱离危险，昏睡是血块未散，脑部功能尚未完全恢复导致的。"

"那她什么时候能醒？"

"这我们不能给你肯定的答案。"

南希坐立不安了三天，其间，蒋瑶几次劝她回南泽，都遭到拒绝："姜槐为了救我还在昏迷，我现在怎么可能回去？"

南希认准的事，九头牛也拉不回，蒋瑶无奈，只能任由她在医院待着。

在医院待着也好，至少安全，高级病房也能阻挡媒体。

这三天，南希仅见到单池远三次，他每次都是匆匆地来，看姜槐几眼，又匆匆离开。南希没问，却也知道他在忙些什么。

“你忙就不用来了，姜槐没什么事。”她这样对单池远说。

他站在病床边，深深地凝视着床上的人。

在这一刻，南希似乎明白了什么。

变态跟踪者被陆沉舟伏击，断了三条肋骨，已被警方拘留。

但事情还未结束，这只是开始。

南希受到袭击的事情已经传出去，已有媒体收到风声，消息必须压下去。虽然她是被害人，但媒体狗仔会怎么写，是无法控制的，所以在造成影响之前，要摆平记者。

令人意想不到的是，那个跟踪南希的人叫刘永，并非他们想象的无业游民，反倒有个体面的身份，是某个投行的高层。更令人毛骨悚然的是，他就住在碧海蓝天附近的小区，与他们仅有一街之隔。被拘留的第二天，他的律师已经赶到，申请保外就医。

至于他是怎么有南希行踪的，单池远在第二天已经有了答案。

既然变态跟踪者已从暗处走出来，单池远所要做的便是让他付出代价，让他永远不能出现在南希面前。

至于其中的龌龊与艰难，他不会说，南希也不需要知晓。

从前，南希对单池远的干预十分不满，觉得他控制了自己的生活，但这一次，她在助理小烦消失后，半句不满都不曾说，因为她隐隐知道了什么。

小烦是她身边唯一不是单池远安排的人，她的经纪人、司机都是单池远一手安排的，唯独小烦，是当初她拼了命抗争的结果。她的原话是：“我的助理天天和我待在一起，我要找一个自己看得顺眼的人。”

南希对身边的人向来照顾，所以她始终无法想象，一个和她朝夕相处了两三年的人，会将她的行踪泄露给别人。

但她永远不会怀疑单池远的判断，就算她不愿意承认，他也仍旧是这个世界上唯一不会伤害她的人。

姜槐醒来的那个午后，病房里除了南希，还有陆沉舟。

那个夜里，陆沉舟与南希一起将姜槐送到了医院。

救护车上，南希因为担忧忍不住哭泣，他却始终不发一言。直到姜槐被送进手术室，他才说了第一句话："她不会有事。"他这样说，拳头却紧紧地攥在一起，骨骼突兀地显现，上面还有瘀青和擦伤，他却毫无知觉。

"你要不要上点药？"南希指了指他的手，"你受伤了。"

他摇摇头，笔直地站着，望着手术室的方向，像一尊雕塑。

南希一直看陆沉舟不顺眼，但这一刻，她十分感激他在这里。

陆沉舟一直等到手术结束才离开医院，而这几天他一直没出现。

南希再次看见他，有些尴尬，想起以前与他针锋相对，而他却救了她。那一夜她顾着恐惧和悲伤，忘记表达谢意了。她是感激他的，同时心情很微妙——他看姜槐的担忧不似作假，却三天都不曾来探望。

于是，她那句感谢便怎么也说不出口。

所以，姜槐睁开眼的时候，看见的便是坐在她病床前相对无言的两人。

"姜槐，你醒了。"南希几乎第一时间蹿到她面前。但是南希没有想到，她开口说的第一句话会是"对不起"。

姜槐好几天没有张嘴，声音嘶哑，像老妪。

南希看着姜槐头上的纱布，半晌后才道："你对不起我什么啊，别自作多情了，我可没有什么可以给你对不起……"说完，她就背过身，害怕说下去会忍不住流泪。

姜槐有很多话想问，但后脑传来的阵阵疼痛让她的记忆有些乱。她看了看南希，又看了看一直没说话的陆沉舟，问："你怎么来了？"她完全不记得单池远对她说过是陆沉舟救了南希，只记得南希没受伤。

南希这才想到要去叫医生，忘记了还有床头铃，推开门就往外面跑。

"我刚录完节目，来看看你。"

"我爸知道我受伤了吗？"

她忽然想起了什么，猛地就要坐起来，却被陆沉舟按了回去："别动，你刚动手术，动作不能太剧烈。你爸不知道，他们没有你家人的电话号码，我没有给他打。"

姜槐离家前才给姜山打过电话，告知他自己要外出培训，他并没有怀疑。

姜槐放了心，又觉得疲倦，闭着眼靠着枕头休息，没一会儿就睡了过去。

所以，医生是什么时候来的，陆沉舟是什么时候离开的，她一点也不知道。

陆沉舟已录制完真人秀，还有许多通告要赶，他是忙中抽空来探望她的，见她醒了，问过医生她已无大碍，便匆匆赶往机场。

姜槐先前是昏迷，这一次倒是真正地睡着了。她再次醒来，是被肚子的饥饿叫醒的。可她睁开眼，入眼的是一片黑暗。

姜槐摸索着要起身，却听到一个暗哑的声音："别动。"

她一愣，灯已经被打开了。

刺目的灯光让姜槐忍不住用手挡了挡。

明亮的光芒中，有个影子慢慢地进入她的视线，她看不清这张脸，但她知道是单池远。

她听见他问："你好些了吗，头还疼吗？"

姜槐没说话。

单池远又靠近姜槐一些，这一次，姜槐终于清楚地看见他微蹙的眉和幽深的眼，他身上带着一股似乎不属于他的烟味。

"姜槐，你能听见我说话吗？"他俯下身靠近她，她几乎能感觉到他灼热的呼吸。

姜槐仍然没有说话，她能听见，可不知道为什么就是不想出声。

"那你听好，这话我只说一次。"

"姜槐，我是一个不幸运的人，只要和我牵扯在一起，一定没有好事发生。你最好给我躲得远远的，知道吗？"虽然他不迷信，但过去就像一道可怕的诅咒缠绕着他。所以就算是南希，他也不敢与她太亲近，总担心自己会给她带来厄运。所以，当他发现姜槐在自己心中已经不是微不足道的存在时，他下意识地躲避她。

姜槐终于知道自己为什么不想和他说话了，因为她在生气。眼前这个人，总是这样捉摸不透、阴晴不定，令她生气。

"如果我不呢？"她努力地挤出几个字。

"那你别后悔。"逆着光，他似乎笑了，"我会拖着你，无论上天堂，还是下地狱。"

姜槐看着他，始终想不通，这个人笑起来这么好看，可为什么总是板着脸。

[6]

姜槐在一周后出了院，回南泽，同行的是单池远。南希在她醒后第二天，被经纪人蒋瑶和单池远赶回了南泽。

这一周，姜槐每一天都会看见单池远。

他总是很忙，要么在打电话，要么在看文件，要么抱着笔记本电脑专心致志地敲打键盘。这么忙碌的人，本应该回南泽，再不济也是住酒店，他偏不，纡尊降贵地与她挤在同一个病房。

入院后，南希便请了护工。姜槐醒来后，因为不喜欢别人触碰，加上身体已逐渐恢复，可以自己下床，便辞了护工。姜槐与单池远说起这事时，他点点头，没发表意见，但当天夜里，姜槐从睡梦中醒来，便看见床尾亮着光。

姜槐住的是单人VIP病房，起初她以为是忘记关卫生间的灯，起身一看，发现沙发上坐着人，单池远开着一盏护眼小灯，坐在沙发上看文件，一只手搭在文件上，一只手撑着头，估计有些疲惫。

她以为是自己的错觉，因为临睡前他并未出现。她睁着眼看了他许久，他似乎感觉到她的目光，微微对上她的眼："有事？"

姜槐下意识地摇头。

他满意地点头："那你睡吧。"

她躺下后，又翻了个身，才想起不对劲，从床上翻起来："你怎么在这里？"

单池远不问反答："灯影响你休息吗？"

姜槐的睡眠向来好，完全不受外界影响，突然醒来只是因为这几日都在床上躺着，睡眠太过充足："没有，不影响。"

"那就好，你休息吧。"

姜槐"哦"了一声，再躺下，才想起他压根没有回答她的问题，或者说不想回答。她睁着眼睛盯着他映在墙上的影子，有好多问题要问，她正准备第三次起身，他那边却忽然熄了灯。

姜槐听见他窸窸窣窣地放好文件，坐回了沙发上，应该是准备休息。

病房里陷入黑暗，只有窗外透进来幽幽的月光。偌大的空间，陡然陷入安静，她几乎可以听见他的呼吸。

说来奇怪，她睡了一整天，已经不困了，可听着他浅浅的、有规律的呼吸，觉得特别安心，不知何时又睡了过去。

接下来几天，单池远时不时会毫无预兆地出现。

有时候是深夜，有时候是中午，有时候在她吃早餐的清晨，他总是很忙，风尘仆仆地，到了之后也只问了她的病况，又继续忙自己的事。

两人的交流并不多，直到姜槐问起那个跟踪者："他怎么样了？"

单池远当时正在看电脑，一听这话，猛地盖上笔记本电脑，看向姜槐。他是一个感情内敛的人，这会儿却毫不掩饰自己的愤怒和厌恶："他断了三根肋骨，保外就医。这个人渣是一个惯犯，有钱有势，已经请了律师。"顿了顿，他又补充，"几年前，他也犯过一次事，先是寄裸照，寄那些肮脏的东西，再趁着对方落单的时候欲行不轨，好在那女孩带了电击棒，他强奸未遂。后来他估计花了不少钱，把事情压下去了。那女孩没后台，后来电台都待不下去，这几年已经听不到她的消息了。"

姜槐倒吸了一口冷气，又气又急："怎么能够这样？这人渣……"

"放心，这一次我不会让他那么好过。"单池远拍了拍她的肩膀，带着一点两人都未曾察觉的亲昵，"我让人找到了那个主持人，她手上有一些证物。这几年，她一直在等着这一天。我们已经把证据递交给检察院了。"

姜槐抬起头，他眼中有着毋庸置疑的坚定："你放心，我会让他付出代价。"

单池远说的每一句话，姜槐都相信，他拥有令人信服的魔力。

姜槐没有再追问这件事。

每每提起，她都能感觉到单池远的愤怒与恨意。她无数次觉得庆幸，还好南希没有出事，还好那些可怕的事情都没有发生。

她以为单池远的失控是因为南希，但她不知道的是，当单池远看见她一动不动地躺在病床上时，他只有一个想法——杀了那个伤害她的人。

他没有告诉她，所以她永远不会知道。

姜槐的身体逐渐好转，单池远依旧每日奔波，若不是每一天他穿的衣服都不一样，她几乎要以为他连酒店都没回。

姜槐看着坐在沙发上翻文件的单池远，他的卧蚕已变成了眼袋。

"你如果忙，就不用来了。""我没事，差不多可以出院了。""你每天来医院，也做不了什么。"

住院生活太过无聊，她难得话多，对面的人却毫无反应，直接将文件翻到了另一页。饶是她耐性好，被忽视也觉得郁闷："单池远。"

这次，他终于抬起头："什么事？"

"我和你说话，你没听见吗？"

他佯装掏耳朵："哦，是这样，一般没用的信息我会自动过滤。"

姜槐气结，却又无可奈何，下了床往外走。

"你去哪里？"

"晒太阳。"

"医生说你最好卧床休息。"

"我想走一走。"

姜槐刚走进电梯，却看见刚刚还在看文件的人不知何时跟了过来，手上还推着轮椅，见她在看，示意她坐下去。

姜槐不为所动。

单池远不恼也不劝，就这样推着轮椅慢吞吞地跟在她身后。

姜槐不在意他跟不跟着，但他个子高挑，气场强大，无论走到哪里都吸引了不少目光，他推着轮椅跟在她身后的样子，怎么看怎么诡异。当路人开始投来谴责的目光时，姜槐终于受不了煎熬，一屁股坐在了轮椅上。

这下好了，路人看单池远的目光变成了同情。

单池远却像毫无察觉，低头问她："你还晒太阳吗？"

"不晒了。"她闷声回应。

"那回去吧。"

单池远一脸严肃、坦然，但姜槐看着他，总觉得他因阴谋得逞而得意。

[7]

变态跟踪者已露出明面，虽还未被绳之以法，但他故意伤害与恐吓、猥亵证据确凿，已被法院下了禁止令，禁止出现在南希与姜槐面前。

南希的危机算是解除了。

但纸包不住火，关于南希受到袭击的事情还是有小部分媒体报道，虽然被很快压下去，但还是给南希带来了不小的影响。

单池远为南希请了新的助理，这一次南希没有反对。

姜槐原本可以功成身退，她与单池远的协议是只要揪出变态跟踪者，南希安全，她便完成任务了。

最初他的要求是，她保护南希，他便为武馆出一份谅解书，免除姜家武馆的巨额赔款。但在她成为南希的保镖后没多久，谅解书已经被送达。

但任务已完成的姜槐，仍旧住在碧海蓝天。

最开始是因为刚出院，姜槐的伤未痊愈，南希勒令她每天在家待着，并且为她订了营养餐，就餐时间一到，餐食会准时送上门。

姜槐拒绝了，但南希宣告拒绝无效："你救了我，虽然说你是保镖，收了我小舅舅的钱，但是没有保镖会像你一样卖命。如果你没有抱住那人拖延时间，现在你已经看不到我了。"

好吧，那她就吃着营养餐吧。

好不容易养好了伤，连带人都胖了几斤，姜槐觉得自己恢复了，可以继续工作。她几次要向单池远请辞，但他总是很忙，每次打电话一提到这件事，正说着话的人忽然就忙起来，直接说等他回去再谈。但一连两个星期，她连单池远的面都没见着。但她总感觉，他来过2203。

终于有一次，她在公寓门口截住了他。

"既然南希的危机已经解除，我们的合同是不是该终止了？"

姜槐斟酌了许久才说出这句话，不想说完后，单池远半天没有反应。她抬起头看他，他刚好也在注视着她，目光十分复杂。

"这事，你和南希说。"他说完，就越过她往房里走。

"可是……"

"姜槐小姐，我很忙，你知道吗？"他忽然提高了声音，姜槐直觉他在生气，却不明所以。

她是应该和南希告别，但南希接了新的电影，去外地拍戏了，也不知是哪个偏远山区，信号极差，每次她致电过去，说话都是断断续续的。

"喂，南希吗？"

"姜槐，什么事……"

"那个，我的任务完成了，是不是该搬走了……"

"什么？你要养狗……"

诸如此类的对话发生了三次后，姜槐宣告放弃，准备等南希回南泽后再与她亲自告别。

她这一拖，便拖了一个多月。

诉讼结果下来的那天，姜槐在片场上工。

姜槐停工这么长时间，陆续接到不少工作的电话，但是伤还未痊愈，她推了再推。

武行的竞争激烈，僧多肉少，今天有机会摆在你面前，你不抓紧，明天便难以寻觅。姜槐深知这个道理，所以伤一好，她便赶紧投入工作中。

她是当事人，自然知道开庭时间，但单池远是她的委托代理人，全权负责这起案件，她是可以不出庭的。

她在开工前接到单池远的电话，他问她在哪里，得知她在片场后，似乎有些意外，刚好这边导演在催，她便挂了电话。

单池远出现的时候，她正在拍最后一场戏。这是一部文艺爱情片，女主因为父母阻拦要与男主分离，她利用床单和衣服拼接而成的绳子从窗口逃脱。

这对姜槐来说并不困难，但因为女主是一个娇贵的大小姐，必须拍出她的笨拙和慌张，所以姜槐在三楼的时候还要故意手滑，整个人猛地往下坠，好在及时抓住了床单，才在狼狈中落了地。

导演一声“cut”后，姜槐拍了拍身上的灰，刚起身，便看见不远处站着的人。

单池远不知什么时候来的，他穿着一身黑色西服，显得挺拔而高挑，遥遥站在人群中，不知道的还以为是哪个剧组的演员。

只是他僵着脸，心情看起来并不愉悦。

姜槐忽然想起他们第一次见面，他似乎也穿着这身衣服，只是那时他撑着伞走在雨中，冷漠而高傲，十分有距离感。这会儿，他虽板着脸，但姜槐一点也不怕他，衣服也没换就往他那边走。

“你怎么来了？”姜槐朝他走去，边走边拍身上的灰。

单池远冷冷地抬起眼，将她自上而下打量了一遍，像在检查她有没有受伤，最后目光落在她脏兮兮的脸上：“你伤还没好就接活儿了？”

“工作很轻松。”姜槐说。

“哦，从八层楼顺着不知道结不结实的床单爬下来，还在半空中打一个空翻叫轻松。抱歉，恕我不能苟同。”单池远冷哼着，“是你还是我对轻松这个词有误解？”

“绳子很结实，道具老师试了好几遍，不会有问题的。”

若不是姜槐一脸真诚，单池远真以为她在挑衅自己。他觉得自己不应该和她再讨论这个话题，便说：“走吧。”

“去哪里？”

“你跟着我走就是了。”

不知从何时起，姜槐对他的话已是毫不犹豫地遵守。

姜槐换了衣服，拿了包，跟着单池远到了停车场。一打开车门，南希的声音便传来了："Surprise！"

"你什么时候回来的？"南希明明外出拍戏了。

"两个小时前。"南希拉长了声音，"还有另一个surprise，你想听吗？"

"什么？"

"那个人渣，判了七年！"南希的声音里有掩盖不住的兴奋。

姜槐却看向单池远："真的吗？"这种程度的故意伤害一般是三年以下有期徒刑，虽然加上恐吓和强奸未遂，但对方请了业内有名的铁嘴，要判到这个数字，也是令人难以置信。

单池远点点头，给了她肯定的答案："他要上诉，但我不会给他翻身的机会。"

从出事到现在，姜槐一直刻意压制着情绪，她的愤怒和伤痛都未表现出来，但这一刻，她听到这个消息，忍不住用力地抱住了单池远："谢谢你！"

单池远被抱了个满怀，身体有些僵硬。

他还没来得及回抱，姜槐已经放开了他，有风狠狠灌入他尚未温暖的身体。

"既然事情解决了，那我也该搬走了。这段时间，谢谢你们的照顾。"

南希愣了："你搬去哪里，不做我的保镖了？"

"我……我还是更想做武行。"

单池远慢慢地收回刚伸出去的手。

[8]

姜槐是第二天搬离碧海蓝天的。

她的行李不多，早在几天前就收拾好了。因为武行工作的特殊性，她并不准备搬回武馆住，所以已经找了中介看房子。但一连几日，不是地方太偏僻，便是环境太恶劣，当然也有她看中的房子，但租金已经完全超出她的负荷。

由俭入奢易，由奢入俭难。

住过碧海蓝天那样的小区后，姜槐觉得自己随遇而安的品质离家出走了。

最后，她还是先搬回了姜家武馆。她对姜山的说辞是，公司宿舍楼重新装修，她要回家住一段时间。

姜山自然是高兴的。

近段时间，本就日暮西山的武馆更是日益渐下，之前还有五六个学生，最近只剩下了三个。姜山将学费降了又降，几乎是倒贴收学生，但仍旧无人上门。

成年人忙着工作赚钱，锻炼健身更愿意去健身房，学生们有上不完的补习班和兴趣班，对武术功夫感兴趣的，多会选择去学空手道和跆拳道，这样老式的武馆，已逐渐被淘汰，整个南泽也没剩几家。

姜山还在坚持着。

姜槐知道，姜山太过墨守成规，若再不转型，姜家武馆恐怕难以为继。只是她知道，说服姜山将武馆转型，比说服他让自己当武行更难。

所以，姜槐只能以自己的方式守卫着武馆。她想要成为出色的武行，想要将姜家武馆转化成为专门培训武行的武馆，她以自己的梦想支撑着姜山的梦想。

只是这一切，她暂时不能让他知道。

因为前段时间受伤，姜槐害怕回家被姜山发现端倪，所以一直没回家，同在南泽，两人已有两个月没有见面。

姜槐一回家，姜山便察觉出不对劲："你怎么看起来有些虚弱，工作很辛苦吗？"

"爸，不辛苦，我还胖了。"

姜槐不在家，姜山平时都是靠外卖和快餐生活，她一回家，他便匆匆赶往市场，想亲自下厨给姜槐做饭。

姜槐想拦也拦不住，只能由着他去。

结果姜山不仅买回了一堆菜，还拎了一瓶酒。

姜槐不喜欢父亲喝酒，她小时候，每每姜山喝了酒就像变了一个人，要么勃然大怒，要么号啕大哭，她劝阻过，还曾经被他不小心打伤。在那以后，他便不在她面前喝酒，偶尔酒瘾犯了，便下楼，也不知道躲在哪个角落酩酊大醉。

姜槐知道他心里苦，也拦不住，索性顺着他。

这是他第一次拉着姜槐喝酒，看得出心情不错，姜槐不想扫他的兴，跟着喝了几口。

姜槐自幼与姜山相依为命，生活谈不上优越，却也不能说糟糕，唯一遗憾的是父女俩的手艺都一般，只能简单下个挂面、炒个饭，若想吃得丰盛一些，除了下馆子便只有煮火锅。

天已逐渐转暖，父女俩对着火锅喝酒，皆出了不少的汗。

这天晚上，姜山很是感慨："我以前啊，教你习武是带着私心的，希望你将来能够继承武馆。好在你有出息，不和你爹一样，只会这几个破招式，腿还瘸了，出去卖艺都没人看！"

姜槐看着姜山的白发，眼眶一热："爸，我可以……"

"你可以什么，不许！我告诉你姜槐，你好好给我出去工作！这破武馆，你别理！"姜山喝了酒，脸色通红，声音也大了不少。

姜槐讪讪地收了话头，屋子里只剩下火锅汩汩的冒泡声应和着电视节目的声音。

每次和姜山谈到这个话题，都会是这样的结果，姜槐早已料到。

刚好电视在放《非凡挑战》的预告片，陆沉舟的身影从屏幕上一闪而过，姜槐想调台已来不及，姜山正面色铁青地盯着电视。

"他真是了不起，现在都成了明星。没人会一辈子在武行这个行业待下去，入这一行的都想当明星，有能力、有资质的都走到台前，只有没用的人才会一辈子留在幕后，当然还有我这种连幕后都没资格待的！"

姜山的尖刻与平时的憨厚形成鲜明的对比。

"爸，你为什么对武行的偏见这么大？你以前也是武行出身……"

姜槐话音未落，便听到巨大的"砰"的一声，碗盘杯瓶碎了一地，竟是姜山抬手扫落了桌上的东西。

姜槐看着眼前因愤怒胸膛不住起伏的男人，觉得他陌生得可怕。

姜槐以为这一天发生的事情会像以往的每一次一样，酒醒之后的姜山会后悔、自责，然后和她道歉。

虽然他比以往每一次都要凶狠，但姜槐并不害怕，因为那是她的爸爸。

但这个念头仅维持了不到十五小时。

第二天，姜槐早早收了工，从片场回到武馆已经是晚上了。但她没想到，推开武馆的门，便闻到一阵浓烈的酒气，上了二楼，酒味更甚，不仅如此，地板上都是各种碎片，玻璃、塑料以及纸，还有她的衣服。

她刚走近房间，拎着酒瓶的姜山已经走了出来，手中拿着几张病历还有拍立得。

“这是什么？”

姜槐一看，便知糟糕，这是她在剧组别人帮她拍的照片，她不爱拍照却仍然保存下来，没想到会被姜山看到。

但很快，她的害怕被愤怒替代了：“你翻我东……”

她的话没有说完，因为姜山狠狠地甩了她一个巴掌，他的力道很大，她没留神，整个脸被打偏，很快，嘴里有了血腥味。

“我就是翻你东西，翻你东西怎么了？你做的是什么事，你背着我做了什么？”他张着嘴，便有一股浓烈熏人的酒臭，让人作呕。

但姜槐没有后退，她怔怔地站在原地，不敢相信这一切。

“你就这么耐不住？我叫你别去做武行，你偏偏要去！”

“你就这么喜欢被打？”

“你就自甘堕落吧！”

姜山不知喝了多少酒，脚步都是虚浮的，摇摇晃晃又朝她迈近，眼睛里都是疯狂：“看看你的样子，和她多像！你进这一行，是不是要去找她，要去找那个抛弃你的人……我养了你这只白眼狼……”

姜槐在他伸手抓自己的头发时终于有了动作，她飞快地躲开他：“爸，我是姜槐啊！你清醒一点，我是姜槐，你的女儿啊！”

姜槐没有意识到自己已经哭了，她看着面前的姜山，恐惧已经压过了惊愕。她慢慢地往后退，姜山露出了一个她永远都忘不了的表情。他狠狠地朝地上啐了一口痰，几乎是狰狞着恶狠狠地甩出这一段话，这一刻，她从他眼中看见了杀意：“你不是我女儿，你怎么可能是我的女儿，我可生不起你这样的人！你就是一只有爹生没娘养、被人抛弃的可怜虫！我觉得你可怜，就当养条狗捡回了你，没想到今天被狗咬了一口……我今天不打断你的腿……”

若不是姜槐躲得快，他手中的凳子已经砸在了她的腿上。

姜槐头也不回地往楼下冲，姜山骂骂咧咧地跟在她身后，下楼的时候绊了一跤，滚下了楼梯。

姜槐听见声响，下意识地停下脚步要回头去扶他，但很快，他就自己爬起来，一瘸一拐地追上来。

看着他狰狞的面孔，姜槐咬咬牙，一口气冲到了门外，也不知道往哪个方向跑。她只觉得除了这二层小楼，自己竟无处可去。

她跌跌撞撞地跑着，脑子里一片混沌，但记忆的细枝末节猛地侵袭而来。

为什么她从未见过自己的母亲，也没有照片？

为什么她问起母亲，姜山便发火？

为什么她和姜山长得一点也不像，饮食习惯也大相径庭？

这一切问题，现下都有了答案。

[9]

姜槐从武馆离开的时候，什么也没带，只有身上那个还未来得及除下的双肩包，里面有她的各种证件以及因为工作所带的简单换洗衣服。

事实上，她的东西也不多。

她不热爱打扮，女孩子的玩意并不多，除了衣服，大概就是留在阁楼里的一些书和儿时的漫画、碟片之类的收藏品，再无其他。

从姜家武馆离开的时候，姜槐隐隐有种自己永远也不会回去的想法。

这个念头让她觉得可怕。

喝醉酒的癫狂的姜山固然让她感到陌生、害怕，他的谩骂、他的巴掌、他对她挥舞的拳头，颠覆了她二十几年来的所有认知，可是那终归是养育了她二十几年的人，是她唯一的亲人。

恐惧退去后，姜槐更多的是无所适从，变化来得太快，打了她一个措手不及。

从前生活有多温暖，这一刻就有多残忍。

若不是陆沉舟忽然打来电话，姜槐还不知道会在马路边站多久。

他是打电话问她的伤的。回南泽后，姜槐一直没见过他，他正值事业上升期，手上除了真人秀、广告，还有两部出演配角的电影，俨然成了“空中飞人”，忙得不可开交。

姜槐不愿意将自己的难堪暴露在别人面前，手机响了很久，她才整理好自己的情绪，可喑哑的声音仍旧泄露了她的不安。

陆沉舟只听她的声音便察觉到不对劲："你怎么了，在哭吗？"

他不问还好，这么一问，她的眼泪又出来了："没有。"

"你在哪里？"

知道她不会说，陆沉舟也不纠缠这个问题，单刀直入。

姜槐不想他看到这么狼狈的自己，不吭声。

"姜槐，我问你现在哪里？"

他极少用这么严肃的语气和她说话，她望了一眼周遭，发现自己从来没来过这个地方："我不知道我在哪儿。"

"你发一个定位过来。"

陆沉舟来得很快。

他的车子停在姜槐面前的时候，她仍在发呆，直到他下车走到她面前。

"走吧。"

姜槐上了车，陆沉舟也没问她去哪儿，车子漫无目的地开着，他甚至没有再问她怎么了。

姜槐坐在车里，第三次看见人民广场的地标建筑时，终于忍不住开口："我……好像不是我爸亲生的。"她与陆沉舟同住一个屋檐下十多年，即使他们从来都不亲密，即使现在各奔东西，他也仍是她除姜山外最亲的人。

姜槐以为陆沉舟会像自己一般震惊，但陆沉舟意料之外地平静，连表情都未变："我知道。"

"你知道？"

"嗯。"车开上了高架桥，陆沉舟放慢了车速，"很早之前我就知道。师父收养我的时候，我看到了你的收养资料。"

听到陆沉舟这样说，姜槐反倒平静下来。原来她真的不是姜山亲生的，他的谩骂并不全是醉话，而是内心积压多年的恨。

她没有追问陆沉舟为什么知道她不是姜山亲生的却没有告诉她，若不是今晚这事的发生，是不是亲生的，都不会改变她与姜山的关系。

陆沉舟也没有追问姜槐发生了什么事，因为她想说就会说，不想说他问了只会徒添烦恼。他开着车带着她兜兜转转，再没说话，直到她逐渐平静，靠着靠背昏昏欲睡，才问她："我送你回碧海蓝天吗？"

姜槐刚要说好，才想起自己已经搬出来了："我现在已经不是南希的保镖了，没有住在那里。”

“挺好的。”陆沉舟顿了顿，“你搬回武馆住了吗？我送……”

“不要！”姜槐迅速打断他，“你给我找一个酒店吧，我住酒店就可以。”

“要不去我家，我的公司给我租的公寓就在附近。”

姜槐刚要拒绝，陆沉舟又道：“有两个房间。你现在这个样子，我不放心你住酒店。”

话说到这里，姜槐再拒绝便显得矫情，且在陆沉舟入娱乐圈之前，两人一直同住一个屋檐下。今夜发生了太多事，信息量大得让姜槐无法承受，她太累了，便说好。

没一会儿，果然就到了陆沉舟所住的小区。

小区坐落于市中心，虽然不及碧海蓝天出名，但在寸土寸金的地带，一看便价值不菲。

从车库出来，见姜槐四处打量，陆沉舟笑道：“这是公司的产业，我可没这么有钱。”

姜槐看着陆沉舟脸上的笑容，不由得轻松了一些，她感觉他和从前不一样，可又说不出哪里不同。

她跟着陆沉舟进了电梯，感觉似乎有人跟着，但回头望去，空无一人，还以为是自己的错觉。她一时间也忘记了陆沉舟虽不及南希出名，但也是一个小有名气的演员，加上最近曝光率高，走到哪里都会有人盯着。

[10]

姜槐仅在陆沉舟家住了一天，第二天便离开了。正巧好几天戏都排到了半夜，所以她接连好几天吃住都在剧组。

陆沉舟要去外地，临走时给了她门禁密码，她却没有再过去，重新找了中介，只是忙碌起来，连去看房子都没时间。

姜槐不准备回姜家武馆。

姜山一直没有打电话来，而姜槐鼓起勇气打过去的时候，只听到他的骂声。姜槐分不清他喝酒了没有，在他的破骂声中，她沉默地挂了电话。

因为心情沉重，所以她工作起来尤为卖力。

但这一日，饶是姜槐这种迟钝的人，也能感觉到剧组的人看自己的眼光不对劲，他们似乎在议论什么，只是她转过头去，对方的讨论便戛然而止。

姜槐是不在乎别人的指点的，她行得正，坐得端，拍戏也是兢兢业业的，摔得都比别人重一些。

如果不是南希打来电话的话。

从碧海蓝天搬出来后，姜槐与南希便再无联系，如无意外，或许两人会慢慢变得陌生，再过段时间，或许南希连她的名字都会忘记，就像以往和她合作过的所有演员一般。只是想起那个人是南希，她还是有点遗憾。

南希的电话便在这时响起来，姜槐"喂"了一声，那边却不是小姑娘咋咋呼呼的声音，姜槐又"喂"了两声，以为对方打错了，正要挂断，才听见南希问："姜槐，你这几天有上网吗？"

"太忙，我没怎么看手机。"

"你上微博热搜了！"

"什么？"

姜槐觉得南希一定在开玩笑，但南希的声音是少有的严肃："你上微博热搜了。你是不是去陆沉舟家里过夜了？你们被人拍到，视频传到微博上了。"

姜槐被拍到的是两段十来秒的视频，一段是她和陆沉舟一起下车往他家走，一段是她独自出来的画面，从光线可以看出是不同时间。爆料人又说明时间是前一天深夜和第二天白天，因为两段视频不是一套衣服，直接说明了她在他家过夜的事实。

因为姜槐穿着连帽衫，又戴了帽子，低着头走路，视频没有拍到她的脸，看起来十分中性。但熟悉的人只要一看，便知道是她。

姜槐总算明白那些奇怪的目光从何而来。因为她这几天在剧组，换洗衣服不多，来来去去就这么两套，简直是不打自招。

"这是你的私事，我管不了，但是……"

姜槐打断了南希："我和……我爸吵架了，暂时还没有找到住的地方，那天去他家借宿了。我们是同门，一起长大，没有更多。"

姜槐也不知道为什么要和南希解释，但她说完，感觉南希的语气轻松了不少："我才不在乎你们的关系，我只是要提醒你小心一点，如果没有住的地方，就搬回来吧。"

"我已经找到住的地方了。"姜槐不想再麻烦她。

“你也别担心，他们的澄清消息估计很快就出来了。”南希如是说。

姜槐才挂了南希的电话，陆沉舟便打了电话进来，想必他也看见了网上的视频：“你别担心，这边公司会处理。如果有人问你，你说同门就好。你这几天是不是没有住我那儿？”如果是，估计被拍到的东西不止这些。

姜槐谎称已找到新的住所，不想再给他添麻烦。

她过了半小时再刷新微博，陆沉舟的经纪公司已经贴出了声明，短短几行字，简洁说明陆沉舟单身，视频里的人只是同门，希望网友和媒体把关注点放在他的新戏和真人秀上。

虽然陆沉舟走的是硬汉小生路线，女友粉并不多，但粉丝们看见声明还是表示很开心，并刷起来关注新戏和真人秀的话题。也有黑粉嚷嚷陆沉舟一方在撒谎，只是视频里的姜槐和陆沉舟表情自然，还保持着一定距离，又没有更多的证据表明两人有其他关系，很快便被刷了下去。当然，也有路人表示完全不认识陆沉舟，十分好奇这个十八线小明星怎么会上热搜，是不是自己买了水军炒作。

因为上热搜的事情，一整天姜槐都感觉到不少奇怪的目光，还有一个同是武替的女孩直接来问她：“你就是陆沉舟的女朋友吧？”

“不是。”

“哎呀，你放心，我不会说出去。”她故作熟稔地撞了一下姜槐的肩膀，“我可真羡慕你，陆沉舟现在怎么说也小有名气，让他拉你一把，多见几个导演，说不定你就不用再做替身了！我啊，还不知道要熬到什么时候。”

姜槐避开了这个女孩，她不喜欢对方毫不掩饰的目光。

这一天，姜槐的拍摄结束得相对较早，从片场出来后，她直接找了中介看房子。这事刻不容缓，得赶紧定下来。

她原本是想看影视城附近的房子，毕竟她多数时间是在这儿工作，但中介以太复杂为由，带她看了一圈，她才发现他介绍的基本不是久租不出去的旧小区，就是价格与实际不符合的高层公寓。

姜槐虽急切租房，但也不是好忽悠的人，当即拒绝了中介。

两人分道扬镳后，姜槐兜兜转转买了两身衣服，正准备先找一个酒店住下，却意外地看见了单池远。

其实也不算意外，因为她就站在法院的门口，而单池远是一个律师，他出现在这里是再正常不过的事。

可就是这么巧，两人遇见了。

他提着公文包，与一个中年男人正说着话，似乎没看见她。

“单池远。”

这个名字刚从脑海里闪过，她已经听到自己的声音。

单池远这才看了她一眼，却没应答，很快又别过脸。

“单律师，有人叫你呢？”他身边的中年男人调侃道。

“不认识。”

姜槐错愕地看着他们越走越远，觉得不可思议，那明明是单池远，他明明看见了她，竟然说不认识。她也没有再喊他，本就不佳的心情因为这句话变得更加糟糕。

姜槐转身离开，还未走到路口，身后却传来脚步声，她还未回头，单池远已经三两步走到她面前。

单池远去而复返，面色冷峻：“你为什么不喊我？”

姜槐十分委屈：“我喊了，你说不认识我，转身走的。”

“你为什么不能多喊一句？”

姜槐觉得他太不讲理了，他都走了，还要她怎样？

单池远似乎没想听她回答：“你怎么在这里？”

“我……”

“你知道你今天差点害我输了官司吗？”

“什……”

“是你先来的，现在就想走吗？你都是这样的吗？”

姜槐被他咄咄逼人、接二连三的发问弄蒙了，也不知道先回答哪个问题好，只好先挑重点：“官司输了吗？”

“差点，最后我力挽狂澜了。”他终于露出了他的骄傲，还带着一点得意，很快又收了回去，“你怎么在这里？”

“我和中介看房子。”

这下，单池远看她的目光变得更古怪了：“你不是搬到陆沉舟家去了吗，从碧海蓝天搬走后？”

“没有啊。”姜槐一头雾水，也不知自己为什么要和他解释，“我搬回家了，前几日和我爸吵架……去他那儿借宿一晚，这些天我一直在片场住。不过，你是怎么知道的？你也上网看娱乐新闻？”

单池远面色一僵，只想将南希拉出来揍一顿。

他是不看娱乐新闻也不关注什么热搜的，南希却不怀好意，在他开庭前将热搜截图发给了他。

原本姜槐一声不吭搬走让他郁闷，走了之后便销声匿迹更是过分，这截图犹如一枚炸弹，炸得他半天没法平静，连上庭都忍不住心烦意乱。

而现在，罪魁祸首却站在他面前，一副无辜的模样。

Chapter 05

梦里花

热爱是，我知晓这条路宛如刀山火海。

我仍愿意与你走一遭，即便可能一个人回来。

[1]

无论多克制，喜欢终究无法压抑。

站在碧海蓝天的大堂里，姜槐想不通事情怎么就变成了这样。

她原本只是看房子，没想到会遇见单池远。

遇见单池远就算了，她只是想和他打个招呼。

打招呼就算了，她竟然会将自己与姜山吵架的事情和盘托出。面对陆沉舟的追问，她都只是缄默，但单池远还没问，她就完全坦言了。

她坦言自己的秘密就算了，身为律师的单池远完全波澜不惊。

可是，事情怎么就变成这样了呢？

姜槐想起来了，在她垂头丧气说完自己做武行的事情被父亲发现，两人大吵一架，她从家里离开后，单池远问了两个问题。

“你父亲反对甚至不惜与你决裂，你还要继续做武行吗？”

他又皱眉了，姜槐直觉自己的答案他不爱听，仍然说：“是，我不觉得这是错的。”

单池远缄默良久才问了第二个问题：“你找到合适的房子了吗？”

她沮丧道：“还没。”

单池远轻描淡写道：“那你搬回碧海蓝天吧，2203还空着。”他一锤定音，没有给姜槐反对的机会，直接伸手接过她的包，大步朝车的方向走，早就把刚刚假装不认识她的事抛到了脑后。

姜槐觉得，单律师的心思真是比珊瑚海还要深。

于是，还未搞清楚状况的姜槐莫名其妙地回到了碧海蓝天，且她一出电梯，就遇到了领着助理急匆匆要出门的南希。

“啊，姜槐，你回来了？”助理帮南希拖着行李箱，看样子估计要赶飞机，“我的车到了，回头再好好聊。”

南希似乎一点都不好奇姜槐为什么会出现在这里，倒是那个姜槐不曾见过的助理，在电梯门完全关闭之前，目光一直在她和单池远之间游移，仿佛发现了什么惊天大秘密。

密码和指纹都没有变，姜槐进了屋，才发现屋内的摆设与她离开时无二，却又十分干净，一尘不染，应该是一直有人打扫。

单池远送姜槐进了门，在她开口说出自己不喜欢听的话之前先发制人：“我很累，你有什么话明天再和我说。”

姜槐摸了摸鼻子，她其实只是想道谢。

从离开到搬回来，不过十来天，姜槐却觉得距离那时候的生活已经十分遥远了。

她躺在松软的大床上，有一瞬间仿佛回到了好几个月前，她搬到这里的第一天，不认床的她却失眠了。

而这些天在姜家武馆、在陆沉舟家、在片场休息室都睡不好的姜槐，躺在这熟悉的床上，终于睡得安稳。

不知不觉中，她对这不属于她的公寓已经有了莫名的归属感。

一夜无梦，姜槐第二天一大早就醒了。

拍摄行程单上，排在第一位的是下午两点的行程。姜槐难得空闲，天气又大好，她便洗漱了下楼晨跑。

早起运动的习惯姜槐已经保持很多年，最初是跟着姜山打早拳，后来上大学才改成了晨跑。

姜槐刚绕着小区跑第二圈，便看到前面有个熟悉的背影。单池远和她隔着一小段距离，他穿了一身黑色的运动服，慢悠悠地跑着，俨然不在乎后面两个散步的阿姨已经超过了他。

也不知从什么时候开始，无论人潮拥挤还是稀疏，无论距离远近，她总是能够第一眼将他认出，并朝他靠近。

阳光洒落在单池远的身上，他鼻翼的汗晶莹剔透。

姜槐刚跑近，他便迅速扭过头，见是她，眼中的戒备瞬间消散：“这么早。”

“我睡不着。”

“睡不好？”

“我睡得挺好的。”

姜槐想了想，将昨日一直没有机会说的话说了出来：“谢谢你收留我，等我找到房子就搬出去。”

姜槐性子慢，跑步速度却很快，谈话间已将单池远甩到了身后，因此看不见他猛地停下的脚步和沉下来的脸。

她挑衅他，从来只需三言两语，且一语中的，比法庭上的检察官还厉害。

直到跑出了老远，她才听见单池远慢吞吞地喊了她：“姜槐。”她的名字普通平凡，从他喉咙发声，听起来却和别人有些不一样。

姜槐放缓脚步，回过头，单池远还站在那里没动，微微闪耀的晨曦让他看起来有些遥远。

“你是知道的，我的痛觉不敏感。”

姜槐不明所以，点点头。

“被你拍了一砖头，被人捅了一刀，我都察觉不到疼痛。”他从不喜欢将自己的弱点暴露在别人面前，即便是对此一清二楚的姜槐，说出来仍然艰难。

姜槐是记得的，却不知道他要说什么。

“那你知道一个痛觉不敏感的人在外面走着，是多危险的一件事吗？”

她知道。

两人认识的时间不长，但是因为他痛觉不敏感，受了好几次伤，有几次还是自己亲手所为，想到这里，姜槐便一阵愧疚。

“你是想要我保护你吗？”姜槐这会儿终于听出他的弦外之音，“你是想我做你的保镖，像之前保护南希那样吗？”

单池远直接当着她的面翻了一个大白眼：“且不说我一个男律师请一个女保镖多引人注目，就说你，你愿意放弃你的工作来保护我吗？”

姜槐的内心有挣扎和犹豫，但她还是摇摇头。

“你身手好，可以教我几招防身。”

这下，姜槐的头摇得更像拨浪鼓：“咏春最好是从小学起，你现在这个年纪学太晚了。而且你学过跆拳道吧，反应与身手没有比我差多少，我没有资格收你做徒弟。”

被嫌弃了的“这个年纪”的单池远脸色更黑了，即使姜槐后面夸了他，也无法挽救。

舌灿莲花的单律师觉得，和木头说话不应该拐弯抹角，应该单刀直入：“你不是要租房子吗？直接租我的房子就好，2203那套。”

“我租不起。”

单池远一脸“我就知道”的表情：“谁说要收你的租金，你用劳动抵债就好，我有事找你的时候，随传随到。”想起她对工作的热忱，又补充道，

“你将每周的拍摄行程给我一份，我会避开你的工作时间找你。”

姜槐直觉有哪里不对劲，单池远却一锤定音，压根不理会她的纠结：“你继续跑吧，我回去了。”

姜槐第二次将自己卖了。

只是第一次是迫于无奈不甘愿，这一次，她后知后觉明白单池远的好意，忍不住弯了弯嘴角。

她不是木头，别人对她好，她能感知到。

[2]

单律师虽然“雇用”了姜槐，但一连两日，她都没有收到“传唤”，这让她坐立不安，时不时掏出手机来看。

姜槐一点都不知道，自己的行为落到旁人眼中有多可疑。

“你等男朋友的消息？”

姜槐也不知自己在紧张什么，下意识收起手机：“不是。”她抬起头看清来人的时候，直接愣在那里。

站在面前的人是曲般若，她穿着简单的牛仔裤和衬衫，岁月在她脸上几乎没有留下痕迹。姜槐与她站得近，听着她温柔、软糯的嗓音，下意识屏住了呼吸。

“怎么，你不记得我？”她见姜槐傻愣愣地站着，又出声了。

“不是，曲老师……不好意思！”

姜槐没想到自己会遇到曲般若。

虽然在影视基地，到处是明星，但也不是真如传说中一样走两步就遇到一个。大多艺人身边都有助理、经纪人甚至保镖，没有演员证，报不出戏，也进不了片场。

姜槐拍了三个多小时，出来透口气，却遇见了曲般若，觉得十分不可思议。更让她觉得不可思议的是，曲般若会来和自己说话，还记得自己。

“你叫姜槐是吗？”

“是的，曲老师，您还记得我啊！”姜槐本就不能言善道，在年少时的偶像面前显得更加局促。

“你不用这么紧张。”曲般若比想象中更随和，“我只是出来透口气，没想到会遇见你。你那次的试镜给我的印象很深刻。怎么，你今天有戏要拍吗？”

“是的，曲老师，有个电视剧要拍，我进组大半个月了。”

“还是武替？”

“是的，曲老师。”

姜槐觉得自己有些不礼貌，仍旧忍不住将目光投在曲般若的脸上，微风拂乱了她的发，可她仍旧美得动人心魄。

“你有想过往别的方面发展吗？比如从群演、配角开始，从幕后走到台前？要知道，武行不是长久之路。”

这番话，姜槐听无数人说过，但不知为什么，从曲般若嘴里说出来，让她有些低落，或许因为对方是她喜欢的演员。

“曲老师，我暂时没想过往别的方向发展，因为我觉得武行挺好的。一部电影或是电视剧需要无数个工作人员，有的人做武行只是一个踏板，可我觉得武行是一个很好的职业，我喜欢它。”

曲般若还想说话，她的手机却响了：“我该走了，下次再和你聊聊……”

姜槐看着她匆匆离去的背影，在心里翻滚了好几次的疑问还是没有问出来：既然您对我印象深刻，觉得我表现很好，那为什么我没有被选中？

姜槐知道，即使她问出问题也得不到答案，因为试镜选角不是比武，输赢胜负不靠身手决定。

姜槐那天终于等到了单池远的电话。

只是，那已经是好几个小时后的事情。

她站在马路边沿，手机在口袋里响了很久，她才猛然惊觉，匆匆接起。

“姜槐。”

姜槐才发现，每一次，无论是在电话里还是面对面，他总是这样字正腔圆地叫出自己的名字，这一次却带上了一点急躁。

“是。”姜槐才应了一声，便听到刺耳的鸣笛声，她忙从人行道退回去。

这边的动静瞒不过单池远的耳朵，他只从她的声音便断定了她的情绪：“发生什么事了？”

照她的性格，她该稳住心神对单池远说一声“没有事”，可是这一次，她一直沉默。她不敢开口，就怕自己一张嘴会忍不住哭出声。

“姜槐，你在哪里？”

单池远见姜槐不说话，只好换了一个问题，却仍旧得不到姜槐的回答。

“姜槐，你听见我说话吗？”

“嗯。”

“那你站在原地等我，电话别挂。”

电话那边的声音已经从急促变得沉稳，带上了少有的小心翼翼。姜槐听见他开车门，发动引擎，却始终没有告诉他自己在哪里。

这一刻，姜槐的心底竟然真的生出奢望，或许单池远真的能够找到自己。

那么，就让他来帮自己分担这些令人痛苦的秘密。

这一日对姜槐来讲，比姜山喝醉酒的那个深夜更黑暗。

她在收工后回了姜家武馆，她想去拿些衣服，也想要和姜山好好谈谈。她心里是抱着期许的，或许姜山一直在后悔，只是找不到台阶下，毕竟他是那么固执的人。

姜槐原谅姜山那夜的暴行，毕竟他是她的爸爸。他与她朝夕相处并养育了她二十几年，从她记忆伊始便只有这个人的存在，她怨过、恨过却还是爱着他，不可能因为一场争执，一切一笔勾销。

只是她没想到，她满心期许会得到这样的回应。

她回武馆的时候，姜山还在上课，她没有打扰，安静地坐在一旁看着。直到学生们都散了，她才鼓起勇气叫了一声“爸”。

姜山应了一声，拖着腿上楼了。

姜槐亦步亦趋跟在他身后，只是一上楼，她就傻眼了。屋子里一片脏乱，啤酒瓶、外卖盒扔了一地，衣服也不知道多久没洗，乱糟糟地团成一团。

在这里生活了二十几年，姜槐第一次看到这样的场景。她深吸了一口气，然后埋头收拾。姜山一直没有说话，只是坐在椅子上抽烟。在弥漫的烟雾中，他的表情显得阴沉。

姜槐刚打开窗户透气，便看见姜山不知从哪里摸出了一瓶酒，正要打开。

“爸，别喝酒了。”

过去这么些年，她总是这样劝姜山“别喝了”“别抽了”，大多时候姜山都是乐呵呵地放下，偶尔则会讨好地打商量说“就一口”。她此时的规劝只是下意识的行为，压根没想到姜山会忽然变脸，酒瓶就这样朝她砸来，在她脚边碎开了花。

“你有什么资格管我？”

“你叫我爸，你听我的话吗？我叫你不准拍戏，你这几天都干什么去了？”

“你和你那个妈一样！运气好拍了几部戏，有人捧着上位，就觉得自己了不起，可以在我面前说三道四了！”

“她瞧不起武行，觉得武行没出息，你还这么贱，要走这条路吗？”

“我告诉你姜槐，你别想再进片场，别想再拍戏！我不会让你离开这里的！”

姜山的话颠三倒四，前言不搭后语，可姜槐还是从中读出了一些信息，她想要追问，姜山却不理会，兀自骂骂咧咧。他一瘸一拐地走近，她才发现，他浑身散发着一股浓郁的酒气，并非刚喝出来的，像是在酒坛里泡了许多天，臭气缭绕，根深蒂固。

姜槐的反应稍微慢了些，便被姜山抓住了手，随即他做了一个令她不可想象的动作——他狠狠将她一推，推进了房间里，

姜槐挣扎着要出去，却被他反手扇了一个巴掌。他的力气着实大，姜槐第二次挨了他的巴掌，没站稳，已开始耳鸣。

姜山趁机迅速地拉上门。

姜槐听着他上锁的时候，才真正意识到，他那句“我不会让你离开这里”是什么意思，他要将她囚禁起来。

“你开门！”

“开门，放我出去！”

“开门啊！”

姜槐用力地拽着门把摇晃着，然而门仍旧顽固地锁着，她伸脚去踹，木门除了发出了沉闷的抗议，再无反应。

而屋外，姜山开着电视，对她的叫喊和拍门声无动于衷。

姜槐又拍又喊了大半个小时，筋疲力尽，却仍旧不敢相信现在的状况。

她停下来休息的时候，才开始打量自己的房间，发现这里已经面目全非，衣服、书本散落一地，梳妆台的镜子也不知何时被毁坏了，歪歪斜斜的裂痕映照着她的脸。

姜槐觉得自己在做梦，可脸颊的疼痛这么明显。

这不是噩梦，却比噩梦更可怕，更令人绝望。

她怀疑姜山中了邪，否则朝夕相对的人怎么会舍得将她亲手推入深渊？

姜槐被关在小屋里四个小时，她从怒吼到哭号到乞求，声音已经变得沙哑，姜山一直没有开门，不知是没听到，还是听而不闻。

他会一直关着自己。这个念头一冒出，就怎么也压不下去，连同恐惧一起，几乎要将她淹没。

最后姜槐是从窗口逃离的。窗户没有栏杆，姜槐是忽然回家的，姜山也是临时起意将她关起来的，所以这窗子并没有封闭。

她费力地攀爬出窗口，离地大约三米的距离。她纵身一跃，虽然双脚落地，但因为冲击力太大，她还是在地上滚了一圈。

离开的时候，她不知出于什么心理，回头望了一眼屋子。

小窗狭隘，屋内一片黑暗，深不见底，无可探寻。

[3]

姜槐没想到，单池远竟然真的出现了。

她没有告知他她的所在，而他用了不到一个小时就赶来了。

姜槐看着他的车迅速从自己身边开过，又慢慢地倒了回来，他的长腿从车内迈出，重重地踩着水泥地面上。沉着、冷静的单律师此时却是焦急的，还险些被路上的小石子绊了一跤。

“你怎么知道我在这里？”

她从武馆出来后，也不知道去哪里，便坐了公交车，最后车停在了五环外。这里远离闹市区，又是夜晚，人迹罕至，单池远能找到她，堪称奇迹。

单池远指了指她背后那座古老的钟楼：“我刚刚听见它在报时，南泽就只有这么一个地方有钟声，而且我刚好来过。”

他站在她面前，挺拔而俊秀，脸色却沉得像锅底。他忽然伸出手，在快碰到她的脸时又迅速收回。

“他打你了？”虽然是问句，但单池远用的是肯定的语气。这个“他”当然是指姜山。姜槐不是好欺负的人，能给她巴掌，一定是她毫无防备的时候。会在她毫无防备时打她，且下手这么重的，单池远只能想到那个人。

单池远对姜山的印象并不好。他阅历深厚，又因职业整天与社会上各种各样的人打交道，很多时候看人的眼睛就可以看出对方是什么样的人。

姜山的眼睛是浑浊的，当初单池远在法庭上之所以会毫不留情，是因为对他的印象分太低。

姜槐垂着头，姜山给了她一巴掌，用几天时间颠覆她过去二十几年的幻想。

“我感觉像做了一个噩梦。”她忽然说，“一觉醒来，我爸就不是我爸了，以前那么好的一个人，瞬间像被魔鬼附了身。我不知道该怎么办，我害怕。还好，这里的钟声让我平静。”

这是她第一次在外人面前示弱，她吊在威亚上的时候没感觉害怕，她被变态跟踪狂打的时候没有害怕，可在面对姜山猩红的眼睛时，她确确实实感觉到害怕。

单池远静静地听她说着，并不追问，直到她的情绪平复，才拍拍她的肩膀，让她上车。他是极其讨厌与人有身体接触的，却一次次主动触碰她的身体。

好像什么事情到了姜槐这里都成了例外。

“走吧。”

“去哪里？”

“还能去哪里，我们回家。”

他的语气很平淡，可他的话让姜槐眼眶一热，刚刚平复的情绪又一次被撩起。

他说“回家”，虽然碧海蓝天不是她的家，可这对一个刚从“家”逃离出来的人来说，是一个温暖的避风港。

姜槐坐在副驾驶座上，看着他英俊的侧脸，心中的悲伤与痛苦慢慢被抚平。

人生有时候真的特别奇妙，她从前总觉得他给自己带来麻烦，现在却觉得每次有麻烦，他总会很快出现解救她。

她是何其有幸，能够与他相遇。

直到这一刻，姜槐听着自己规律的心跳声，才意识到他不知不觉已经悄无声息地走入她的心底。

“单池远。”

“嗯。”

“谢谢你。”

——谢谢你来了。

虽然乌云闭月，可他像风，吹散了阴霾。

姜槐来时未察觉远，回去才觉得路长。

回碧海蓝天的路走了很久，已是凌晨，路上的车辆不多。

等红灯的时候，单池远忽然伸手帮她调了座椅靠背："还要一会儿才到，你睡一下。"

姜槐说不用，可身体随着椅背的倾斜放松了。

从踏进武馆开始，她的神经便紧绷着，同时又带着不真实感：这发生的一切真的是现实吗？

震惊、悲伤、失望、难堪，各种情绪交织在一起，最后化成了浓浓的绝望。她被姜山关在那间自己住了二十几年的房间里，睁着眼睛躺了四个小时，那四个小时听着外面的电视声、姜山酒后的破骂声，感觉比过去的小半辈子都要长。

可还好，他来了。

她坐在单池远的车里，那些负面情绪似乎在一瞬间消失殆尽，她只觉得安全，还有安心。在养育自己二十几年的父亲都颠覆过去所有的认知后，单池远所带来的安全感难能可贵。

回到碧海蓝天，单池远叫住了神情恍惚的姜槐："你是不是还没吃饭？"

"你怎么知道？"

"直觉。"他说完，开了2201的门，见姜槐站着不动，兀自进了门，"进来吧，记得关门。"

姜槐进了屋，换好鞋子，单池远已经进了厨房。

这里一如既往窗明几净，抱枕都摆放得整整齐齐，厨房门敞开着，穿着西装正朝锅里打鸡蛋的单池远怎么看怎么违和。

她才坐了一会儿，单池远已经端着面出来了，只有简单的面和鸡蛋，连葱花都没有，香气不浓郁却令人垂涎。

在一个饥饿过度的人面前，一碗面远比山珍海味更能抚慰可怜的胃。

单池远却说："家里什么也没有，只有鸡蛋和面，你随便吃吃吧。"

姜槐在餐桌旁坐下，单池远却不吃，只给自己倒了一杯水，小口地喝着。她喝了一口汤，又吃了几口面，感觉整个胃都是暖乎乎的："你不像会做饭的人。"且厨房干净如新，并不像常开火的样子。

但这是他第二次给她做饭。

"面不好吃？"

姜槐忙摆手："不，好吃。我的意思是，你看起来不像会做饭的人，这里也不像经常开火，可食物的味道很好。"

"我不做饭，偶尔给自己煮个夜宵。"

"为什么？"

"我不喜欢一个人吃饭。"单池远又慢悠悠地喝了一口水，"你想和我一起吃饭吗？"

姜槐"哦"了一声，又继续埋头吃面，大口喝汤。

先前觉得她迟钝，这会儿单池远才发现，她并非迟钝，而是像乌龟，缩在了自己的壳里。

单池远看着她发顶的旋，觉得自己像一拳打在了棉花里，他忽然产生了撬开这个人的脑袋看看的冲动，看看她是真傻还是装傻。

然后，他便顺从自己的心意，朝她伸出了手。

手还未触碰到姜槐的头，她已经从面碗里抬起了头："单池远。"

"嗯。"

这是姜槐第一次用这样的语气叫出他的名字，她的声音是歇斯底里后的喑哑，大而澄澈的眼睛湿漉漉的，此刻与他对视着。

"你是律师，每天接触的都是名流精英，我是武行，每天在片场摸爬滚打。若不是那场荒唐的官司，我可能一辈子都不会认识你。回来的路上，我一直在想，为什么你会对我这么好。我希望你以后不要再对我好，我是一个给一点光就可以肆意生长的人，很容易对一些不可能的事物生出奢望来。我发现，我已经开始对你有非分之想了，所以请你不要对我好，不然我会误会的。"

姜槐平缓而认真的长篇大论，让单池远又好气又好笑。他板着脸，可一颗心因为她眼中的小心翼翼变得柔软。

她看似张牙舞爪，不过是虚张声势。

她坐着，他站着，他的逼近带着十足的压迫感。

姜槐觉得不自在，她想从椅子上起身，却被他压住肩膀，按在了座位上，他的手按着靠背，将她桎梏在这狭隘的空间里。

"一、虽然我是律师，但我接触的除了名流精英，更多的是杀人犯、强奸犯，至少也是故意伤害罪，一般案子我还不接；二、如果不是武馆官司，我还会认识你，因为你和南希一个片场，你还会为了南希而出手；三、当你受伤住院的时候，我让你离我远点，你是怎么说的，你说不，我给过你机会，你不离我远点，现在却要我走开，我告诉你，不可能；四、你没有误会，你看到的是什么，我想的、我做的就是你所看到的那样；五、现在，你给我闭上眼睛。”

他的声音带着蛊惑，毋庸置疑，姜槐的动作远比思想反应要敏捷。

单池远俯身吻下来，他的唇冰冷却柔软，贴在她温热的唇上，让她忍不住打了一个激灵。

姜槐猛地睁开眼睛，入目的是单池远纤长、微翘的睫毛，只是这么一走神，他已经攻城略地，长驱直入。

单池远放开姜槐的时候，她的表情还是麻木的。

“我姐姐是跳楼自杀的。我父母意外身亡后，我和姐姐过得很不好，为了让我过得好，她抛弃了爱人，和一个不爱的人结婚了，因为他可以给我们富足的生活。她得了许多年抑郁症，后来终于撑不住自杀了。我大学时候谈过一个女朋友，在我们争吵后，她出了意外，被奸杀，还被砍掉了双手。虽然不是因为我，但如果当时她打电话给我，我接了，或许这件事就不会发生。这些年，我一直不敢和南希太亲近，因为我害怕，害怕南希会因我受伤害。”姜槐感觉单池远握着自己肩膀的手微微颤抖，可他的眼神无比坚定，“姜槐，我孤单太久了，好不容易你来了，你可以说我自私，但我不会让你离开的。”

——我在哪里，你就必须在哪里。

——刀山火海，天堂地狱，我都会拉着你。

[4]

在单池远说完那番话后，姜槐震惊之余，更多的是心慌意乱，毕竟她从未想过自己会喜欢他，更没想过他会喜欢自己。

姜槐浑浑噩噩地回到2203，大脑中反反复复地回放着单池远的话，还有他的眼睛，在那湖泊一般的宁静里，她看见了自己的脸。

因单池远带来的冲击，姜槐原先的悲伤和痛苦反而冲淡了不少。

姜槐完全不记得自己是如何应答的，她在这一天才迟钝地发现自己有一种鸵鸟属性，面对困难的时候，会选择性地逃避。

于是，接下来几天，她出门与归家前总会不自觉地四处张望，唯恐遇见单池远。

饶是如此，她还是有几次躲闪不及，与他正面交锋。

姜槐也不知自己面对他为何总是心虚，不敢与他对视，形态猥琐地四处张望。可她又忍不住偷偷地看向他映在电梯壁上的脸，想要看他是什么表情，却对上他似笑非笑的眼睛。

他老神在在，胜券在握，猎人随心所欲，猎物却闪躲不及。

好在电梯已经到达预定楼层，她不用与他共处一个密闭空间，赶紧逃离。

“姜槐，你的手机掉了。”

她终于停下脚步回头，却看见单池远一脸坏笑的样子：“哦，我看错了，你的手机没有掉。”

姜槐咬咬牙，忍住了给他一拳的冲动。她以前怎么没发现他这么恶趣味呢！但她也明白，他因为她郁郁寡欢在努力地逗她开心，只是方式很拙劣。

姜山在她逃离武馆的第二天下午给她打过电话，她没有接。姜山为什么会在那时打电话给她，是不是才发现她失踪了？她不敢深想，无论怎么探究，答案终究不是她想要的。

她无法面对姜山，索性屏蔽了他所有的联络方式。

生活经历了翻天覆地的变化后，姜槐将更多的精力放在了工作上。

从前她拼命地工作是为了有朝一日振兴武馆，而现在，她发现她比自己想象中更喜欢这一行，即便姜山反对，父女因此决裂，她也不后悔。她甚至觉得松了一口气，不用再躲躲藏藏，刻意隐瞒。

彼时，姜槐因为身手好又吃苦耐劳，已成为业内小有名气的武打替身，甚至有个导演给她抛了橄榄枝，邀她出演一部警匪片的女配角。她先是兴奋，因为自己的努力得到了肯定，但很快她就拒绝了。

姜槐知道，自己并不适合当演员。

她的身手虽好，偶尔演不用出声的配角尚可，若真的要她出演作品，她除了拳脚功夫，仪态、表情、台词无一拿得出手。且她从来没有打算往演员的方向发展。人人都说武行无用，将武替当成垫脚石，可她喜欢当武替，不用露脸，不用说话，所有的戏都在肢体语言里。

说来也怪，先前她虽在业内打下了口碑，但活儿大多是武指和群头牵线，近段时间却收到好几个导演的邀约，虽然多是名不见经传的导演和新人，但也令人觉得反常，都是要她出演一些有动作戏的小配角。

姜槐原先以为是陆沉舟帮忙，还打电话给他，让他不用为自己费心，他一听，也觉得诧异：“我并没有向导演推荐你。”他自己不过是一个十八线小演员，微博也只有三四百万粉丝，资源基本是经纪公司带来的，偶尔有合适的角色可以提一提姜槐，但他没有那么大的能耐让导游亲自邀请姜槐。

事出反常必有妖，挂了电话后，姜槐的疑惑更甚，她感觉有只不知名的手在黑暗中推着她往一个陌生的方向走。

但因问心无愧，且纠结不出个所以然，她索性不再想，将此事抛到了脑后。

有的事情可以逃避，但更多时候，你越逃避，越躲不开。

比如姜槐又一次遇见了单池远，且这一次，他并非一个人，与他一起的是一个个子高挑的女性，对方皮肤白皙，留着一头干练的短发，站在单池远身边，两个人郎才女貌，十分养眼。

姜槐在电梯口定住，一时不知进去与否。

倒是单池远见她踌躇半晌，忍不住开口："你不进来？"他的语气陌生，好像他们压根不认识，在饭桌前吻了她的那个人也不是他一般。

姜槐莫名觉得不快，但还是进了电梯。

倒是漂亮的女性开口询问："你还没按楼层。"

姜槐还未开口，单池远却回答："她和我住一层。"

"原来是邻居。"

"嗯。"

姜槐听着他们一唱一和，一时间也没有自己插嘴的余地，便低着头看着自己脏兮兮的运动鞋。她觉得胸口有些闷，但今日电梯像和她作对一般，两层一停，门开了却无人进，整整走了比往常多一倍的时间。

二十二楼一到，姜槐也没和单池远打招呼，兀自往2203走。单池远不知对漂亮女性说了什么，耳畔萦绕着她低低的笑声。

姜槐并不八卦，却忍不住屏息倾听，谁知他们已经进了门。

姜槐无法形容此时的心情，她有种不明所以的憋屈。

他吻了她，他说不会放她走，可现在，他带着另一个女人归家，连招呼都不和她打，装作不认识。

天气已逐渐转热，她将房间的窗都打开，凉风却还是没将阴郁吹散。

直到有人按响她的门铃。

姜槐承认，自己打开门时是带着期许的，可看到南希精致的与那人相似的眉眼时，还是忍不住失落。

“是你啊。”

南希一下子就嗅到不对劲：“不然你以为是谁？你希望是谁？”

姜槐被她盯得手足无措，连辩解都显得无力：“我……没有……只是……”

“不用解释了！你知不知道，大事不好了！”南希压低声音，显得鬼祟，“刚刚我去2201找单池远，那家伙竟然在家里藏了一个女人！”南希与单池远的关系近段时间已改善不少，饶是以前，她也极少直呼小舅舅的名字，现在还带着愤慨，犹如对方是一个负心汉。

“我看见了。”

“那你还这么冷静地站着？”

姜槐原本想解释她和他不是南希想象中的那种关系，可是她支支吾吾，话怎么都说不完整。

南希一脸“你就编吧”的表情：“别扯了，瞎子都看出你们不对劲，我只是懒得揭穿你，陪你们演戏而已。走，你和我抓奸去！”

南希的力气不及姜槐，但姜槐也想不通，为什么她轻而易举一拉，自己就跟着她走到了2201的门口。

南希这次门铃也不按，直接拍门。

单池远开门时，脸上明显带着不耐烦：“你又怎么了？”

“没什么，我串个门而已！”说着，南希拉着姜槐登堂入室。

姜槐在单池远审视的目光中走也不是，留也不是，索性垂着头，任由南希拉着自己往房里走。

姜槐没回头，也能感觉那目光一直跟着自己。

[5]

姜槐很后悔，她就不该头脑一热，跟着南希莽撞闯入2201。

南希大摇大摆地登堂入室后，直直地就往沙发上坐着的人奔去，一副气势汹汹的模样，姜槐拉都拉不住。

结果她往沙发上一坐，朝漂亮女性伸出了手：“你好。”

“你好，南希。”对方也伸出手，轻轻握住，“我是简宁。”

南希故作惊讶：“简小姐，你认识我？”

“现在应该没有多少人不认识南希小姐吧，我还为《回音》贡献过票房呢！”简宁不卑不亢，带着一点笑，十分优雅。

姜槐站在玄关，看着南希与简宁你来我往，一时间进也不是，退也不是。

“哎呀，你是我们家老单的朋友吧？我过两个月有新电影上映，是一部奇幻爱情片，叫《歧路》，到时候我给你拿两张票！”眼前的南希已经不是南希了，她完全沉浸在角色里，“你可以和男朋友去看，我到时候也会和老单一起去！”

姜槐看得傻眼了，南希这语气和口吻，配上娇羞的神态，将恋爱中女人的神态表现得入木三分。她这是在做什么？

姜槐扭头看单池远，他却不打断南希的表演，反倒饶有兴致地看着。

“那好，我们说定了。”简宁说着起了身，望向隔岸观火的人，“单律师，你今天就好好陪陪你家小侄女吧，我就先走了，我们的事改天再聊。”说完，她朝南希挥挥手，又意味深长地看了姜槐一眼。

简宁前脚刚走，南希后脚就跳起来了：“单池远，你连我们的关系都和她说了，看起来你们关系匪浅啊！”两人是舅甥关系，这事鲜为人知，也只有单池远几个亲密好友和南希身边的工作人员知道。

一直没出声的单池远这才抬眼看她：“你叫我什么？还有，我们是什么关系不需要向你报告吧？倒是你，刚刚说的是什么胡话！”

南希丢人了一回，被这么冷冷训斥觉得恼怒，又自知理亏，拉下脸，怒气冲冲地走了，忘了捎上姜槐。

姜槐正想悄无声息跟在南希身后离开，手刚碰到门把，单池远的声音已经传来：“站住。”

“什么事？”姜槐也不知道自己为什么不高兴。

“这句话该我问你，你来找我有什么事吗？”

姜槐这会儿倒是毫不犹豫出卖队友：“南希叫我来的。”

“那她走了，你不坐坐吗？”

“不了，我要走。”姜槐话是这样说，双脚却没动，因为单池远已经走到了她身后，他的手按在她的肩膀上。她这会儿挺想给他一个过肩摔，但对一个痛感不明显的人来说，这似乎毫无意义。

更糟糕的是，她舍不得对他出手，即使他那么可恶，声音也带着可恶的笑意。

“姜槐，你不是在躲我吗？”

“我没有。”

“那你怎么不敢看我？”单池远的声音带着笑意，“从进门到现在，你都不敢和我进行眼神交流。”

姜槐愤怒地回头，恶狠狠地瞪向身后的人。

当单池远清楚地看清姜槐的脸时，他却慌了，因为姜槐的眼眶是红的。

姜槐不知道自己哭了。

她只是觉得委屈，连日来的压抑都在这一刻喷薄而出。

她狠狠地拂开单池远搭在自己肩上的手：“我为什么不敢看你？你是长得挺好看的，但我一定就要看着你吗？”

单池远的手被拂落，被她这么一问，他竟不知怎么回答：“我……”

“你什么你！你是不是特别得意？我完全看不清了，看不清你到底是怎样的人！你不是讨厌别人触碰吗，那你干吗亲我？你的一个吻，我就心神不宁，这让你觉得特别有成就感是不是？是你说让我不准走，可你又带了别人来。”姜槐的声音已经带上了哭腔，“你这个大骗子，你们都是骗子！”

姜山是一个骗子，戴着面具与她生活了二十四年。

单池远也是骗子，他深情款款地看着她，转眼又变得像陌生人。

单池远也没想到事情会变成这个局面。

他低头看着姜槐，她明明已经红了眼眶，却仍旧倔强地仰着头，越这样，他越觉得心疼。

长久以来，姜槐的表现都太过独立和成熟，以至于他都忘记了她不过是一个才满二十四岁的女孩儿，才比南希大几岁。

她看似迟钝，但这其实是她的保护机制，与常人不同的成长经历，让她将自己伪装成一个厚厚的蛹，无人能够伤害她，也无人能够触碰到她的心，直到她主动朝你靠近。

单池远十分后悔，他也才发现自己有这样的恶趣味：看她面无表情的模样，他就想逗逗她；看她郁闷生气却咬紧牙关，他就觉得特别可爱。

他总算明白，为什么上学的时候小男生总要对自己喜欢的女孩恶作剧。

他忘记了，姜槐从来都是认真的人。

姜槐愤怒又委屈，同时也恨自己窝囊，摔断腿没哭，被变态踢打没哭，与姜山决裂没哭，这会儿却因为单池远不让她离开哽咽着，骂人的话却再说不出口。

她正要走，却被单池远拉住了手，他的手很冰，小心翼翼又慌乱地抹去她脸上的泪。

“简宁是我的同事，有个案子我们一起合作，我的资料放在家，所以我约了她回家讨论案情。我故意不搭理你，是因为我在生气你躲着我。”

“我没有觉得得意。”

“我只是很久很久不知道喜欢一个人是什么感觉，也不知道怎么和喜欢的人相处，所以抱歉，伤害了你。”

活了将近三十年，他仅谈过周萌这一个正经的女友，最开始也是因为她的追求，他甚至没学会如何爱一个人，她就已经离开了。她过世后，不是没有人靠近他，只是他始终戒备，无法放下心防。

直到姜槐的出现，她是第一个让他感觉危险也想靠近的人，她是第一个让他放下自己骄傲的人，她是第一个让他觉得不可失去的人。

可是，爱人这件事，他太过生疏。

他在解释和道歉。

对单池远来说，这两件事都是陌生的，却没有想象中艰难。

只是姜槐没有理会，再一次甩开了他的手，回了2203。

南希估计一直贴着门板听动静，这会儿从自己房间探出头，一副不怀好意的样子：“我错过了什么好戏？”

单池远一看到她就头疼，懒得搭理她，直接将门关上。

[6]

不欢而散后，整整三天，姜槐都没有回碧海蓝天。

结果在第四天中午，她就接到了单池远的电话：“几点收工？”

单池远的声音听起来十分严肃，姜槐当即道：“拍完应该三点。”

于是，她刚收工出片场，单池远的车已经等在那里。

虽然几日前才争吵，但有正事姜槐绝不含糊和矫情，直接上了车。驾驶座上的单池远脸色冷峻，姜槐心底一沉，也不敢和他搭话。直到车开出了好久，她才忍不住问：“发生什么事了？我们要去哪里？”

“去博尔。”

这个名字姜槐不陌生，她第一次看见单池远这三个字，便是与博尔律师事务所几个字连在一起。

单池远只挤出这三个字就又不吭声，姜槐也不多追问，与他一起进了他工作的地方。

博尔律师事务所位于南泽第一高楼——国际金融中心，在第三十三楼，盘踞了一整层。

姜槐刚从片场出来，穿着一身休闲装，搭配鼓鼓囊囊的运动包，与穿着一身高定西装的单池远走在一起，显得格格不入。电梯在三十三层停下，两个人一路往他的办公室走，已经有好几个人与他打招呼，态度尊重之余带着一点敬畏。

姜槐走在他身边，自然接收了不少好奇的目光，但很快，打探便成了了然，估计他们将她当成了单池远的当事人。

单池远的办公室在最里面，宽敞洁净，一进去便能看见巨大的书架，上面都是厚厚的卷宗，旁边还有一面剪报墙。

“你先坐一下，等我一下。”他将姜槐安置在沙发上，又匆匆出去了。姜槐看见他和一个助理模样的女孩说了句什么，又走了。

很快，助理便送来了茶：“姜小姐，单律师会客去了，您稍等一下。”小孙偷偷打量姜槐，暗自猜测她和自己老板的关系，不可能是客户和当事人，因为单池远会客向来在会客室，不让寻常人进入他的办公室。眼前的人能坐在沙发上喝茶，肯定和他关系匪浅。

小孙虽有一肚子疑惑，但一句也不敢问出口，放下东西后就走人，还不忘带上门。

姜槐喝了半壶茶，透过落地玻璃，两次看见单池远从门前走过，还有一次是与简宁一起。他边说话，对方边赞同地点头，两人皆神情严肃。

姜槐不是没有见过单池远工作的模样，但从未有一次这么直观地看着，他是认真的、严肃的，同时也是迷人的。

或许是她的注视太过热切，已经走出老远的单池远忽然回过头，日光隔着玻璃与她的凝视碰撞在一起。

姜槐在这一刻单方面宣布她不生他的气了，虽然三天前他还是一个恶劣的大骗子。

单池远很忙，这是姜槐这个下午得出的结论。

她在他的办公室坐了将近三个小时，其间，他两次进来说抱歉，他有些忙，并给了她一部电脑让她可以看电影。

“我可以看看你书架上的书吗？”

“除了卷宗，其他请随意。有事你可以找孙助理。”他的话音未落，电话又响了。

姜槐其实对他的剪报墙更感兴趣，过去一看，发现原来是这些年南泽未破的连环杀人悬案。从二十年前开始，每隔几年南泽就有女性被奸杀，年龄特征、杀人抛尸地各不相同，唯一相同的是，凶手手法老练，没有留下指纹，且会割下对方身体的一部分，手、耳朵、鼻子……

多年来，警方一直无法侦破案件。

为什么单池远会对这起悬案感兴趣？

姜槐忽然想起单池远说过的关于他前女友的事，心底一冷，仔细在剪报上搜索。果然，南泽大学女学生被谋杀一案赫然在列。

姜槐不敢再看下去。

她并不吃醋，每个人都有过去，倘若单池远全然遗忘才是恐怖的。

她终于明白单池远为什么那么痛恨罪犯，也终于明白他为什么叫她离他远一点。他曾经遭受过巨大打击，以至于惴惴不安，唯恐再一次失去身边的人。

这一刻，姜槐的心反倒坚定了，她想靠近他，和他在一起。

单池远的办公室有一扇向西的大窗，姜槐坐在沙发上看书，直到看见黄澄澄如同咸鸭蛋般的夕阳，单池远都没有回来。

姜槐从焦躁到平静再到焦躁，当她准备给单池远打电话的时候，门被推开了。

这是一个年轻、帅气的男人。对，帅气是姜槐看到此人的第一感觉。

他虽穿着西装，但上面一部分不老实地敞开，外套也搭在肩上，一见到姜槐，便露出玩世不恭的笑容：“你是老单的朋友？”

见姜槐点头，他了然地“哦”了一声：“老单的所有朋友我都认识，怎么没有见过你？而且，除了我和助理，他一般不让人进办公室的，他怎么会让你在这里等？”

“不清楚。”姜槐见他越靠越近，后退了两步。

来人见姜槐和自己拉开距离，诧异道：“你怕我啊？”他嘴上这样说，又贱兮兮地靠近姜槐，“别的女孩子都很喜欢我啊，你为什么不喜欢？”

他说着，手便要往姜槐的肩膀上搭，只是整个人却猛地往前栽，好在及时扶住了桌子才没以头抢地。

姜槐迅速地后退了两步，同时无辜地收回脚。

“谢峋，你活该。”单池远的声音忽然传来，幸灾乐祸之意十分明显。

谢眴听到声音，挣扎着朝来人扑去，又一次被完美避开，忍不住抱怨：“我说老单，你这小女朋友的性格和你一样怪啊，怪不得受得了你。”

姜槐原本想说自己不是他的女朋友，他却已经打断谢眴：“谢眴，我老板。姜槐。”

姜槐原本以为这人只是单池远的同事，一听是他老板，脸色微变，因为自己刚刚绊了对方一跤。

“你知道怕了吧！”谢眴朝姜槐眨眨眼，又笑嘻嘻补充，“我还是他的大学同学兼最好的朋友，因为这家伙除了我，没有别的朋友。”

“走吧，姜槐。”单池远压根不理会谢眴，拉着姜槐就走。

姜槐忙对准备跟上来又被单池远瞪了回去的谢眴说了声“再见”。

单池远的手心贴着姜槐的手腕，姜槐微微挣了一下，他却抓得更紧。

“你放开我。”

“好。”

他那样说着，手却仍旧贴着她的手腕，直到进了停车场，他才松开。

天色已经完全暗了下来，停车场一片昏暗，到了这一刻，姜槐才有机会问他：“你今天到底找我什么事？”

“你搬走了？”

姜槐一愣：“没有。”

“那你为什么好几天没回去？”单池远不得不承认，当南希说姜槐几天没回来的时候，他是慌的，第一时间就想打电话问个究竟，可想起她那一日的眼泪，终究作罢。

不得不承认，他害怕了。

所向披靡的单律师，在小武行姜槐面前举起了白旗。

他焦灼不安，又怕再次惹恼她，只能忍耐着。直到第四日，他终于按捺不住，给她打了电话，怕她拒绝，连话也不敢多讲。

“戏多，都是夜戏，我就在片场休息了。”姜槐问，“你今天找我什么事？”

昏暗中，单池远点燃了一支烟，却没吸，红光在指间一闪一闪。

“这是我工作的地方，你所看见的便是我日复一日的工作状态，除此之外，我还要上庭。谢眴是我最好的朋友，当然，他说得没错，他也是我唯一的朋友。”单池远终于把烟递到了嘴边，“姜槐，这就是我的全部生活，枯燥无趣，我都展示在你面前了。”

原来那天她在愤怒中所说的他都记得。

“你所看到的，就是全部的我。所以，姜槐，你要接受吗？我的生活和这个糟糕的不懂得哄你开心的我，你愿意接受吗？”

姜槐是一个矛盾的人，迟钝却敏感，坚强又怯弱，从事着危险的工作却又懂得保护自己。

她不得不承认，她是喜欢单池远的。可他是那么神秘，又有着那么多秘密，危险又带着致命的吸引力，所以她只能看着他，一步步后退。

但这一刻，她不想再退了。

不知道明天会怎样，这一刻，她只想拥抱他。

然后，她伸出了手。

[7]

和自己喜欢的人在一起是什么感觉？

日子和从前好像没什么区别，却又不一样。

这种变化是微乎其微的，慢慢地一点点地渗入生活的每一个细节中，待到姜槐发现有所改变时，单池远已经占据了生活中的每一个角落。

先是从早晨一个人匆忙上班，连早餐都顾不上吃，变成了一出门就自觉进了2201，单池远已经准备好了蛋肠三明治或皮蛋瘦肉粥。明明是不爱做饭的人，在得知姜槐每天都随便吃面包应付第一餐后，第二天一大早就打电话叫醒她，单池远给她做完早餐，自己却不吃，又进了卧室：“你走的时候关门，我去睡一会儿。”书房的灯没有关，估计他才工作完。她一口一口地吃完了早餐，蹑手蹑脚地离开，卧室里静悄悄的，他睡得很沉。

她偷偷地看他，他的眉目凌厉，只有睡着的这一刻才带着一点少见的孩子气。

当天晚上下班，姜槐便知道了2201的密码，又被单池远拉着去录入指纹。他估计刚回家，衬衫袖子高高挽起，纤长的手指握着她的手往指纹器上摁。

他的气息扑面而来，姜槐感觉自己的手心渗出了汗，偏偏他还捏了捏，不知是真疑惑还是明知故问：“天气还没热，你怎么出汗了？”

“我觉得热。”

姜槐想要收回手，却被他又一次拽住，他贴得更近：“别动，还要再录入一次密码。”

这个姿势极为暧昧，他说话的时候，热气喷在她的颈间，明明极简单的一件事，她的指纹却总是无法识别，他只好重录一次。

姜槐僵硬着身体，却听见电梯“叮咚”一声响。

她心想：完了。

果然，南希咋咋呼呼的声音响起来：“你们在做什么？”

姜槐猛地收回手，从单池远怀里钻出来，头却不小心撞到了他的下巴。她倒不是特别疼，单池远痛感不明显，也没察觉疼，只是一口的血腥味，估计是舌头磕到了牙齿。

南希还一脸“我就知道你们有情况”的表情。

“没……没做什么！”姜槐捅了捅单池远。

“你看到的是什么，我们就在干什么！”单池远没好气地兀自往屋内走，“而且，你打扰到我们了。”

他倒是淡定，姜槐却遭殃了，被出差回来的南希威逼利诱着问两人进展到哪一步了。她咬紧牙关不松口，见到南希就绕着走。

然后，姜槐便发现工作与往常有了些许区别。

入行不过两年，她在业内已经形成极好的口碑，甚至有群头、导演开玩笑喊她“拼命三娘”，这与她不怕苦累不无关系。她好几次受了伤，为了不影响拍摄进度，只是擦了擦血，连包扎都不曾就埋头硬上场。

姜槐不认为自己的行为值得骄傲，她如此刻苦拼命，不过是因为武行竞争激烈，以及她骨子里不服输的因素在作祟。

她带着一股蛮劲，无所顾忌，却自知不是好的榜样。

直至单池远来探班，姜槐才知道爱会让人变得勇敢，也会让人变得怯懦。从前她毫无顾忌，无所畏惧，现在站在高台上看着仰着头的单池远，她不知他什么时候来的，在这一瞬间忽然胆怯了。

她在这一刻终于知道，有了软肋是一种什么样的感受。她不怕危险，却害怕他觉得危险而为她提心吊胆。她不怕受伤，却害怕他看到她受伤会担忧、难过或生气。

好在那一天她的拍摄没有意外，NG了两次后，顺利收工了。

探班剧组对演员来说是再寻常不过的事，但对武行和群演来说是鲜见的。

姜槐换衣服的空当，已经有好几个人来打听探班她的男人是谁。她远远看向站在人群中的单池远，他的气场强大，一副生人勿近的表情。她决心说服他，以后别来探班了，一是太引人注目，二是影响她工作。

结果上了车，她还未想好说辞，一直沉默的单池远就主动说："我觉得探班这事我以后还是少做。"接送女友上下班，一起吃饭、看电影，这是南希所说的普通情侣的套路，但单池远觉得实施起来有一定难度。他看着她站在高处，虽知道她吊了威亚，在镜头看不见的地方充起了气垫，但她跳下来的那一瞬，他的心跟着提了起来。

单池远几乎就要冲出去，好在理智扼制住了他。

对他来说，武行这个行业的危险深不可测，犹如一只脚踏在悬崖边缘。他不喜欢姜槐的工作，只要她想要，他随时可以给她换一份安逸轻松、收入比这更高的工作。但他没有将这话说出口，因为他知道她对武行有着虔诚的热爱，他喜欢她，便要尊重她。

"我没有办法眼睁睁地看着你把自己置于危险中。"这短短的一个小时，他感觉自己的心像在坐云霄飞车。

"可是，这是我的工作。"

"对，这是你的工作，所以我没想过阻止你，我也知道自己没有那个能力。你喜欢武行，就好好走下去。况且如果你放弃了你所喜欢的，你也就不是我所认识的你了。我从未想过改变你，姜槐。"单池远说，"所以，你要原谅我，当你全身心投入工作的时候，我不能陪伴在你身边，我怕我会忍不住上去阻止你。所以，你要答应我，一定要保护好自己，不要受伤。"

单池远的声音不大，却掷地有声，他似乎没有意识到他这番话的重量，说完后又将话题引到了别处："你晚餐想吃什么？"

半晌没有得到姜槐的回复，他转过头，姜槐却将脸别向了窗外。

姜槐没有让他看见自己的眼泪，因为她亦猝不及防。因为这份工作，她与姜山决裂，陈友与陆沉舟虽不反对，但也觉得她太过铤而走险，他是第一个让她走下去的人，也是唯一一个。

姜槐望着车窗外川流不息的街道："单池远。"

"嗯。"

"你在法庭上是什么样子？"

单池远想了想，然后说："是你不喜欢的样子。"

[8]

单池远说到做到，从那天起便真的没有去探过班。

姜槐觉得松了一口气，他没有出现，她工作时可以如常发挥。这有点像孩子玩闹时摔倒，父母不在身边，可以拍拍灰尘自己站起来，父母在一旁看着，他反倒号啕大哭。

姜槐觉得自己的心智在恋爱之后开始倒退，已经回归到学龄前——幼稚、矫情，以及矛盾。

单池远来探班让她觉得不自在，可他没出现，她又忍不住期待。

所以，当姜槐走出片场看见他的车时，她一时间无所适从。他说不再探她的班，却仍旧来接她。

她从未谈过恋爱，但单池远满足了她对爱情的所有想象。

单池远却说："我一整天心神不宁，看到你完好地站在我面前，我才安心。"他并不擅长说情话，这是他内心最真实的想法。

"怎么了？"姜槐并不是敏感的人，这一刻却察觉到他语气中的怅然若失，他从来都不是情绪外露的人。

"没什么。"单池远的不安稍纵即逝，很快，他已经整理好情绪，"只是遇到了棘手的案子。"

听到单池远说出"棘手"二字，姜槐有一瞬间的恍惚，从她第一次听到他的名字，他便站在最高处。他被众人传颂，有极高的胜诉率，在她看来，他几乎是无所不能的。

可这一刻，他在她面前展现了他的脆弱。

"我相信你可以胜诉的。"

姜槐说话时，不自觉地握住了拳头。单池远被她坚定的表情逗乐了："你都不问是什么案子，也不问我是控方律师还是辩方律师，说不定我涉嫌违法犯罪呢？"

姜槐更加笃定："你不会。"

最初认识他，姜槐以为他是被金钱蒙蔽双眼、颠倒是非黑白的无良律师，慢慢接触后，才发现他冷漠的外表下包裹着炽热的心。他从来不是为金钱工作，他的每一场官司都是为正义而打。

他在法庭上字字珠玑，为正义辩护，为被害人发声，从不为犯罪者开脱，却会暗地里偷偷帮助罪犯家属；他非常骄傲，接案子千挑万选，却不畏权贵，也不为高额的律师费低头。

他看似随心所欲，却有自己的一套准则，所以姜槐从不怀疑他会违背自己的良心。

单池远被她清澈、坚定的目光注视着，心情却变得凝重。他与南希的关系鲜为人知，他虽有所顾忌，但也不至于束手束脚，但这一刻看着姜槐，他实实在在摸到了自己的软肋。

“你就这么相信我，觉得我不会做错事？”

“你又不是神，肯定会做错事。世界上有很多事情都是情非得已的，我知道。”

“姜槐。”单池远忽然道，“你闭上眼睛。”

姜槐不明所以，但还是照做了。

单池远的吻落下来的时候，她的大脑“嗡”地炸开了，他们还在车里，这里人来人往，随时有被窥视的风险。

但很快，她便无法再思考了。

因为单池远的吻来势汹汹，她无法躲闪，只能迎头而上。

反正，她从未有后退的想法。

没有真正的迟钝，也没有真正的冷漠，一切皆因没有遇到喜欢的人。

单池远的忙碌与焦躁，姜槐全然看在眼中。虽然她每天与他相处的时光十分短暂，只有早餐的半小时与午夜回家后的短暂会面，但她能清晰地感知他的所有情绪。

这是从前未曾有过的体验，让她觉得新鲜，也让她心慌意乱。

因为她感觉自己的情绪完全无法受自己掌控，单池远开心，她便觉得快乐；单池远皱眉，她也会陷入忧郁的情绪里。

或许这就是喜欢一个人的感觉，你不只是你自己，还会被对方的情绪左右。

姜槐知道，单池远的烦闷多是因为手头的案子。虽然两人的工作风马牛不相及，但姜槐明白他所说的棘手在哪里。

单池远此次的当事人是温泉会所的技师，她在为被告人按摩时被强奸，被告却宣称原告是自愿与他发生关系。棘手不仅是因为原告职业的特殊性，更因为被告也是一名律师，一审的自行辩护都是有效辩护。

单池远受到的阻力不仅是证据不足，更有来自外界的压力。那名律师在业内有不小的名气，许多同行为了避嫌对此案退避三舍，单池远却二话不说接下了，连谢峋都表示震惊。

“你这事真是吃力不讨好，那姓刘的可是了不得的人物，是宋法官的小舅子。”谢峋真想拆开单池远的脑袋，看看里面到底装的是什么东西，每次他挑案子都不走寻常路，“你真是明知山有虎，偏向虎山行。”

单池远头也没抬，手仍旧在键盘上敲打：“连你都知道山里有虎，那是只真老虎。”

这时候，单池远便觉得姜槐的可贵。一听到这个案子，多数人都嗤之以鼻：温泉会所猫腻多得很，在里面工作的人有几个干净的？可是姜槐没有这样想，在她看来，做什么工作与被害人被侵害没有直接关系。单池远那么严谨的人，既然接了案子，一定是有把握的，绝非心血来潮或哗众取宠吸引公众的目光。

谢峋半晌后才读出这句话的毛病来，十分不满：“什么叫连我都知道？难道我在你眼里就真是不折不扣的纨绔？”这个案子并不算难，只是因为被告也是律师，多数人避嫌，不愿沾了一身腥，毕竟原告也不是什么省油的灯，曾经因为涉嫌卖淫被拘留。当然，原告有没有被侵害，与上述都毫无关系。

单池远没说话，用沉默代替了回答。

“你对你的小女朋友也是这么毒舌吗？”谢峋冷笑道，“怪不得好好的周六夜晚你还独自滞留办公室加班。”

单池远敲打键盘的手忽然停了下来，谢峋看自己踩到了他的痛脚，得意地离开了。

单律师原本以为自己是一个不折不扣的工作狂，但与姜槐相比，他觉得自己还是差远了。

姜小姐一年四季全年无休，工作时间飘忽不定，随时待命，且工作地点不限。

原本在南泽影视基地，单池远还可以每天和她吃顿早餐。这几日，她因为接了一部新戏，已经随剧组飞去西北，也不知道躲在哪个犄角旮旯里，信号也时有时无，打个电话声音都是断断续续的，视频请求能不能接到，完全靠运气。

单池远虽有怨念，但也知道这就是她的工作性质。

只是他完全没想到，姜槐会千里迢迢自费从西北飞回南泽，只为坐在旁听席给他加油打气。

庭审的前一夜，单池远刚与姜槐通过电话，知道她的戏要一直拍到半夜。两人虽处在热恋期，但都不擅长你侬我侬，随便聊了几句就准备各自休息。

挂电话前，单池远说："姜槐，你给我加油吧，我明天下午要出庭。"

"加油。"

单池远听着那句干巴巴的加油，觉得自己和一块木头谈恋爱真累。

结果第二天开庭，他在旁听席看见了姜槐，还以为自己出现了幻觉。

姜槐坐得笔直，见他望过来，立马正襟危坐，笑脸都没一个，丝毫不知自己的出现已经在他心中掀起了惊涛骇浪。

他不敢再朝她的方向多看一眼，唯恐隐藏不住自己的情绪。

[9]

这是姜槐第一次旁听庭审，并非突发奇想。

与单池远在一起之后，她对他的工作除了好奇，也多了尊敬。

她见过他伏案到深夜，她见过他不眠不休寻找证据，她见过他对罪犯恨之入骨的模样，唯独没见过他在法庭上打击对手，令他们节节退败。

但她接了新戏，随着剧组飞到了西北，因为是女主角的武替，所以要驻守在剧组，随时待命。所以，一得知庭审当天下午没有戏，她立马订了回南泽的机票。她不是要给单池远惊喜，是忙到忘记告诉他这件事了。

在飞南泽之前，姜槐已经将近三十个小时没有休息，只在飞机上小憩了一下。她是带着黑眼圈和满身疲倦出现在单池远面前的。因为从机场到法院的路上塞车，所以她赶到的时候，已经开庭了。

姜槐入场的时候，单池远正在进行第二轮举证。

被告是一个四十来岁的男人，戴着金边眼镜，斯斯文文的模样，坐在被告席上。因为是自行辩护，并无律师在旁。不知是不是姜槐的错觉，她从被告眼中看到了一丝不屑。

旁听席的人并不多，显得空荡，姜槐坐在角落的位置，她看见单池远朝自己的方向望了一眼。

只是一眼，但她确定他看见了，因为他的声音顿了一下。

自始至终，他只是看了她这么一眼。她那句无声的“加油”，他应该没有听见。

这是姜槐第一次看见单池远在法庭辩论的模样，他沉着冷静，逻辑清晰，姜槐的情绪紧紧地跟着他的音调起伏。

案件的确棘手，出示的物证和监控数据都不足以证明被告人对原告实施强奸，中间原告还因情绪激动对被告做过过激行为，被请出法庭。

看着被告嘴角若有若无的笑，姜槐不禁为单池远捏了一把冷汗。

不知是不是姜槐的错觉，在单池远提出新的证据的时候，她感觉他朝这个方向看了过来。

“法官大人，我请求让我的新证人出庭。”

无论是提交的资料还是开庭后，单池远都未曾提过他有新的证人，此时他的话让所有人都愣了，包括被告。

新证人是一个五十多岁的男人，穿着灰扑扑的衣衫，佝偻着身躯坐到了证人席上。从被告的表情来看，他也是一头雾水。

单池远的介绍掷地有声：“证人张某是一名清洁工。四月十二日凌晨五点，张某在洛城一号温泉会所外，也就是我当事人与被告当天所在的包厢外墙听到了呼救声……”

被告在事发后收买了会所的工作人员，唯独遗漏了清晨上工的清洁工。因为是南泽最有名的温泉会所，出没的都是权贵名流，清洁工虽然听见呼救，但因为胆小怕事，并未报警，却还是留了一个心眼，偷偷录了音。会所出事后，清洁工始终胆战心惊，却没将这件事说出来。若不是单池远寻找证据时主动询问发现他心虚，再几次上门说服，或许这段录音永远不会有机会被公布于众。

没想到清洁工的一个小举动成了单池远的底牌，他紧紧地捂着，直到最后一刻才亮出来。

判决宣告的那一刻，姜槐看见单池远的手背在身后，偷偷朝她比了一个胜利的手势。

姜槐看着原告泣不成声的模样，听着被告愤怒的咆哮，一直紧绷的神经终于松懈下来。

单池远似乎感觉到了她的目光，忽然转过头，露出了由衷的笑容。

他从未将正义挂在嘴边，只是一直默默地做着自己觉得对的事。

庭审结束后，单池远婉拒当事人共餐的邀约。他从不与当事人吃饭，谈事一般选择事务所。他一板一眼，规矩方正，与他在法庭一般，毫无人情味。

只是他才转过身，看见站在面前的姜槐，迅速地抱住了她。

姜槐被抱了个满怀，他十分用力，吻轻轻地落在她的发间。

“单律师，这是在公众场合。”

单池远十分大方：“他们要围观就围观吧，我从刚刚就一直想这么做了。”他的下巴抵着姜槐的头顶，从未想过自己会像一个青春期的小男生一样腻歪，“谢谢你，姜小姐。”

单池远忽然的道谢让姜槐不明所以：“这个结果是必然的，你为什么要和我道谢？”

“谢谢你信任我。”

连他都不确信自己的判断是否正确，连他都对能否胜诉保留意见，姜槐却始终相信他是对的，他会赢。

这样毫无保留的信任，是陌生的，也是令人欣喜的。

这么多年来，单池远胜诉那么多次，没有一次比这一刻更开心，他想要与姜槐一起分享，她却说：“我要走了。”

单池远一愣：“你去哪里？”

“回剧组。”

原来，她不是结束工作回南泽，而是放弃了自己的休息时间，特意从千里之外赶回来旁听庭审。原先他没注意，这会儿走近才发现她眼下有淡淡的青痕，声音中的疲倦亦显而易见。

单池远心底一软：“你休息一晚，明天再回去不行吗？”连他都没发觉，自己的声音有着从未有过的温柔，带着诱哄。

只是姜槐摇头道：“不行，我晚上还有戏。”

“你看起来很累。”

“不累，这本来就是我的工作。”

这是单池远所熟悉的姜槐，认真起来简直让人恨得牙痒痒。可是又能怎样呢，他就是喜欢这样的她：“那我送你去机场。”

“我……”

“你现在任何反对意见在我这里都是无效的，走吧！”

姜槐是一个识时务的人，也懒得做无谓的抗争，老老实实地坐上了单池远的车。她是真的很累，原先在飞机上因为心有牵挂，休息也不安稳，现在坐上单池远的车，闻着他身上传来的淡淡的熟悉的味道，整个人都松懈下来，变得慵懒。

“你用的什么香水？”

单池远“嗯”了一声，低头细嗅：“我没有用香水。”一扭头，姜槐已经睡着了，呼吸均匀。

法院离机场有一段距离，还未到下班高峰期，路上并不拥堵，但单池远开得很慢，姜槐感觉自己睡了漫长的一觉，才被单池远轻轻叫醒。

“到了，姜槐。”

她看了一眼时间，急匆匆地背着包就走，也忘记说再见，直到进了玻璃门才想起来，再回头看时，单池远已经开着车走了。

姜槐不是第一次离开南泽，却是第一次发现自己这么舍不得这个城市。

一直到登机，她失落的心情都未能得到缓解。

直到她听见一个熟悉的声音：“您好，我可以和您换一个位置吗？”

姜槐猛地抬起头，发现单池远正在对她的邻座出示自己的机票：“我是第一排的座位。”

头等舱换经济舱，多数人都不会拒绝，更何况还是一个帅哥的请求。直到单池远在自己身边坐下来，姜槐还云里雾里：“你要去哪里？”

单池远像在看傻子似的：“这趟班机只有一个目的地。”他的长手长脚被束缚在经济舱狭隘的座位无法舒展，十分不自在。

“你怎么在这里？”

“我买了机票，所以坐在这里。”

姜槐觉得这个人真是可恶，他明明知道她在问什么，明明知道她想要听的是什么答案，偏偏答非所问，戏耍着她。

姜槐索性背过身不理他，手却被他握住，轻轻地放在手里揉捏，仿佛玩弄着什么小玩意。

姜槐抽回手，他又锲而不舍地伸过来。

飞机起飞了，缓慢地上升，姜槐吞咽着口水缓解耳朵的不适。

单池远微微靠近她，声音带着讨好："我只是想和你多待一会儿，你落地后，我送你回到剧组，就搭乘班机回来，助理帮我订好回程的机票了。"

姜槐震惊地看向他，又被他捂住眼睛："你不舒服，闭眼休息一下。"虽然他的速度极快，但是姜槐还是看见了——他的耳朵红了。

从前，谢峋追女孩无所不用其极，单池远还笑话他，现在换作自己都觉得黏腻。

[10]

这大约是姜槐至今经历过最浪漫的事。

她千里迢迢搭乘飞机去旁听庭审，而单池远却直接坐飞机将她送到了剧组。

两人甚至饭都没有一起吃就要告别了。

"你去忙吧，我走了。"单池远知道她马上要开工，吃顿饭又要耽搁不少时间，"我去机场吃点东西就可以了。"

姜槐看了一眼时间，匆匆就要进酒店。

单池远看着她小跑着进了玻璃门，似乎想起了什么，猛地回头冲过来。

"你忘了什么东西？"

话音刚落，姜槐的唇已经狠狠撞在了单池远的嘴角，他还没反应过来，她已经消失在玻璃门口。

单池远觉得好笑，已经将近三十岁的人，却像一个毛头小子一样莽莽撞撞，因为分离而不舍，因为一个吻而心跳加速，真是越活越回去了。

他摸了摸嘴角，伸手拦了出租车。

他其实可以留下来，但他没有，除了不想影响姜槐工作，更怕自己舍不得从她身边抽离。

姜槐又在剧组待了大半个月才结束工作回南泽，负了几处伤。这对武行来说是再寻常不过的事，姜槐却心有惴惴，想到面对单池远审视的目光，她竟有些冒冷汗。

好在她回南泽那天，单池远因为受客户委托，出差去博陵许多天，还未回来。

姜槐松了一口气，连南希都忍不住嗤之以鼻："我说，别人谈恋爱，你也谈恋爱，你以前对老单挺凶的，怎么现在这么怂？"

姜槐回到碧海蓝天，就被南希拉进她家开黑，游戏盲连输了几局，最后被举报，直接没得玩，两人便坐在电视机前嗑瓜子。

姜槐想也没想就反驳：“你当着他怎么不敢喊老单？”

南希被姜槐这么冷冷一噎，差点从沙发上蹦起来，但一想到对方背后撑腰的人，当即坐了回去——她本来就是纸老虎。

南希闷闷地嗑瓜子，见姜槐丝毫没有关心自己的意思，只好厚着脸皮开口：“我们这么多天没见，你就不问我过得好不好？”

“你看起来挺好的，面色红润，还胖了。”姜槐实话实说。

任何一个女生都忌讳别人说自己胖，即便是走实力路线的南希小姐：“你才胖了！我最近心情不好，你难道看不出来吗？”

姜槐终于放下了瓜子，认真打量南希：“我看得出来，你的确有些喜怒无常。有什么不开心的，你说出来……”在南希的怒视中，她才慢悠悠挤出后半句，“看我能不能帮到你。”

南希长叹了一口气，觉得姜槐这个榆木脑袋估计很难懂自己的心情。

可是除了姜槐，她完全没人可以倾吐心事。经纪人蒋瑶就别说了，新助理更不适合交心，她这些年在娱乐圈独来独往惯了，虽然人缘算不上坏，但称得上朋友的人几乎没有。

眼下，能听她说话的人只有一个姜槐了。

南希犹犹豫豫，还没忘记嘱咐：“我和你说的事情，你一个字也不能透露给老……我舅舅！”

近段时间，南希过得有些糟心。

原本她接了一个不错的剧本，临签合同，忽然被通知换了人，是一个流量小花，名气的确比她大，但说到演技，真是一言难尽。

南希出道好几年，一直顺风顺水，不曾受过这样的气，而且她为了这个本子还特意找了好几个老师取经，欠了许多人情。说得好好的，自己忽然就被换掉，以南希的性格，她怎么忍得了这口气？但还是被蒋瑶压下去：“你这样的性格，在娱乐圈容易吃亏。听我的，这一次你先忍着。”

作为经纪人，蒋瑶偶尔纵然南希的任性，在大事上的话语权却是毋庸置疑的。南希知道她说话办事有一定道理，虽然委屈和不甘心，但听话按捺着愤懑。

为了安抚南希，蒋瑶动用关系，给她接了一部不错的电影，虽然不是女主角，但是更具张力和挑战性的女二号。她看过剧本后，十分满意，摩拳擦掌，跃跃欲试。

一周前，南希顺利进了组，因为只问了男女主演，没有问男二，进了组才发现和自己有对手戏的男二竟然是陆沉舟。

面对陆沉舟，南希有些不自在。先前两人在剧组里没有正面冲突，但几次相处都不是特别愉快，后来几次碰面都是她单方面的刀光剑影。当初出事后，陆沉舟救了她，她是感激的，后来几次她想要和他道谢，都被他的经纪人抱歉又客气地阻挡了。

不仅南希觉得不可思议，对方经纪人也恨铁不成钢，毕竟南希的咖位和陆沉舟还有一定距离，但陆沉舟不识趣，经纪人也无可奈何。

南希愤怒得很，同时也知道对方不怎么待见自己，原因不明。

南希是一个骄傲的人，因为感激想要致谢却受到冷遇，当然不可能再热脸去贴冷屁股。每每想到这个人，她都觉得愤怒，可他救过她，这事是真真实实存在的，所以她的心情十分矛盾，在剧组见到陆沉舟，仿佛鱼骨卡到了喉咙，十分不舒服。

南希本着大人不记小人过的原则，先前的一切都不与之计较，在剧组的这几个月还是好好相处，毕竟两人的角色是相爱相杀的情侣。谁知道陆沉舟真是狠狠地打了她的脸，除了站在镜头前，两人几乎零交流，他对她避之不及，犹如她是蛇蝎猛兽。

南希始终想不通，自己好歹是近几年最年轻的影后，风头正盛，前途无量，他一个十八线小打星就算不巴结，怎么也不能将厌恶摆在脸上吧。

他避之不及，她越挫越勇，每天去剧组最大的动力就是看着他的面瘫脸与他抬杠。

可是这人就和石头一样，无论她好言好语还是冷嘲热讽，他都只是冷冷地看着她，全无情绪起伏。

南希顿时有了从未有过的挫败感。

剧组丁点大的地方，很快有风言风语传出，南希无所谓，身正不怕影子斜，但蒋瑶看不下去，委婉敲打了她几句："你是南希，不要把时间浪费在无关紧要的人身上，什么是对你有用的人，什么是要踩着你往上走的人，你不可能看不清。"

南希委屈又愕然："瑶姐，你想多了！"

蒋瑶别有深意地看了她几眼："希望是我多想了。"

"你说，我是不是和他八字不合？别人上赶着拍马屁都来不及，我到底是做错什么了，那么惹他烦？"

南希不解地抱怨，可好半天没听到姜槐的回答，扭头一看，才发现她歪着头靠在沙发上睡着了，额头上那块纱布让她显得有些滑稽。

"你竟然就睡着了。"

南希有些失落，因为无人听自己抱怨，可同时又有一点不知名的庆幸。

Chapter 06

爱与罪

对于人性，我们完全不必吝惜想象。

它的好与恶，永远比你想象中更甚千万倍。

[1]

人很容易因为眼前的一点美好飘飘然，甚至得意忘形，忘记前方还有千山万水要去翻越。

姜槐失策了。

她拍戏时磕伤了头，虽然并不严重，但这不比身体可以用衣服掩盖，纱布明晃晃地包在脑袋上，十分显眼。她懒得去掩盖，毕竟单池远不在。

她从西北回来，单池远已经去博陵出差了，据南希所言，他少说也要十天半个月才会回来。

结果一周不到，她提着当夜宵的烧烤从外面回来，就在楼下遇到了单池远。

他西装革履，风尘仆仆地拖着行李箱，她穿着运动服以及拖鞋，提着大袋的烧烤，气氛一时间有些尴尬。

说起来，两人有大半个月没见了，电影里小别重逢的情侣多半会先来一个拥抱或深吻，然而姜槐在单池远的注视下，只能心虚地晃了晃手中的烧烤："你吃吗？"

出差对单池远来说已是常事，短暂几天，长则一两个月。

单池远看到她额上的纱布，又瞥了瞥她手腕和脚踝的药贴，压根不用想，就知道她拍戏受了伤。她不像他没有痛感，这些烙在她身上的伤，估计带给她不小的痛苦。他虽没有看见她受伤，但伤口也让他眼皮一跳，一股无名火就要冒出来：你答应我好好保护自己，你怎么做不到？

可是，看着她小心翼翼讨好的模样，他生气不起来。

他收拾着情绪没说话，姜槐更是心虚。

南希说得好，以前她对着单池远从来不客气，可现在她像老鼠见了猫，也不知道到底哪里出了差错。

"你过来。"单池远板着脸说道，同时伸出了手。他好久没见到她，最后一次见面，她磕在嘴角的吻令他印象深刻，从那天起，他就萌生了要好好教她接吻的想法，现在见了面，大堂空无一人，正是"作案"的好时机。

结果，姜槐过来是过来了，他还没抱住，她却把手中拎着的油腻的散发着热气和香气的烧烤袋子塞到了他的手中，还一脸不舍的模样。

单池远既好气又好笑：“你这是干什么？”

“你不是想吃吗？是老城区丁老太家的烧烤，上过电视的那家，名气可大了，也好吃，每天还限量供应，不送外卖，我排了很久的队才买到的。”姜槐平时话不多，这会儿一口气说出这么长一溜，眼睛看都没看单池远，仍旧盯着自己的夜宵，目光缠绵，“分量挺大的，你吃得完吗？”

单池远对口腹之欲要求不高，却也不爱吃烧烤这样的垃圾食品，可见她目不转睛地盯着袋子，他努力憋着笑，直接拎着袋子进了电梯：“我坐了三小时飞机，饿了。”

姜槐“哦”了一声，垂头丧气地跟在他身后，表情怎么看怎么哀怨。

姜槐不经逗，她总是分不清对方是认真还是开玩笑。单池远虽觉得垃圾食品不好，但也没准备剥夺她的爱好，准备逗够了就将夜宵还给她，当然，她必须付出点什么来交换。

单池远打着如意算盘，心里已经盘算了好几个方案，激动几乎要溢于言表。好在姜槐忙着追忆自己的夜宵，没注意到他嘴角的笑。

上了楼，姜槐依依不舍地往2203走，眼光却跟着烧烤徘徊，挪也挪不开。单池远正准备叫住她，实施A计划，2202的门却开了。

“啊，你回来了！”南希恹恹的，无精打采，像幽灵一样从他们身边飘过。

单池远还没问南希要去哪里，走到了电梯口的她却像被按下了后退键，快速地倒退到他们面前。

“什么味道？”

单池远像赶苍蝇一样挥挥手：“没什么。”

“烧烤，丁老太家的。”姜槐说话时恶狠狠的，一副痛心疾首的模样。

单池远捏了捏眉心，心想：完了。

南希是女明星，虽不是喝水就胖的类型，但身材管理十分必要，平时油炸、烧烤、高糖食物吃得比较少，更别说在拍戏的特殊时期。她多吃一口肉，站到镜头前都会被狠狠报复。

但这可是南泽赫赫有名的丁老太烧烤，况且她今日心情不佳，吃一点也无妨。

最后的结果便是，单池远坐在一旁，冷眼旁观南希与姜槐对着烧烤大快朵颐，吃得油光满面。

南希完全没察觉到小舅舅对她飞着眼刀，埋头苦吃。

姜槐吃了半天，似乎才想起他刚刚说肚子饿的事，将手中的烤串朝他的方向推了推："你不是饿了，要不要吃一点？"

单池远满脸嫌弃，还未来得及开口，南希已经夺过姜槐手中的签子："哎呀，他不吃。我小舅舅不食人间烟火，更别说烧烤这种垃圾食品。我就不一样，虽然我是小仙女，但是绝对不只喝露水。"

姜槐听到这话，心终于放回肚子里。她虽然买了不小分量的烧烤，但没想到南希这么瘦却这么能吃，转眼两人消灭了大半，她的肚子还没丁点饱的感觉，如果单池远还来共享，她估计还要再叫一份夜宵。

单池远看到姜槐"松了一口气"的表情，冷哼一声进了卧室。待他洗漱回来，发现吃烧烤的两人更是胆大包天，她们不知从哪里拎来了啤酒，坐在地板上喝开了。

单池远看到地毯上的酱料痕迹，眉头一跳，明天看来不仅要阿姨来彻底清洗一番，这地毯也不能要了。

南希全然没接到她小舅舅濒临爆发的信号，还幸福地感叹："吃烧烤怎么可以没有啤酒！"

"南希，你明天不用拍戏吗？你大半夜吃这么多东西还喝啤酒，你是要提前退休吗？"

听到"拍戏"二字，原本还情绪高涨的南希像一个被针戳到的气球，迅速干瘪了下去，又灌了一大口啤酒，才道："明天请假，我不想去剧组，休息。"

这下不仅是单池远，连姜槐都觉得不对劲，南希可是发烧都去赶通告的人，怎么无缘无故请了假？可她说完这句，就闷头喝啤酒，不再说话了。

南希极少这么闷闷不乐，两人都没来得及劝阻，她就喝醉了。

单池远只好将她扛回家，姜槐走在前面帮他开门。

"她这是怎么了，在剧组被欺负了？"变态跟踪狂事件了结后，单池远虽关心南希，但也没有时刻掌握她的行踪。很快，他就否定了自己的想法，她可不是会吃哑巴亏的人。

姜槐有些抱歉："她最近好像不开心，那天找我说话，我不小心睡着了。"姜槐依稀记得她提了进组后不开心，似乎还提到了陆沉舟，也仅止于此，至于后面她还说了什么，自己完全没有印象。

“她整天像个小老头一样絮絮叨叨，你睡着也正常。”单池远帮南希脱了鞋子，又盖了被子，不忘压低声音，“回头我问问蒋瑶。”

他嘴上毫不客气地吐槽外甥女，手上的动作却极轻，虽不甚熟练，但十分细心。

有那么一瞬间，姜槐有些羡慕南希，她和单池远每每见面虽然都针锋对麦芒，但两人于彼此是世界上最信任的人，从不担心对方会伤害自己，可以毫无顾忌地睡死过去。

从前，她以为自己和姜山也是这样的，他们是父女，也是相依为命的关系。

可现在，一想起他，她便觉得难过，甚至有一种难以言说的恐惧。

单池远安顿好南希后，回头发现姜槐站在阴影中，这一刻的她显得有些孤独。

然后，他走过去，从背后抱住了她。

[2]

姜槐已经很久没有想起姜山了。

或者说，她一直在逃避。

如果说他第一次动手打她是震怒和冲动，那么第二次对她动手并且囚禁就是有意为之。虽然她已经知道两人并非亲生关系，但这些年来的养育之恩，她不可能忘记。即使他对她的咒骂和囚禁已经颠覆过去二十几年她对他的认知，她也没想过与他断绝来往。

只是那一夜的记忆太过深刻、恐怖，姜槐至今都不敢去回忆，她甚至觉得姜山已经不是姜山，而是一个青面獠牙的魔鬼。

一个人怎么可能在如此短的时间内发生如此大的改变？除了人格分裂，姜槐只想到一种可能——这些年来，她所看见的姜山都不是真正的他，他一直在压抑着自己，那个酒后疯狂施虐的人才是真正的他。

每每想到这儿，姜槐便及时停止胡思乱想。

那是抚养自己长大的人，即便是现在，她也不愿意这样揣度他。

她更愿意相信，他只是一时偏激，行差踏错。

只是夜深人静时，从前的一幕幕还是无法控制地涌上她的心头。

从前，姜槐没觉得自己与姜山的相处模式有什么问题，后来仔细琢磨，他们确实不像一对真正的父女，至少与她见过的父女不一样。

他虽关心她，但不像普通父女那般亲密，从未抱过她，甚至逃避与她肢体接触；他也从未带她去过游乐场，虽供养她上学，未参加过一次家长会；他极少责骂她，就算她做错事，也是一笑置之。

姜槐最初还以为是她没有母亲的缘故，他不知怎么与她相处，直到她得知自己不是他亲生的那一刻，所有的谜题才得到解答。

他努力地扮演着父亲的角色，给予她所需要的关爱，但是没有血缘的羁绊，画虎画皮难画骨。

姜槐无法当这一切都没有发生过，无法一笑置之原谅他，所以消极地选择逃避。

她以为这一切没发生过，假装自己从来不知道真相，伤害就可以就此终止。可是发生过的终究发生了，已造成的伤害也无法挽回，她再怎么逃避，也无法坐时光机回到过去，将姜山从生命中剔除。

毕竟，若没有他，她还不知道自己在哪里。

姜槐在积蓄勇气，等到勇气满格的那一天，她就回去找姜山，将一切问清楚。

关于她的身世，关于他说的每一件事。

至少现在，先让她像蜗牛一样缩在自己的保护壳里。

在这个网络与通信发达的年代，人与人之间的关系其实可以很薄弱，你稍微有心规避，失去交集轻而易举。

除了陆沉舟无意间问过她与姜山的关系，随口一提："你和师父和好了吗？"陆沉舟早就知道她并非姜山的亲生女儿，但同是收养关系，无论是从前还是现在，他都清楚，在姜山的心目中，他和她是不一样的。姜山会因为他走了一条自己不喜欢的路与他决裂，但不会这样对她。

这个认知让陆沉舟有些失落，但只是稍纵即逝。

姜槐摇摇头，在他讶异的目光中并没有解释，也没有告诉他之前发生的那颠覆生活的一切。虽然姜山在她心中伟岸的形象已坍塌，但于他是不同的，即便姜山单方面与他决裂，姜山也还是那个拽他出泥塘沼泽的人，她不能随随便便毁了他过去那些年的美好回忆。

陆沉舟还想再问，姜槐已经转移了话题："你和南希进了同个剧组，听说有不少的对手戏，她……"

陆沉舟眉头一蹙，打断姜槐："你和她的关系很好吗？先前她是怎么对你的，你不记得了吗？"

姜槐一头雾水："她一直对我挺好……"最初相识，对于南希对她的挑刺，她并不认为是南希的问题，是她不够专业不能让南希满意。

陆沉舟有些无奈，脸上终于露出了一点笑容："你这么迟钝，连被孤立都不知道，当然觉得全世界都对你好。"陆沉舟与姜槐不同，他是敏感的，却也是爱憎分明的，对他的好与恶，他虽不动声色，但永远铭记。他用尽一辈子都会偿还恩情，仇恨亦如此。

当然，他对南希谈不上厌恶，只是他们不是一个世界的人，他不需要攀附她，便懒得去应付她的大小姐脾气。她太过聒噪，令他觉得头疼。

接到陈友的电话，姜槐以为他察觉到自己与姜山的不对劲。事实证明，她想多了，他只是问起她最近的拍摄行程。

不得不说，姜槐最近的工作排得满满当当， 连单池远都偶有抱怨："看来我见你都要开始预约了。"

以前姜槐接戏是靠着群头与武指，现在时有导演找上门来，她甚至可以自主选择。不过短短一年，她已经在武行界小有名气，甚至有经纪公司来找她，想要与她签约，将她从幕后推到台前。

虽然这与她的努力脱不开关系，但她隐隐觉得不对劲，却说不出原因，最后没有接受那家经纪公司的邀约。

"你最近接了哪几部戏，都是什么角色？"

既然师叔问起了，姜槐当然不会隐瞒，更何况这又不是什么机密，她巨细无遗，实诚地将自己最近的工作汇报了一遍。

陈友才听了一半就乐了："你最近的工作排得够满呀！我手上的小角色你看来是看不上了。"

"师叔，是什么角色？"

"我们最近在拍一部动作警匪片，有个女配角受伤住院了，要补几个爆破打斗场景，因为是近景，几个女武替都不是特别合适，容易穿帮，所以我想到了你。"

"什么时候？"

"就这两天的事，还有一个问题，取景地在博陵。"

这下姜槐傻眼了："师叔，我这几天戏排得特别满，时间有冲突。"

陈友一听，半是怅然半是轻松，忙道："没事，我再找找别人。我也知道你挺忙的，就是许可导演对你有一些印象，问起你，我转达一下他的意见。”迟钝如姜槐，都察觉到两人之间变得生疏、客气了。

姜槐十分清楚，自己有今日，多亏当初陈友的提携，是他背着姜山带她入了行，是他见缝插针将她推荐给各个导演，是他不厌其烦指导她，是他教会她如何在镜头前保护好自己，是他让她在武行界逐渐站稳脚跟，越走越远。

如今，她已不是那个需要师叔引荐才能接到活儿的新人了，她已经小有名气，却与陈友越来越疏远，有时候一整个月也不曾见一面。她有如今的成绩，陈友是高兴的，但她不再需要他了，多少让他怅然若失。

姜槐也察觉到师叔的疏远，一时间不知所措：“师叔，要不我和剧组请假吧……”

她的话还没说完，已被陈友打断：“姜槐，你能走到今日并不容易，这条路不好走，也处处充满荆棘，你今天的确可以请几天假，但你回去，剧组就不一定有你的位置了。”他顿了顿，“你爸……他之所以那么痛恨武行，便是因为它的残酷。有的道理你必须明白，可我更希望你永远也不用明白。你好好拍你的戏，别的不用说了，师叔知道你有这个心就行了，就当我今日没有打这个电话。”

挂了电话，姜槐有些失落，她不明白自己与师叔的关系什么时候变得这么生疏了，连说话都变得小心翼翼。

[3]

姜槐是在连拍六小时戏后看见姜山的。

她接的新戏是一部特工电影，有大量的打斗场景。作为女主角的御用武替，所有的打戏都是姜槐上阵，女主角只需补拍几个露脸的镜头即可。

当天拍的是影片中六场大战中最重要的一场停车场大战，因为是群战，又是混战，场面十分乱，拍摄时间极长，从早上一直拍到了下午，中间只休息了半小时。

入夏后的南泽潮湿闷热，在高温下的露天停车场拍打戏无疑是一种折磨。姜槐穿着厚厚的戏服，戴着发套的头已被闷出了汗，身上的衣服几乎可以拧出水来。

导演有严重的强迫症，又是处女座，对每个镜头都追求完美，光在车顶奔跑追逐这几秒钟的戏，姜槐就拍了七次。她一遍遍在车顶奔跑、翻滚，再重重地摔落在地。

太阳高高地悬挂在头顶，当她第八次从车顶滚落时，头重重地磕在了地上，疼痛让她更加眩晕。

好在这一幕戏终于得到了导演的肯定。

姜槐从地上爬起来的时候，一瞬间没有站稳，整个人摇摇欲坠，好在旁边的男群演扶住了她：“你没事吧？”

她被太阳和反光板照了好几个小时，刚刚那一摔更是让她发昏。她用手挡了挡光，向男群演致了谢，就想去旁边休息一下，却看见人群中有个熟悉的身影。

姜槐第一反应是自己出现了幻觉。

因为自那天她从武馆二层小楼跳窗逃脱后，她便将姜山的联系方式都拉黑了，她住在哪里姜山都不知道，怎么可能来片场精准找到她呢？再者，等她定下神来后，人群中哪里还有姜山的身影，只有匆忙搬着道具的工作人员。

姜槐更加坚定，刚刚那个忽然闪现的身影是自己过度劳累后出现的错觉。

这事，姜槐对谁也没有说起，包括单池远。

但事实证明，在目光如炬的单律师面前，姜槐很难将自己的情绪瞒天过海。

原本说好不探班的单池远，在姜槐连续三天没有回碧海蓝天，露宿片场后，终于绷不住了，下班后亲自到片场抓人。姜槐刚换好衣服背着包要回去，两人便在休息室迎面撞上了。

才三四天没见，单池远几乎认不出姜槐来了。她的皮肤黑了好几个色号，身上又挂了几处彩，也不知道多久没休息好，脸上挂着两个硕大的黑眼圈。

“我还以为是哪里来的小乞丐。”他伸手在她的伤口处虚虚点了点，语气带着不悦，“你又受伤了，姜小姐。”

姜槐遮掩不及，只能暂时性失聪，对他笑道：“我听不见。”

单池远面对这样的姜槐，只有无可奈何的份：“那我说喜欢你，你也听不见对吧？”

“听不见”的姜槐脸却红了。

姜槐看到单池远其实是开心的，但因心里有事，多少有些心不在焉。单池远和她说了几次话，她皆答非所问。

直到单池远猛地刹车，将车子停在路边。

“你怎么了？”前方道路通畅，并没有塞车。

“姜小姐，你有心事。”单池远用的是肯定句。

“没……”

“我叫了你三次你没应，你无意识地咬了两次指甲、抠了两处牛仔裤的破洞，我问你明天还有没有戏，你回答的是吃牛肉面，由此可见，你从头到尾都心不在焉。更重要的是……”他伸出手点了点她的眉间，“你一直在皱眉，到底发生了什么事？”

“我好像在片场看见了我……爸。”姜槐发现，直到这一刻，她还是无法释怀。

这下，单池远的眉头也皱了起来。

姜槐与姜山之间发生了什么事，他并没有去刻意窥探，但这些日子相处下来，他也发现了异常。姜槐比从前成熟且敏感了，姜山应该带给她很大的伤害，甚至留下了不小的阴影。

因为让人成长最快的，就是伤害。

单池远从不相信父母不会伤害儿女这一类的话，在他看来，最能伤害儿女的便是父母，无论是有意还是无心。

即便是乐观开朗的南希，至今都因童年被母亲忽视以及她的自杀耿耿于怀，午夜梦回都会哭着醒来。

姜槐看似淡然，其实是未曾触及她的底线。

“你在哪里看见他的？他做了什么吗？”

“就在片场，他就站在人群中。”姜槐不敢确定，“我定神再看，他已经不见了。可能我太累了，看错了也有可能，剧组里有两个老师的身材和他挺像的。”

姜槐说服了自己，却没有说服单池远。

他直觉不是姜槐产生的错觉，她看到的确实是姜山。

至于姜山为什么会突然出现在片场，单池远绝对不相信他是因为想念姜槐。

单池远从来不吝啬以最大的恶意去揣度别人，即便那是姜槐的父亲。

接下来几日，单池远虽然忙，但仍旧抽空每日接送姜槐。

律师所与影视基地隔着好几十公里，为此，每日单池远要多开一个多小时车。拍摄经常不能按时完成，加班加点是常有的事，因此单池远到了片场，时常还要再等等姜槐。

两三日下来，不仅单池远劳累，姜槐也觉得不自在：“我感觉大家都用异样的眼光看着我。”毕竟单池远的人和车都十分显眼，她只是一个武行，如此被人接送还是太过引人注目。

“他们是羡慕嫉妒。”单池远头也没抬地说道。

姜槐啧啧感叹：“我以前真的没发现。”

“发现什么？”

“你的脸皮这么厚。”

两人一边插科打诨，一边往停车场走，单池远忽然顿住了脚步：“等等。”

姜槐也意识到了什么，猛地回头，正看见匆忙逃窜的一瘸一拐的背影。

“姜……你站住。”出声叫住他的是单池远，那是姜槐的父亲，单池远虽不喜欢他，但觉得在姜槐面前直呼其名不妥当。

意料之外地，他这么一叫，姜山真的没有再跑了。姜山顿住了脚步，又踟蹰着回头，远远地站了半晌，才低声叫了一句：“阿槐。”

只是这么一句，却几乎逼出姜槐的眼泪。

她忘记多久没有见到姜山，几日前只是匆匆一眼，并未看清。现在姜山站在她面前，头发比之前白了许多，穿着脏兮兮的汗衫和运动裤，不安地站在那儿搓着手，不是那个憨厚、老实的姜山，不是那个狂躁、暴戾的姜山，而是不安、可怜的姜山。

这不是她噩梦中的人，他眼中的悔恨与小心翼翼显而易见，那一句熟悉的“阿槐”，让她忍不住酸了鼻子。

但她仍旧站在原地，一动不动。

她不是不想靠近姜山，而是很恐惧。

单池远没有劝姜槐，也没有带着她离开，他就站在那里，看着眼眶微红的姜山。他在法庭上看了太多的眼泪，比许多人都要铁石心肠，即便姜山佝偻着身躯令人心酸，他也仍旧不为所动，冷眼旁观着。

他对姜山的印象并不好，他见过太多老实、憨厚的人，他们眼神畏缩，但往往内心都藏着令人恐惧的暴力因素。

只是这是姜槐的父亲，他不会指指点点，只站在她身边陪伴着。

姜山见姜槐不出声，犹豫着又叫了一句“阿槐”，同时朝她走近。

这下，姜槐终于开腔了："你别动，站在那里。"姜槐不想承认，可当姜山朝她走近的时候，那夜的恐怖回忆又一次袭来，她无法自控地发抖。

姜山见她面色灰白，失落而悔恨地顿住了脚步："阿槐，对不起，原谅爸爸，爸爸知道错了。你离开家之后，我一直很担心你。"

"你怎么知道我在这里？这几天，你是不是一直跟着我？"

[4]

"没有，没有！我只是担心你，来看看你好不好！"姜山否认后又要上前。

姜槐不自觉后退了两步："你怎么知道我在这里？"

姜山犹豫了几秒才道："我……我打电话给你师叔。"

姜槐一怔，姜山已经很多年没有与陈友联系，每每提起这个师弟，他都是不屑的态度，她想不到他会为了查询自己的下落主动联系陈友。

姜槐不是没有动摇，早在看到姜山的那一刻，她的心已不再牢不可破。

这是姜山，是与她一起生活了二十年、她一直称为父亲的人。

姜山见她神情激动，神色一喜："阿槐，你回家吧！爸以后再也不会阻止你做任何事，你喜欢做武行就去，我不会再阻止你……以前的事，是爸的错，我对不起你……你在外面，我一直很担心。"他的目光终于落在单池远的身上，似乎是想问两人为什么会在一起，但还是没有问出口。

姜槐听着他沙哑的声音，内心早已波澜万千，他朝自己走近的时候，她没有再后退。

傍晚风大，随着姜山的靠近，姜槐忽然闻到了从他身上散发出来的微乎其微的酒精味。长期浸泡在酒精里的人，身上多少会带着气味，只是当事人自己难以察觉。

姜槐猛地抬起头，姜山被她忽然沉下来的脸色吓到，踟蹰着没有再走近。

"阿槐，你怎么了？"

姜槐带了一点连自己都不曾发觉的失望："你是不是又喝酒了？"

"我……"

"你不要骗我。"

姜山叹了一口气，伸出手比了比："昨天我喝了一点酒，今天来见你，我没喝。阿槐，我以后都不喝酒了，你和我回家，我以后都不喝酒。"

“你给我点时间……爸。”姜槐的声音微微发颤，“我也给你一点时间，你戒酒了我就回去，好吗？”

这个从前像山一样的男人听到这句话后，眼里的光蓦地熄灭，姜槐似乎看到了他眼中的泪。

姜槐没有再看他，怕自己多看一眼就忍不住心软：“我很喜欢武行，不会放弃的。你戒酒了，我就回……去。”

她原本想说回家的，但“家”字怎么也说不出口。不知从何时起，武馆那二层小楼已经被蒙上了阴影，不是从前温暖的存在了。

姜山还想说点什么，单池远却出声了：“走吧。”

姜槐被单池远拉着离开的时候，没有拒绝，也没有回头看。

姜槐没有听到姜山的回答，他站在她背后，她也看不清他的表情，她猜他一定很难过。

直到走出很远，姜槐才想起什么，又回头朝姜山走去。她忽略他眼中的惊讶和喜悦，直接问他：“我的亲生父母是什么样的人？”

姜山的脸色一瞬间变得煞白，应该是没想到她去而复返是为了这个问题。

“我的亲生母亲是不是也是演员，或者说她也是武行？”

这个缠绕在她心上多时的问题终于问出口了，并没有想象中那么艰难，然而姜山没有给她答案，只是怔怔地看着她，眼中带着难以置信。

无须姜山回答，姜槐从他的表情中已经得出了答案。

在回碧海蓝天的路上，车内的气氛很凝重，自姜山出现后，单池远就没怎么说话，给了她思考的空间。

倒是姜槐受够了这可怕的寂静，忽然开口：“我有种预感，他不会戒酒。”姜槐的声音不大，带着一点疲倦，“其实我已经原谅他，但是我害怕，我害怕回去后他又喝酒，再一次发狂。所以，我想给他一个机会，也给自己一个机会。可是，我看到他失望的眼神，又觉得自己冷血又绝情，他都来找我了，我还不肯跟他回去。”

“姜槐，你不是冷血，不是绝情。他做的事情我不敢妄加评论，但我没有觉得你做错了，我反倒觉得你做得对。”单池远扯了扯嘴角，“你比南希果敢多了。她啊，只要我那个姐夫多说几句好话，她就什么都原谅了，完全忘记以前受过的委屈，也就是这两年吃亏多了，她才长些记性。所以，我觉得你做得很好。姜槐，你不是那种人，你一定受了很多委屈。我从不觉得随便原谅是美德，这样只是纵容犯错的人，只会让自己受更多的伤。”

“你怎么想就怎么做，不要勉强自己做任何事，不要被谁左右你的想法，即使这个人是我。”

从来没有人问她是不是受了委屈，从来没有人让她随心所欲地过。

姜槐焦灼的不安的痛苦的心，在这一刻终于找到了一个宣泄口。

“单池远，我是不是没有告诉过你，我不是他的亲生女儿？”

这是压抑在内心深处的秘密，她一直不曾说起，这一刻终于压制不住了。

只是姜槐没想到，单池远比她还要激动。

她说完后才发现，他的脸色完全沉了下来，几乎与黑夜融为一体。

单池远的拳头握紧了又松开，他深吸了好几口气，才将心底的狂躁压下去。

他一直坚信自己的直觉和判断，即便当初武馆伤人事件是自己判断失误，他对此人的人品仍持保留意见。虽然他做好了心理准备，但姜山的恶劣行径大大超出了他的想象。

姜槐说得平静，一副云淡风轻的模样。

但单池远还记得，自己与姜槐第一次见面时，因为自己将姜山与罪犯相比惹怒了她。那是她引以为傲的父亲，她爱他，也尊敬他，那种发自内心的亲近是多年来相依为命衍生的。

然而这个被姜槐当作唯一亲人的人，狠狠地给了她一巴掌。不，不止一巴掌，他用他的拳头和暴行，对违背他意愿的她进行了报复。

单池远不敢去想象，当时的姜槐有多绝望，可是他从来都不知道。

除了愤怒，单池远更多的是自责，他从来都不知道她独自承受着这么多的痛苦。

他恨不得开车回去，狠狠将姜山揍一顿，或者直接阻止他出现在姜槐面前。因为人骨子里的暴力并非突然萌生，而是长年累月的压抑，家暴从来只有零次和无数次的区别。

可是，单池远不能这么做。姜山虽然可恶，令人不齿，但他养育了姜槐，单池远无法在她面前口出恶言。况且，她是独立的个体，单池远爱她，也不能左右她的思想，否则与他有何区别？

所以，单池远除了伸出手给她一个温暖的怀抱，什么也做不了。

“姜槐。”

“嗯。”

“以后有什么事，你都要告诉我，我不会阻挠你的决定，但是我要知道，只有这样，我才能和你站在一起。”

[5]

回到碧海蓝天的当天晚上，姜槐生病了。

起初，她并未察觉自己生病，只是觉得累，连晚餐都不想吃。在被单池远强制要求吃了一碗面后，她就从2201回到2203休息。

单池远看她脸色不好，还以为她是为姜山出现而感到困扰，也没多问，给了她足够的空间。

回到家后，姜槐匆忙洗了个澡，便钻进被窝休息。

南泽已经入夏，炽热难当，姜槐连空调都没开，却感觉一阵阵地发冷。

她做了一个冗长的梦，说是梦，但梦里的一切无比清晰。

她置身姜家武馆，身处凌乱的房间，门紧紧地从外面被锁上，电视嘈杂的声响不断地传来，还有姜山骂骂咧咧的声音。

姜槐知道，自己又回到了被姜山囚禁的那一夜。

她知道这是梦，却被桎梏在床上，像有什么东西沉沉地压着她，让她无法动弹，也无法从这恐怖的梦魇中抽离，甚至无法呼救。她只能盯着黑暗中那一点细碎的光，煎熬地忍耐着。

这是她经历过的最漫长的绝望，她感觉自己身上的压迫感越来越明显，呼吸越来越艰难，几乎要窒息了。

就在这一刻，一只手重重地将她从噩梦中捞了出来。

“姜槐……姜槐，你醒醒，没事了……”

姜槐挣扎着从梦中醒来，那种恐怖的感觉却挥之不去，她感觉有人在轻轻地摇晃着自己。她努力睁开眼睛，在昏暗的光线中，单池远脸上的担忧慢慢变得清晰。

“你怎么来了？”

“我打了很多电话，你没接，按门铃也没响应，我就自己进来了。”单池远顿了顿，“大门密码你没换。”

姜槐昏昏沉沉地坐在床上，才发现自己出了一身汗，虽然已经从梦中醒来，但那种沉重的束缚感并未消失，反而越来越明显。

“我没事，洗个澡就好了。”身上那种黏腻感让她十分难受，她摇摇晃晃要起身，眼前一黑，整个人重重栽回了床上。

单池远这才发现她不对劲，手往她的额头上探，发现有些烫手。

“你病了，在发烧。”

单池远进了她的卧室后，发现她在睡梦中哭喊，将她从噩梦中唤醒时，就觉得她身体的温度很高。他以为是大夏天房里没有开空调，她还裹着棉被的缘故，这会儿才知道不是，她是发烧了。

因为痛感不明显，他连生病的时候都不甚痛苦，而南希的身体也好，感冒发烧好几年才出现一次，这会儿面对面色酡红的姜槐，他手足无措。

“你别动，躺着。我去买药。”

“不，我难受，想洗个澡。”姜槐喃喃道，她的眼神已不甚清晰，却比平时还要固执，顽强地要从床上坐起来。

单池远呵斥了一句：“姜槐，不许动！”

这句警告总算有了短暂的效果，姜槐没有再起身，但仍在床上像毛毛虫一样蠕动。

单池远捏了捏眉心，有些头疼，他丝毫不怀疑自己一走开，姜槐就会从床上爬起来。他只得放弃出去买药的想法，打电话让人送药过来。他没有照顾病人的经验，觉得这时多喝热水总没错，正准备出去烧水，便听见背后窸窸窣窣的声响。

“你还动。”

姜槐十分委屈：“我想吐。”

话未说完，她已经手脚并用地朝卫生间的方向走，很快就传来了呕吐声。

姜槐在洗手间坐了很久。

她很难受，这种难受不只是身体上的，还有心理的。

她知道自己生病了，所以发梦魇出一身汗也情有可原。汗臭味已经令她难以忍受，所以她才固执地要洗个热水澡。只是她没想到，澡没洗成，还吐了一地，以及吐了一身。

她看着满身狼藉的自己，头又重又沉，半晌也没有勇气开门出去。她无法让这样的自己出现在单池远面前，她不想让他看到这样狼狈的自己。偏生他见她好一会儿没出去，担忧地在外边拍门：“姜槐，你怎么了？”

“姜槐，听到我的声音没有？”

“你是不是晕倒在洗手间了？”

“你再不说话，我进去了啊！”

姜槐那句“等等”还卡在喉咙里，单池远已经推门而入，她忘了锁门，一时间让自己的狼狈暴露无遗。

单池远知道她不舒服吐了，却不想她竟这般狼狈，一时间也愣在那里，然后忽然转身离去。

这下，怔住的是姜槐。

姜槐知道他有洁癖，想过他会尴尬、会嫌弃、会嘲笑，却没想过他会这样直接地跑掉。她身心的不舒服在这一瞬间体现到极致，眼泪也忍不住，拼了命往外挤。

单池远拿了毛巾和换洗衣服再一次进来，便看见姜槐坐在地上哭。

对于这样脆弱的姜槐，他显得有些无措：“你怎么哭了？”

姜槐猛地抬头，发现他正一脸无奈地看着自己：“我给你拿衣服，你快洗个澡，我在外边等你。”见姜槐不动，他疑惑道，“你是不是没办法自己洗澡？要不要我帮你？”说着，他便要过来搀扶她。

姜槐感觉自己像在海水中泡了一通，又被推入火焰中：“不用，我可以的。”

“真的？”

“嗯。”

这个澡，姜槐洗了十五分钟，其间，单池远敲了四次门，问的都是同一句话：“姜槐，你还好吗，是不是晕倒了？”

“没。”

她觉得他可笑得很：她晕倒了，还怎么回话？

好不容易冲刷掉身上难闻的味道，一出洗手间，单池远便将药和热水塞给她：“你吃了药快去睡觉！”单池远其实不会照顾人，因为这杯水还很烫。

姜槐吃了药，正要去休息，又听他喊道：“等下，你洗了头吗？”

“嗯。”

“你吹干了头发再睡。”

折腾了这么一遭，姜槐已经精疲力竭，压根没力气理会他，整个人就往床上栽。他只好将她捞起来，翻箱倒柜找了吹风筒给她吹头发。

姜槐垂着头，不知是难受还是因为尴尬。

"姜槐，堂堂单律师给你吹头发，有没有感激涕零？"

"嗯。"

"那你快点好起来。"

姜槐没有应答，只有吹风筒发出的呼呼的声音。单池远给她吹了头发，见她闭着眼睛似乎睡着了，拔了电线，轻手轻脚地往外走。

他刚关了灯，床上的姜槐已经坐起来："你要去哪里？"

"客厅。你休息吧。"

"你……可以不要走吗？我有些难受。"姜槐不想承认，除了难受，她更多的是害怕，屋子里多一个人的感觉让她觉得安心，或许也是因为这个人是他。

"那好吧。"

他没有开灯，叹了一口气，朝床边走来。姜槐感觉身边的位置陷了进去，他在她的床上躺下了。

又过了一会儿，他伸出手，试探性地将她揽在怀里。

他的体温原本就偏低，对发烧的姜槐来说，无疑是沙漠中的甘霖，她忍不住朝他的方向蹭了蹭。

"姜槐，别动。"他低声警告道。他是一个正常的男人，自己喜欢的女孩就在身边乱蹭，这对他来说无疑是巨大的考验。

姜槐却听不出他的忍耐之意，又伸手抱住了他："单池远。"

"嗯。"

"没事。"

"那睡觉。"

姜槐"哦"了一声，老实了一会儿，又忍不住往他怀里钻："单池远。"

"到底有什么事？"他不耐烦地睁开眼，将她拉开一点点，瞪着她，虽然知道黑暗中她看不见。

"我是不是没有和你说过我爱你？"

她是一个内敛的人，不善于表达自己的感情，这一刻，她却迫不及待想要告诉他自己的心意。

黑暗中，单池远长长地叹了一口气。

"姜槐。"

姜槐等了很久，没有等到他的后续，忍不住扯了扯他的衣服。

“睡吧，天都要亮了。”

姜槐被他抱着，他的气息笼罩着她，这是一种十分陌生的感受，以至于让她产生了错觉：生病其实是一件很幸福的事。

她素来独立，从不知道有人可以依靠的感觉如此美好。

[6]

姜槐再次醒来，已经是中午了。

不知是因为吃了药，还是单池远在身边，她连梦都没有做，直到肚子发出了抗议，将她从睡眠中唤醒。

姜槐前一天只吃了一点东西，结果吐了个干净，吃了药后又昏昏沉沉睡了好几个小时。她的身体素质向来不错，这场病来势汹汹，走得也快。她醒来时，后脑的钝痛感和身体的沉重感已经缓解了不少，只是浑身乏力。

她睁着眼睛看着天花板许久才发觉不对劲，猛地转头，看见的是单池远的脸，与平时干净精致的模样不同，他的头发乱糟糟的，下巴有一点青色的胡楂，近距离看，才发现他的皮肤连毛孔都没有，白得反光。

走丢的记忆慢慢地回笼了，姜槐还没在马上起身和继续装睡中抉择好，单池远终于忍不住开口了：“你能不能别再盯着我看？”他的睡眠质量不大好，在姜槐醒来的一瞬间，他已经醒了，只是怕她尴尬，便闭着眼装睡，还努力维持着平缓的呼吸，结果她倒好，目光灼灼地盯着他看，不仅不起来，连害羞的意思都没有。

单池远本来可以继续装下去，无奈她看他的目光越来越炽热，他的手还压在她身下，维持着一个姿势不动，身体僵硬得难受。

他想多了，姜槐小姐怎么可能会尴尬呢？

听到单池远的声音，姜槐先是一愣，随即转头遵循吩咐不再盯着他看。

过了一会儿，单池远又说：“你的身体好些了吗，可以起来吗？”

“我好多了，头不疼。”她问，“怎么了？”

“你一直压着我的手。”

姜槐这才发现，原来脖子处硬邦邦的触感来自他的手，这会儿两人的姿势十分暧昧，她几乎缩在他的怀里。她侧身让他抽出手臂，听着他起身往洗手间走的动静，忙用被子蒙住了头。

她活了二十几年，第一次与别人同床共枕，而这个人昨天还见证了她狼狈的时刻。她连肚子咕咕叫都忍了，蒙着头准备等单池远走了再做打算。

谁知单池远从洗手间出来后，没有走的意思，见她又用被子闷着头装鸵鸟，也没打扰她，兀自往厨房的方向走。她听见他开冰箱，开橱柜，叮叮当当地翻箱倒柜像在找什么，不一会儿又进了卧室，用手扯开她蒙着头的被子："姜槐，你家里怎么什么都没有？"

"什么什么都没有？"

"你不是肚子饿了吗？我想给你煮点东西吃，结果整个冰箱是空的，别说食物，连水都没有一瓶。你是怎么活下来的？"

单池远的脸就在她的正上方，或许因为刚起床，他的声音低沉、沙哑，在她耳畔嗡嗡作响。她不知道自己为什么会脸红，低声道："不是有外卖吗？而且，我不是经常过去你那边吃饭吗？"以前虽然她也不做饭，但厨房至少还有泡面，自从与单池远在一起后，速食食品都进了冷宫，前几天刚被打扫卫生的阿姨处理掉了。

单池远听她说完也没发表意见，转身往外走。这一次，她听到了大门被关上的声音。

单池远走后，姜槐并没有动，而是在床上继续躺着。她的脑袋此时一片空白，别无他想。虽然很饿，但她不想去觅食。

直到半小时后，单池远再一次推门而入。

"姜槐。"姜槐仍旧维持着他离开时的姿势，若不是她目光清明、面色红润，他还以为她还在生病。

"你不是被我气跑了吗？"

单池远手中还端着白粥、小菜，听到这话手一抖，险些将盘子扣到地上，好在他是见惯了大世面的人，知道不能与病人计较："你快去洗漱，吃饭了。"

姜槐洗漱出来的时候，单池远不知什么时候换了一身衣服，正坐在餐桌前。

说起来，她搬进2203的时间也不短，但这张餐桌使用的次数寥寥无几，今日它还是第一次发挥了作用。

粥是简单的白粥，也不知单池远用的什么米煮的，软糯香甜。姜槐腹中饥饿，但只喝了半碗粥就觉得饱了，吃不下，便盯着单池远看。

他低头小口喝着粥，连小菜都没吃，就这样一口一口喝了一碗。

单池远看她不停地搅拌着碗里的粥，还以为不合胃口："白粥是寡淡无味，我本想给你煎一个鸡蛋，但想起发烧的人好像不能吃鸡蛋，所以你忍耐一下。”

下午两点，两人坐在餐桌前喝白粥，这个场景怎么看怎么诡异，可这一刻，姜槐的内心是从未有过的宁静。

他不擅长照顾人，却将她照顾得很好，连发烧不能吃鸡蛋都知道。

他工作繁忙，还陪着她耗掉了一整天。

他从未认真地对她说过一句喜欢，她却实实在在地感受到了他的心意。被人喜欢着、被人关爱着，这种感觉真的特别幸福。

“你为什么盯着我看？”单池远伸出手在她面前挥了挥，“你从早上起来就一直这样盯着我看了。”

姜槐这才意识到自己又直勾勾地看人了，忙低下头：“我只是觉得和你住在一起特别幸福。”

“姜槐。”单池远忽然放下了筷子。

“啊？”

他慢悠悠地说着，从餐桌前起了身：“你突然这么奔放，我还是很不习惯。昨天你告白了一次，一大早又表白，我真的有点吃不消。”

“我……”

他的眼神深邃又迷人：“你这是邀请我和你同居的意思吗？”

“不……”

姜槐不禁怀疑是自己表达有问题，还是单律师的理解能力有问题，她不过是发出一句感叹，单律师却将之完全曲解。但是，单池远并没有让她把拒绝说出口，他轻轻地咬住了她的唇。

她不痛，只是有一点酥麻，还带着白粥的香气。

明明是他亲了她，曲解误会她，他还不忘将责任推到她身上：“大半夜你邀请我同床共枕，刚睡醒又突然表白，也就是我这样的正人君子才能坐怀不乱。”

姜槐被他反咬一口，又羞又气，却说不过他，索性闭口不言。

“既然你觉得和我一起住幸福，我便接受你的邀请，你明天搬过去吧，反正东西也不多。”

姜槐直接装死。

如果有时光机，姜槐一定穿梭回去，在自己说出那句话之前，用尽各种方法堵住自己的嘴。

因为这天之后，她便开始接受单池远惨无人道的摧残。

每日只要两人一碰面，他一定会问："你什么时候搬过来？"

最初姜槐生气，恼怒，但她发现单池远最热衷看她恼羞成怒的样子后，便努力摆出面瘫的表情，听而不闻，并在内心期待他早日结束这个无聊的游戏。

但单律师远比她想象的更恶趣味和执着，锲而不舍地问了她整整两个星期。

姜槐唯一庆幸的是南希随剧组去外地取景了，否则嘲笑她的人又多了一个。

[7]

姜槐病后第三日，便不顾单池远的反对，照常去片场了。

生病对一个演员来说，是奢侈的事情。

主演生病，意味着整个剧组的进度会被耽搁，而群演和武行们则是没有资格生病的，需要随传随到。

这一次，庆幸的人变成了单池远，若不是生病那两日刚好没她的戏，以她的性格，爬也会爬到片场去。

在姜山出现在片场后，在她猜对了自己母亲的身份后，她的生活并未发生什么变化。

她答应姜山，只要他戒酒便搬回武馆，但她深知这并非一朝一夕的事。

得知母亲是娱乐圈的人后，姜槐也不为所动。

如果说从前姜槐还动过寻找母亲的念头，那么现在她已经断了这个念想。

从前与姜山一起生活，姜槐偶尔也会幻想如果母亲在就好了，但自从她得知姜山不是自己的亲生父亲后，她反倒对母亲失去了渴望。

在一起生活了二十年的人都能伤害你，血缘的力量便更薄弱了。

过去没有母亲，她过得很好，以后没有母亲，她也能够很好地活着。

当时姜槐突发奇想对姜山发出疑问，不过是为了验证他醉酒时说的话究竟是胡言乱语，还是他压抑在心底的真心话。

他的行为再一次证明，当时的愤怒和仇恨都是真的。

姜槐虽已原谅姜山，但不得不承认，他们无法回到从前的亲密无间，毫无间隙。她看见他那双布满风霜的浑浊的眼睛，瞬间就不确定，到底什么时候看见的他才是真正的他。

他靠近的时候，她在害怕，在战栗。

而当时，单池远的手一直紧紧地握着她的手。

姜槐以为自己表达姜山戒酒前不会回去后，姜山不会再出现。

她不曾想到，几日之后，姜山又一次出现在了片场。

多年前叱咤武行界的金牌武指突然出现在影视基地，基本无人记得他，只当是围观群众。姜槐看着敦实的他站在人群中，一时间不免有些悲凉。

姜山说，她想做什么就去做，他不会再阻止她。

所以，他只是远远地站着，连上来与她打招呼都没有。

姜槐原本想劝他离开，但他远远朝她摆了摆手，她又恰好要出境，便作罢了。

但姜山就站在片场，她不可能心无旁骛。

一场五分钟的戏，姜槐拍了一个多小时，NG了数十次，无论是导演、武指还是与她搭戏的演员，脸色都不大好看。

最后一次NG，导演终于忍不住带上了脏字，劈头盖脸就是一顿破骂："我的大小姐，这么一条简单的戏你要拍多少次？影帝影后都不敢这么拍！虽然你身手好，但我不是非你不可！姜槐，你可别太把自己当回事！再来一次，不行你就给我滚，换人！"

姜槐低眉顺眼地挨着骂，默默深呼吸给自己鼓劲，深知再这么下去，可真要砸了自己的口碑。

导演是出了名的脾气差，却是扎扎实实拍戏的人，骂完之后又给她讲了两次戏才开机。

姜槐能感觉到姜山落在自己身上的目光，但她始终没有看向他，而是聚精会神地听着导演讲戏。

这一次，她终于没有NG。

拍了将近十次，威亚师们亦疲惫不堪，听到导演喊了过，都有些兴奋，一时间还没将姜槐从高处放下来。也不知是谁手滑了一把，姜槐整个人忽然翻了个滚，头朝下直直往下坠。

吊在威压上的姜槐也没想到会出现这样的意外，一时间惊得忘记反应，好在几个工作人员及时拉住了她，在她以头抢地的前一秒，她终于稳住了身体。

姜槐被倒吊着，浑身的血液都往脑袋涌，她看见姜山拨开人群朝她冲了过来。

他一瘸一拐的，一脸愤怒的表情。

走了一半，他似乎意识到了什么，猛地刹住了车。

姜槐并未受伤，只是虚惊一场。

导演和监制慰问关怀了她几句，威亚师道了歉，接下来的两场戏还是继续拍。

姜槐以为姜山会因为这场小意外阻止自己接下来的工作，再不济也要劝诫几句，但他没有。在确认姜槐没有受伤后，他又一次退到了人群中。

拍第二场戏的时候，她已经看不见姜山了。

姜槐以为他回去了。

当天的戏一直拍到晚上，单池远与客户吃完饭后接她收工。虽然她说了好几次不用，但抗议在单律师这里是无效的。

姜槐觉得他在法庭上估计经常被法官驳回抗议，否则他为什么总要在她面前用这四个字驳回她的意见？

“无论是法官还是我，对于不合理的抗议，都要坚决抑制打击。”

两人就要走到停车场了，姜槐压根没想到姜山会在这个时候冒出来，吓了一跳。

“爸，你怎么在这儿？你不是回去了吗？”

姜山站在阴影中，脸上并没什么表情。姜槐感觉有些害怕，明明不应该是这样的。

“我有话想和单律师说。”

姜槐下意识想阻止，单池远却没动。

姜槐已经许久没有看见这样的单池远了，他笔直地站着，并没说话，气场却很强大。

“单律师，我不知道你是什么时候和姜槐在一起的，我并不反对，只希望你不要伤害她。我不知道你清不清楚武行的危险，有没有见她拍过戏，如果你真的喜欢她，可能会和我一样，恨不得她停下这一切……”姜山仰着头，慢慢地说着。

姜槐从平静到震惊，最后是愤怒，他说过不会阻止她，可现在又是什么意思？她好几次想打断他，却被单池远按住了。

直到他说完，单池远才开口：“姜先生，我是在姜槐从武馆逃出来，无家可归的时候和她在一起的，您应该没有权利反对。况且，伤害她的从来不是我。我知道武行的危险，也见她拍过戏，我是真的喜欢她，所以从来不会阻止她去追逐她的梦想，只会尽可能去保护她！”

姜山或许没想到听到的会是这样的回答：“你……”

“你不用说了，什么都不用再说了。”姜槐终于开口，带着浓浓的鼻音，“爸，如果你还想听我叫你一声爸，就不要再说了。”

姜山就站在她面前，因为激动，胸膛剧烈地起伏着。

“上次你说不会阻拦我做武行，我真的挺高兴的。你到片场，我以为你放下芥蒂，我以为你看见我会为我骄傲和高兴，但我现在知道我错了，你永远不可能接受我做这一行，就像你说要戒酒，永远不可能做到。”

她看着他，眼泪终于落下来，是委屈，也是悲伤，更是绝望。

他说尊重她的选择，却找另一个人来阻止她。他身上带着浓烈、刺鼻的香水味，不过是为了掩盖酒气。

“我们走吧。”她这是对单池远说的。

这一次，姜槐的态度更冷硬了。姜山才意识到她生气了，正想伸出手拉住她，单池远却像看见了一般，轻易地挡了回去。

“姜先生，您不知道吧，姜槐最初走这条路是因为你曾经是武行，她觉得那是你的梦想，她想走你走过的路，振兴武馆。”单池远没有再多看姜山一眼。

如若不是念着姜山对姜槐的养育之恩，单池远都不会给对方废话的时间。

[8]

后来姜槐才明白，自己能够无条件、无保留地给予单池远信任，皆是因为他给予了她从未有过的尊重。

他不喜欢的事物，她喜欢，他也不会阻止。

无论是父母和子女，还是恋人之间，爱的最低条件便是尊重。

只是这个道理，有人穷极一生都无法明白并融会贯通。

不知是因为姜槐的决绝冷硬，还是因为单池远的四两拨千斤，总之那日之后，姜山真的没有再出现。

姜槐好几次问单池远：“你是怎么知道我内心所想的？我似乎没有告诉过你。”

单池远没有回答她，假装听不见，认真地写他的文书，终于被她一遍遍地执着追问弄烦了，拿下了鼻梁上架着的眼镜。

“姜槐，你想知道的话，过来，我告诉你。”

他板着脸，看似有些恼火。姜槐以为自己打断了他的思路，有些内疚，怕他发火，还是踟蹰着朝他的方向挪动。

距离单池远还有一步远的时候，他忽然伸手拉了她一把，她整个人坐到了他的腿上。

明明说要告诉他，这人却动了嘴唇，连单音节都没发出。

他没有告诉她，只是吻了她。

这样的亲密已经不是第一次，可是无论多少次，姜槐仍旧无法控制脸红心跳和耳热，更多了一些食髓知味的感觉，学会了生涩回应。

姜槐学什么都很快，接吻也不例外，单律师不得不停下来夸奖她：“你学得真快。”

“你不是想告诉我吗？”姜槐的脑袋晕乎乎的，却还记得这事。

她的嘴唇红嘟嘟的，双目微微眯着，有些迷茫。单池远感觉喉咙发痒，连声音也带了一点喑哑：“我说了呀，你没听清吗？”

姜槐摇摇头，他的吻再一次落了下来。

姜槐不甘示弱，狠狠地咬了回去，单池远吃痛，闷哼了一声，嘴巴却没有挪开。

这一次，两人的亲吻比以往的每一次都要来得迅猛，甚至带上了一点凶狠。

姜槐觉得自己成了砧板上的肉，任人宰割，而且是自己将刀递过去的。

无论是单池远还是姜槐，都觉得两人的感情水到渠成，这一夜应该会发生点什么。

可是，门在这个时候打开了。

南希咋咋呼呼的声音传过来：“姜槐是不是在你这儿？大半夜我按了门铃没人开。啊……”她被抱在一起的两人吓了一跳，却没有马上走，还认真地打量了一下单池远怀里的人，“还真是姜槐。”

姜槐被吓了一跳，又因为南希的话羞得抬不起头，索性破罐子破摔，一动不动地维持着背对她的姿势。

单池远的脸黑得堪比锅底：“你也知道是大半夜啊，你会按姜槐的门铃，为什么不按我的门铃？”

“我有指纹，手滑就按上去了。”在小舅舅杀人的目光中，南希试图为自己辩解，“是你给我录入指纹的。”

“你还要看到什么时候，不滚吗？”

“哦，我滚了。”她要走，想了想，才记得自己要找姜槐，“姜槐……算了，你忙完再说，我明天再找你。”

南希一步三回头，还是走了。姜槐哪里还敢逗留，看也不敢看单池远，飞速逃离他的怀抱。

单池远要去拦她，手机却响了。

他看着谢峋二字，深吸了一口气：“你最好有重要的事。”

“阿远，有件事我要和你说。”

单池远不自觉地站直，上一次谢峋这么正经、严肃地和他说话，已经是好几年前的事情了。

在单池远接到谢峋电话后的第三天，南泽的新闻媒体都争先恐后、铺天盖地地报道同一条新闻，无论是本地报纸、收音机还是新媒体，基本没有放过这一大事件：研究员被误判为杀人凶手，身陷牢狱三年后获得自由。

饶是姜槐这样每日往返家与片场，连电视都不看、网也少上的人都听闻了不少关于此案件的事，可见此案有多轰动，与四年前造成的影响不相上下。

四年前，姜槐还在上大学。有一天，学校教育系的一个女生被人在学校附近的荒地谋害，死前还遭受了侮辱。那个女生来自农村，家境贫困，却品学兼优，不仅年年拿学校的奖学金，平时也勤工俭学，课余时间都在做家教，老师与同学都对她称赞连连。

这宗杀人案，当时姜槐一直关注着进展，因为除了她们是校友，更因为两人还在同一阶梯教室上过课，虽然没有说过话，但同校校友遇害，她哪有可能冷眼旁观。

警察来学校调查了好几次，姜槐见过她的父母，那对年迈的老人因痛失爱女崩溃大哭。姜槐远远地看着，却能感受到他们的痛苦和无助。

那段时间，这件事在学校引起了不小的骚动，除了传出各种谣言，人心惶惶，还有志愿者发动祈福活动，慰问被害人父母。不久后案件就宣布告破，凶手被判死缓，并赔偿被害人家属八十万人民币。姜槐当时还为凶手获刑拍手称快，没想到四年后事情会以这样一个形式呈现在公众面前。

姜槐记得很清楚，当年的凶手是女生家教学生的父亲，南泽药物研究所的研究员。女生遇害那天晚上，因为家教学生即将期末考试，她为学生补习，错过了回校的班车，所以乘坐学生家长的车回校，没想到半路就出事了。

从学生家到学校的监控，只有女生离开的画面，却没有回校的画面。被害人接触到的最后一个人就是学生家长黄某，对方却声称，他将被害人送到学校附近就离开了。再者，被害人曾和同寝室同学讲过，自己不喜欢这份家教，因为学生家长总是色眯眯地看着她，让她十分不适，加上平时黄某在药研所的个人作风并不是特别正派，会和实习生开一些带颜色的玩笑，风评并不好。种种证据都对黄某不利，经过几轮审判后，黄某被定强奸杀人罪，被判处死缓。

这几年，黄某一直没有认罪，一直在上诉，然而失败了好几次，直到四年后的今天，在另一宗杀人案里，真凶伏法，这案子的真相才终于浮出水面。

杀人者并非黄某，而是他所住小区的保安曾某。

曾某是黄某所在小区的保安，三十来岁，离异。因为女生常年出入这个小区，长得年轻漂亮，所以曾某对她动了心思，好几次借机与她搭讪都被拒绝，曾某便起了坏心思。

因为是保安，所以曾某对女生出入小区的时间了如指掌，一直暗自跟踪，只是苦于没有机会。直到有一天，他看到黄某接送女生，便再次骑摩托车跟了上去，谁知半路女生下了车，他便知道机会来了。

在实施了强奸并杀人后，保安成功伪装并逃脱了法律的制裁。

可笑的是，黄某家破人亡，他仍旧安心地在那个小区做着保安。

四年之后，他再一次走上了犯罪的道路。这一次，他没有那么幸运，案件很快被侦破，他接受了法律的制裁。同时，他承认了四年前的强奸杀人案为自己所为。

时隔四年，服刑三年的黄某终于重获了自由，可他已经没有家庭。在他入狱后，妻子为了偿还巨额赔款卖掉了房子，搬到了廉租房，遗憾的是，两年前廉租房发生煤气爆炸事故，妻子、女儿均丧生。

从意气风发的药研所研究员到家破人亡的阶下囚，这其中的心酸与苦难不敢想象。

目前，黄某已经联系律师向国家提出赔偿申请，只是他逝去的妻子和女儿，却是再多的赔偿都换不回来的。

姜槐在网络上看到黄某的采访，他还不到四十的年纪，却白发苍苍，双颊凹陷，目光无神，面对镜头，明显神情躲闪，整个人散发着死气沉沉的绝望感。

“我说了不是我，可是没有一个人相信。原告律师说，没有罪犯会承认自己犯罪，可我不是罪犯！我说了很多次我不是，可没有一个人相信我，一个也没……”

他的那番话，姜槐觉得熟悉，可她怎么也没想到，黄某口中的原告律师就是单池远。

“如果我没有出事，我老婆和女儿就不用卖掉房子搬到贫民区，如果她们没有搬到那里，就不会出事……”提到火灾中丧生的妻女，原本还努力克制的苍白、瘦弱的中年男人，忽然失声了，然后转过身，无声地痛哭着。

[9]

这是信息迅猛发展的时代，新闻就像被投进湖里的石块，惊起一湖水花。

黄某接受采访的视频，很快在微博上得到迅猛传播，转发破万，无数人在网络上热议了这件事。他们除了对真凶曾某进行谴责，更多的人是为黄某抱不平，替他惋惜，原本有着光明的前途，却因一次误判锒铛入狱，甚至家破人亡。

很快便有网友找到当年的照片，悲痛欲绝的被害人家属，惶恐无助的黄某，以及当年为被害人家属发声的委托代理人。

这一切，姜槐都没有看到。

直到南希打了姜槐的电话：“姜槐，你这两日有看见小舅舅吗？”她的声音急切而仓皇，让接电话的姜槐有些不安。

“没有，怎么了？”自那夜的亲密后，她便没有见到单池远。她连续几日都在拍夜戏，回到碧海蓝天基本是清晨了，两人的时间错开，所以一直没有碰面，这样的情况，以前也有过。

南希沉默了半晌才问：“你看微博了吗？”

“什么？”

“那个误判的强奸杀人案。”南希仿佛斟酌了很久才想到怎么形容，“最近刚翻案的那个。”

“我看了，难道……”这时，姜槐终于意识到了什么。

“小舅舅就是当年被害人的诉讼代理人，因被害人家属生活贫困，当时小舅舅是免费为其提供法律援助的。他作为代理人，向被告提出了赔偿要求。但现在，网络上众说纷纭，说小舅舅沽名钓誉，冤枉好人！甚至有阴谋论说这笔巨额赔偿金大部分让小舅舅拿了！”在小事上，南希总喜欢和单池远作对，在大事上，她却拎得清，“这些人脑子是不是有坑，这是什么脑残言论……”

这言论其实极其荒谬，提出公诉的是检察院，量刑的是法院，单池远作为律师，只是被害人家属的诉讼代理人，在法庭上为被害人发声，然后在此基础上向被告提出赔偿要求。

但键盘侠是盲目的，站出来指责当年案件的负责人、指责被害人家属委托代理人的比比皆是，甚至有人人肉出单池远的所有信息，包括工作地址，还声称单池远提出了巨额赔偿，才使黄某妻女变卖房产，无家可归，最后丧生火场。

有人发出荒谬言论：“那对老夫妻死了一个女儿，但黄某因为她死了老婆和孩子两个人……”

这逻辑有如“神来之笔”，偏偏有人相信，并为之响应。

“谢叔叔给我打电话，说他手上的几个案件，有两个还表示要换律师。今天有人去了事务所找小舅舅，也不知道是不是来闹事的……小舅舅不知道去哪里了，我也打不通他的电话。”

姜槐想了许久，才明白她所说的“谢叔叔”是谢峋。

“你别慌，我去找他。”

“等等。”南希在她挂电话前忽然问道，“姜槐，你相信他吗？”

“这有什么好相信不相信的？他怎么可能做这样的事？他只是当事人的律师、委托代理人，无论司法机关检控谁，他都是要为被害人及其家属发声，他所做的，是为被害人家属争取最大的权益。他们已经失去了女儿，已经十分悲痛，赔偿只是给他们带来一点安慰而已。这件事，他从头到尾都没有错。”

南希也看了视频，面对悲伤痛苦的黄某，面对网上愤慨的围观群众，她差一点点也被带动了情绪，甚至认真地思考：当年的小舅舅，在法庭上是不是带上了自己的私人情绪呢？毕竟，这个案子与周萌那个案子那么相似，而周萌案至今未侦破。

姜槐的声音是坚定的，让南希觉得羞愧。

他怎么可能是那样的人？她怎么可以怀疑他？

单池远的手机关机了。

从片场出来后，姜槐先去了事务所，就像南希所说的，连谢晌也不知道他去了哪里。

见到姜槐，谢晌也不记得上一次她绊了他一跤的事："你知道阿远去了哪里吗？"

"他什么时候失联的？"

"这两天网上事情发酵，事务所的电话整日响个不停，一直有人来骂单池远。他那个人自我得很，这种事情一般影响不了他。但是，早上……黄某出现了。我没在，不知道他们说了什么，他的助理说黄某走后不久，他就走了。"谢晌的头发被自己扯得乱糟糟的，看得出谢晌亦是焦头烂额。

姜槐也顾不上安抚他，匆忙离开了。

她是带着一点庆幸心理回到碧海蓝天的，但让她失望的是，单池远并不在。

到了这个时候，姜槐才发现自己对单池远的了解其实少得可怜。她不知道他喜欢什么，不知道他常去什么地方，不知道他失去联络时该去哪里找他。

可是他总能准确地找到她，就连她从武馆逃出来，被车带到五环外的钟楼，他都能够找到她。

钟楼？想到这里，姜槐忙朝外面跑去，拦了车报了地址。司机师傅却踟蹰了，好心提醒："小姑娘，这都要晚上了，你跑去那个偏僻的地方干什么？现在过去天都黑了，很危险的。"

"没事，您开车吧。"

司机又看了一眼姜槐，嘟囔着说了一句什么，终于还是开了车。

姜槐到钟楼来，原本只想碰碰运气，因为很久之前，她被车意外送到这里来的时候，她对单池远说过，这里的钟声让她觉得平静。

她不知道单池远有没有将这句话听进去，是不是也和她有同样的想法，只是眼下除了这里，她真不知道在哪里可以找到他。

车开了将近一个小时，姜槐才堪堪看见那座大钟楼。

出租车再往前开一点，单池远的车赫然停在那里。

天已黑了，路灯还未亮，昏暗中，有个高高的身影站在那里，手中有着红色的光点。

姜槐忙喊了停车，差点连钱都忘记付，还是司机叫住了她："你还没给钱。"

姜槐直接将手中的钞票塞到了司机手中，也不管他喊着"找钱"，匆匆便往单池远的方向跑。

他就站在那里，可她还是拼了命地朝他奔去，就怕慢一点他就会消失。

或许是听到身后的声响，单池远猛地回过头，难以置信地看着来人。

姜槐朝他奔来，带着风，吹散了他心头的烦躁与闷热。

[10]

单池远这个人自我又顽固，外界难以撼动他的情绪。

从黄某被无罪释放，到网上舆论发酵，他的信息完全被暴露在公众面前，但他并未受到大影响。

有没有罪，罪行轻重，皆不是由他来裁决。四年前，他作为被害人家属委托代理人，所做的只是全力替委托人争取权益，换成别的律师，做的工作也与他无二。

唯一引人诟病的是：当时他是主动找上被害人家属的，并且没有收取律师费。在这个浮躁的社会，一个小小的行为都可以被过分解读。

对于网上的过激言论与人身攻击，单池远皆是一笑而过，倒是谢峋愤慨不平："这些键盘侠脑子里装的都是排泄物吗？这跟帖写的都是什么狗屁不通的东西，毫无逻辑，前言不搭后语！他们生活很不如意吗？还到网上找存在感。"

谢峋站在单池远身后，时而破口大骂，时而不屑嘲讽。单池远本不想搭理对方，但见他碎碎念，没有离开的意思，终于忍不住说："有什么好生气的？"

"你不生气？"

"为不实的揣测而愤怒，没有意义。"

没想到才过了几个小时，单池远便狠狠地打了自己的脸。

那个人突然闯入办公室，彼时他正在与当事人打电话，门猛地被推开，让他有些不悦。结果站在门边的除了惶恐不安的小孙，还有一个穿着运动服、戴着鸭舌帽的中年男人。

“单律师，我说了没预约不能进来，他还硬闯进来……”小孙一个女孩子，当然拦不住他，小心道，“我马上把他请出去。”

单池远对电话那头的人致了歉，朝小孙摆摆手：“不用，你先出去。”

“可是……”

“你出去吧。”单池远的声音不大，却十分威严，带着一点冷硬，因为他已经看清了来人。

来人虽戴着帽子，微微低着头，但他对这个人的脸不陌生，对对方的眼神更是熟悉。四年前，这个人便是用这样仇恨的眼神与他对视。

不同的是，此时他的目光比当时更加阴沉，还带着毫无掩饰的恨。

单池远刚在视频上见过黄某，否则黄某站在他面前，他是认不出的。黄某瘦了很多，皮包着骨，头发白了大半，即使站在明亮的光线下，也无法盖过其自带的灰暗。

“你来做什么？”这是单池远对黄某说的第一句话。

黄某听到单池远这句话，整个人像被针刺到了一般，几乎要跳起来。他激动地咆哮：“你问我来做什么？我来做什么，你难道不知道？你见到我，难道没有一句抱歉，没有一点愧疚？你把我害得好苦啊！”

单池远后退了一步，并非害怕，而是对方的口水几乎溅到了他身上，可他这一退，助长了黄某的气焰：“你在害怕什么，觉得愧疚吗？”

“我有什么好愧疚的？我不觉得我做错了什么，无论是从前还是现在。”单池远冷声道，“如果你要对我说的是这个，那请回吧。”

“你把我害得这么惨，不愧疚吗？”黄某因激动而扭曲的面孔越发狰狞，神经质地絮絮叨叨，“这些年你睡得着吗？”

“对你，我从来问心无愧！”

四年前，那女孩出事的时候，距离周萌出事已过了一年多，但案子始终未告破，一直是悬案。

周萌出事后，单池远一直在跟踪着案件的进展，凶手不仅残忍而且谨慎，他始终摸不到凶手的踪迹。后来警方定性案件为连环杀人案，他靠着关系借到内部资料，才知道在周萌之前，凶手已犯案好几起，手法相似，凶残也干净利落。

单池远不是专业人员，除了关注案件进展，暗自查探外，什么也做不了。无论多恼怒、多憋屈，在凶手落网前，他都无可奈何。

在那个女孩出事之前，他消沉过一段时间，然后重新振作了，接官司专挑刑事案件，实在令人费解。只有谢峋知道，他是在积累经验，希望周萌案早日告破，也希望自己有机会能够为她申冤。

虽然两起案子不是同一人所为，但还是有些相似，所以单池远一直关注着。凶手落网后，他主动联系了被害人家属，愿意为他们提供法律援助。

时隔几年，单池远已经想不起自己当时的动机，或许是因为那对哭得撕心裂肺的老夫妻太过可怜，或许是周萌的案子没破，他想要从此寻求安慰，总之，最后他接了那个案子。

那时才踏入这一行，许多像单池远一样年轻稚嫩的律师时常会因为个人情绪影响决策，被当事人带动情绪。而他从来不会，他痛恨一切罪犯，无论他们多悲惨，就算当着他的面痛哭流涕，他都不会皱眉，面冷心更冷。

或许是先入为主的观念，当他见到油腻、猥琐的黄某时，眼中只有厌恶，即便黄某一次次地说着自己冤枉，在法庭上对检察官的指控矢口否认，他仍旧不相信黄某，觉得此人城府深，演技逼真。

毕竟，极少有罪犯会承认自己犯罪，即便证据确凿，也会觉得自己无辜，犯错的不是自己，自己是被逼迫的，走投无路才犯案的。

这样的自我辩解，单池远听过太多了。

而且黄某有没有罪，并非由他裁决，而是法官，他所做的只是尽可能为那对可怜的老夫妻多争取死亡赔偿金，虽然在死亡面前，金钱所能带来的安慰真的很微弱。

单池远原先以为自己很冷静，但当检察官呈上被害人的影像资料时，他几乎克制不住自己的情绪。当被告自辩的时候，他极度不专业地出声反驳、指责，带上了不少主观情绪。

那场庭审他的表现并不好，但最后仍旧为被害人家属争取到较高的死亡赔偿金。

没想到那笔死亡赔偿金会成为黄某的执念。

“你没做错什么？赔偿金原本是四十万，你舌灿莲花提到了八十万！就是你啊，单池远，这么多年，我还记得你的嘴脸。如果不是你，我老婆孩子怎么会变卖房产？如果不是你，他们怎么可能会死？”

黄某的眼睛是猩红的，透着疯狂的绝望，他目眦俱裂，张牙舞爪，恨不得将单池远伸手拉进地狱。

他痛恨当年所有负责这起案子的人，痛恨犯罪的真凶，最痛恨的是单池远，他记得单池远咄咄逼人的样子，如果不是那笔赔偿金，他的老婆孩子就不会死。

人的执念是很可怕的，当对方认定了一件事，你就很难改变他的想法，即便它错漏百出。

“你的确冤枉，虽然作风不正，风评不佳，但是你没有杀人，的确很冤枉！可我有何错？我只是为受害者申冤，我只是将我看到的、搜集到的证据摆上台面！我明白你很冤枉，你很痛苦，可这不是我的错！这与我何干？”至此，单池远也无法冷静。

“你怎么能够这么冷血！如果不是那笔赔偿金，就算我坐牢，我老婆儿女也不会变卖房产！不会住到那个恐怖的地方去！”

就算站在法庭上的律师不是他，他们仍旧要赔偿，黄某不是想不通，只是需要一个人来发泄自己的恨，来支撑自己活下去。

单池远知道与黄某说不通，伸手拿起桌面上的电话，准备打给保安。

他才按了一个键，电话已被黄某夺走。

“单律师，你肯定没有尝过家破人亡、爱的人都死了是什么感觉……”黄某的话音未落，单池远已经一拳挥了过去。他明明知道黄某在胡言乱语，但还是无法控制住自己。

“住口！”

被击倒在地的黄某却像发现了什么好玩的事，忽然癫狂大笑：“原来你也会生气！你也会愤怒！我以为你的血是冷的，没想到你也和我一样会害怕！好玩，好玩，真好玩……”

他越说，单池远落下的拳头便越狠：“我让你住口！”

“不，我诅咒你，我诅咒你爱的人都死在你面前……”

保安进来的时候，便看见向来冷静自持的单池远对着地上的人拳打脚踢，他咬牙切齿的模样，与平时的温文尔雅大相径庭，保安几乎以为自己出现了幻觉。

“单律师，你冷静一下。”

直到黄某被保安拉走，单池远仍旧没从愤怒中挣脱出来，他不想承认，他已被对方牵制住情绪。

爱的人死在面前是什么样的感觉？那种感受，单池远一辈子都不想回忆。

Chapter 07

凛冬至

人远比自己想象中的要坚强。

心中的城堡轰然倒塌，只要你站起来了，便可以重筑。

[1]

有些话，明知是谎言，是谬论，我们仍旧无法控制地受其影响。

黄某被保安驱逐后，单池远仍旧无法冷静下来。

姐姐自杀、周萌遇害，一直是他心头的刺，时不时冒出来扎他一下。

这些年，他一直保护着南希，却又不敢和她太亲密。他当然不是那种愚蠢的厄运说，他是彻头彻尾的唯物主义者，从不语怪力乱神，却担心她与自己太过接近，被波及。他向来行事乖张，不攀附权贵，随心所欲，入行至今，得罪的人也不少。

直到姜槐的出现，打破他生命的平静。

他以为自己无畏孤独，他以为自己不会动心，可终于无法抗拒地沉沦了。

她是坚定的，她是果敢的，她是无所畏惧的，只要和她站到一起，他就算置身黑暗中，也能发现缝隙中透下来的光。

所以单池远彻底抛却了从前的阴暗记忆，直到黄某的出现，对方狠狠地推了他一把，让他清醒，明白自己还站在深渊里，从未爬出去。

他抽了大半包烟，整个办公室烟熏缭绕，助理也不敢进来打扰。离开了事务所，他无处可去，突然想到当初姜槐所说的，这里的钟声让她宁静。

他驱车到了钟楼，又抽了剩下的小半包烟，听了两次整点报时，正准备离开，她却来了。

她像一头莽撞的小兽，狠狠冲进他的怀中，撞散了他一整天的不安。

“你怎么知道我在这里？”

姜槐从他怀中抬起头，脸上是少见的仓皇之色：“我不知道去哪里找你，但觉得你会在这里。还好，你在。”她仰着头，脖颈处还有一道细小的伤痕。

单池远心头一跳，移开了目光。

“你直接从片场过来的？”

“嗯，你怎么知道的？”

单池远叹了一口气，指了指她的脖子：“你什么时候受伤的？”

她摸了一把脖子，才意识到自己受伤了，笑了笑：“不痛。”

“走吧，我们回去吧。”

单池远走在前面，姜槐走在后面，他刚开了车门，她忽然从背后狠狠地撞过来，抱住了他：“你受委屈了。”

他又不是小孩子，无须这样的安慰。可他喉咙哽咽，半晌后才挤出一句：“我有什么可委屈的？”

“他们不应该那样说你，你不是那样的人。”

姜槐抱着他，表情愤怒又委屈，好像被骂的人是她。

单池远感觉不到疼痛，却更察觉到她十分用力。

他想回抱她，但脑海里不知怎么猛地映出黄某那张狰狞的面孔，蓦地收回了手。

单池远心不在焉，姜槐还以为他被网络流言影响了情绪。她嘴拙，不会安慰人，索性不打扰他，安静地陪伴着他。

南希天天与单池远抬扛，控制狂骂得顺溜，但最担心他的人亦是她。她开着门等他回来，电梯一停她就冲了出来。他仅看了她一眼，便进了2201，连话都没说上一句。

南希被忽略了，却不敢发脾气，只朝着姜槐挤眉弄眼。姜槐以为她不开心，冥思苦想才挤出一句安慰的话：“他心情不好，你别吵他。”

“唉，老单就是心思多，理那些网络暴民做什么？我天天被骂呢，这些破事很快就过去了，网友们很难对一件事维持很久的热情。”南希身处娱乐圈，三天两头上热搜，别的明星离婚，她发个旅行的微博都会被骂是嘲讽，天知道她和对方压根不认识，人家离个婚，她连自拍的资格都没有了吗？

一般发生这种事情，她都不予理会，因为深知网络法则，再轰动的事件也会有结束的一天，它们会被更有热度、更有爆点的新闻代替。

果然，没过两天，无论是南泽本地媒体还是网络热搜，都被新的社会新闻和娱乐八卦代替，键盘侠们已经转移阵地，只有少数几个吃瓜群众关注着事件的进展，为黄某的遭遇感到惋惜。

在他人看来，不过是风暴乍起，波澜未曾掀起，又迅速回归平静。

事情过去许多日，单池远看似并未受到任何影响，无论是工作还是生活，都按部就班，就连姜槐的工作时间，他也一次都没有记错。

但姜槐知道，事情并不是这样的。

单池远会在和她说话时答非所问，不小心在粥里放多了盐，一连给花浇了两次水，宗卷看了大半个小时未翻页。

姜槐以为单池远还在为黄某的事情内疚，绞尽脑汁也挤不出安慰的话，毕竟在她看来，他什么也不曾做错，只是做了一个专业的律师应该做的事。

“那不是你的错，你从来没有做错。”

“当然，我从来不认为我做错了。”单池远点点头，附和她。

“那你为什么不开心？”

单池远觉得不可思议，他向来喜怒不形于色，连南希与他血脉相连都未曾察觉他有心事，谢峋与他朝夕相对也以为这件事完全翻篇了，唯独每天和他相处极其短暂，甚至偶尔两三天才见一面的姜槐，精准地戳中了他的内心。

但他还是摇摇头：“错觉。姜小姐，我认为你最近工作太辛苦，出现了错觉。”

姜槐蹙着眉，板着脸，满脸不认同，可他说没有不开心，她总不能逼着他承认。

她坐在沙发上长吁短叹，没看见单池远对着她的背影出神，目光温柔又惆怅。

[2]

姜槐收到了繁星工作室的邀约，甚是意外。

繁星工作室是一线女星曲般若旗下的演艺公司，是一家新锐演艺经纪公司，近年来已投资多部电视剧和电影，旗下签约艺人不少，其中就有近来炙手可热的小鲜肉冉一鸣。

姜槐事业扶摇直上，的确收到不少演艺经纪公司抛出的橄榄枝，但基本是一些新兴的不知名的工作室，旗下都是一些连名字都未曾听过的艺人，靠承接商业演出生存。姜槐从未想过有一天会收到繁星工作室的邀约，毕竟像她这样的武行，演艺圈随手一抓一大把，她又非科班出身，发展其实受到了很大的限制，经纪公司更愿意签下网络红人或者有潜力的演员，极少会选择特殊演员。

姜槐还是将自己的疑惑问出口了：“你们为什么选择我？”

繁星工作室成立至今十余年，培养了不少新人，旗下艺人发展也相对较好，在业内形成了不错的口碑。此次来找姜槐的是繁星工作室的王牌经纪人莫雨凡，被姜槐这么劈头盖脸一问，倒是乐了，也不虚与委蛇："这个问题，我也问过般若姐，她对我说，你的可塑性十分强，人努力又有韧性，好好培养，假以时日一定能够成为她的接班人。"

这话对姜槐来说，是不可多得的肯定和恭维，况且对方还开了一笔不小的签约金，换作别人，估计一口就应承下来了。

姜槐也知道这是一个不错的时机，只是她的野心并不是要在演艺圈有多大的成就。从踏入这一行起，她就明白自己想要什么，她不是要与陆沉舟一样成为明星，她想做的更多，无论是武行还是武指，都只是一部分。

所以，她说道："抱歉，我暂时没有这个想法。"

莫雨凡估计没料到听到的是这样的回答，她开出的条件十分优厚，对此时的姜槐来说，不亚于天上掉馅饼，换作别人，早就一把抓住机会了。

姜槐的回答实在令她觉得此人不识趣，不过一个小武行，架子倒是端得高。

姜槐这一拒绝，倒是把人得罪了，只是在娱乐圈摸爬滚打了许多年，莫雨凡再不满也不会表现出来，客客气气和姜槐喝完了咖啡："现在任何工作都是需要团队合作的，单打独斗实在太冒险了。"

姜槐听不懂她的言下之意，客客气气和对方道了谢。

结果没两天，消息就传到了南希耳里："繁星是脑子进水了，开这么好的条件。你也是脑子进水了，还拒绝了？"

姜槐觉得不可思议："你怎么知道这事？"

"娱乐圈哪里有秘密？曲般若的经纪人和蒋瑶关系挺好的，蒋瑶知道我们住在一起，关系匪浅，和我八卦的。"南希嘟囔着，"谁和你关系匪浅了！不过，你这回倒是把莫雨凡得罪了，她那人看起来乐呵呵的，心眼还没一个针孔大。"

"我就是觉得他们提的条件高才拒绝的。"

南希点点头，蓦地想起了什么，惊恐地望着姜槐："也是，事出反常必有妖，你也没什么好让人觊觎的。难道是莫雨凡喜欢你这一款，要潜规则你？"

"打住，你快去休息吧！你刚杀青，可以好好睡一觉。"姜槐再不把她的脑洞堵上，她不知道还要爆出什么惊人语录。

南希的新电影刚杀青，有个短暂的假期，这原本是开心的事，但姜槐一提，她就垮了脸："你陪我去度个假吧，我的心情实在糟糕。"

姜槐为难道：“我接了新工作。”

“算了，估计你要去度假，老单也会死皮赖脸跟着，和他一起有什么意思！你们这些情侣真讨厌！”她摆摆手，背过身，不想搭理姜槐了。

姜槐十分委屈，她什么也没做，就被冠上了“讨厌”二字。

而且，她和另一个“讨厌”的人已经好几天没见面了。

说起来十分奇妙，以前他们未曾在一起，跑步、喂猫、坐电梯都能与对方相遇，在一起后，就隔着一堵墙，忙起来却好几天也碰不到面。

据南希所言，单池远好几日没回碧海蓝天了，连洗漱都是在办公室内的休息间解决。她还觉得十分不可思议，嘀咕道：“律师不用吃饭和睡觉吗，竟然忙成这样？”

姜槐十分赞同南希的说法，对单池远的不满已经达到顶点。

从前天天见面，没感觉有多甜蜜，好几日不曾见到单池远，姜槐感觉哪里不对劲，连要跟随剧组去北方取景，都没能和单池远当面告别。

姜槐有单池远房子的门禁密码，临行前一天，姜槐在南希的怂恿下去了超市，想给单池远做一顿爱心晚餐。结果饭做完了，对着黑乎乎的一锅东西，南希叹了一口气：“你还是快点把这些黑暗料理处理掉，不然他回来看见会发疯的。”说完，她打了个寒战，俨然忘记自己是军师，在单池远回来之前逃之夭夭了。

姜槐好不容易处理了食物，又花了整整两个小时把厨房收拾干净，然而单池远始终没有回来，电话打过去，也处于未能接通的状态。

姜槐想，他应该在忙碌，索性坐在沙发上等他。

盛夏之夜，凉风习习，她只开了窗，连空调都没打开，却感觉到丝丝凉意。她是想等他回家的，但他家的沙发实在太舒服了，毫无疑问，她再一次靠着它睡着了，且睡得很沉。

姜槐不知道单池远是什么时候回来的，也不知道他是什么时候离开的，但她确认他回来过，只是不知道他为什么没有叫醒她。

她从他松软的床上醒来，遮光窗帘严严实实地拉着，空调温度适宜，她这一觉睡得太过舒服，连手机闹钟响都没听见。好在是下午的班机，她还来得及赶去与剧组会合。

连当面道别都没有，姜槐只好给单池远发了微信，只是他仍然没有回复。

[3]

很多事情在发生之前，其实早有预兆。

两人不是没有分开过，也不是没有遇过工作繁忙的情况，只是以往每一次，单池远都会忙中偷闲给她打电话，或是问问她的工作，或是闲聊几句，从没有一次是这样的。

姜槐的戏排得很紧，时间又多是晚上，有时候一个镜头拍不好，补镜头都会补到破晓。两人虽然都在国内，但有了微妙的时差。

所以大多时候是她发微信给他，他没有回复，等到他回复后她看见，已经是好几个小时后的事情。

出差一周，说起来可笑，两人连一通电话都没打。

姜槐虽然忙，但想把自己看见的一切与他分享，但有时候她说了一堆话，拍了很多照片发过去，单池远只有干巴巴的几句问候，亘古不变的结束语是：注意安全。

姜槐没有谈过恋爱，但她隐隐知道有什么变得不一样了。

一周之后，当姜槐打不通单池远的电话，给他发微信也没回复时，她终于明白什么叫作坐立不安。

她只要休息便拿着手机，拍戏时也忍不住分心，就怕单池远给自己来电她没接到，连睡觉亦是辗转反侧，睡得不够安稳。

第三天联系不到单池远，姜槐终于忍不住给南希打了电话，原本还在想要怎么开口，结果南希刚接起电话就说了一句：“你知道了？”

姜槐被问得莫名其妙：“我知道什么？发生什么事了？”

南希挑起话头，却没有说下去，而是支支吾吾：“哎呀，没什么事，等你回来再说。”

“是不是他……单池远发生什么事了？”问出这句话的时候，姜槐感觉自己在颤抖，手心似乎都有汗。

“没，没有。你别多想了，好好拍戏，等你回来再说。”南希害怕她追问，匆忙挂了电话。

南希越掩饰，姜槐越觉得有事发生，至于是什么事，她不敢妄自揣测。

她远在千里，实在煎熬。

姜槐虽是武行，但也是一个演员，知道演员的基本素养，有工作在身，再抓心挠肺也不可能丢掉工作直接飞回南泽。

就这样过了两日，因为剧组进度加快，姜槐的工作比预期快了两天结束。她直接和剧组请了假，当天晚上就飞回了南泽。

回到南泽已经是深夜，姜槐按了单池远房间的门铃，没有得到响应，她也没有莽撞闯入，而是按了2202的门铃。时间虽晚，她知道会影响南希休息，但是她心中的疑问不得到解答，她无法安心。

好在南希还没有休息，开门的时候很是吃惊："你怎么回来了，不是说要后天才回吗？"

姜槐不答反问："到底发生了什么事？单池远呢？他是不是一直没有回来？发生什么事了？"

南希咬了咬唇，领着姜槐进了屋，直接甩给她几份报纸。

原来是这几日的《南泽日报》，虽然现在没有多少人保持阅读报纸的习惯，但纸媒并没有完全被淘汰，社会新闻版的头条赫然是这几日在南泽传得沸沸扬扬的凶杀案件。警方在郊区垃圾场发现了一具女尸，令人觉得恐怖的是，女尸的眼球被挖走了。

姜槐不在南泽，也没有上网，不知道在自己离开的这几天发生了这么大的事件。

死者为女性，凶手手法熟练，没有留下痕迹，尸体有残缺。

姜槐看到这条新闻，脑子里浮现的便是在单池远办公室看到的那些剪报——南泽连环杀人案。

而南希递过来的手机证实了她的猜测。南泽本地论坛上已经有好几个热帖在讨论这起凶杀案件，其中一个已经有几千条评论——你们看新闻了吗？垃圾场的女尸应该和南泽连环杀人案有关！

姜槐点进帖子，楼主自称是知情人士，罗列了南泽连环杀人案的几个相似点，并放出了先前的几个案例。

"加上这个女人，一共是六个人。前面几个案子，基本间隔了三四年，最新的两个，间隔不到一年。这凶手简直丧心病狂，杀人还不够，竟然残尸……"

"我觉得这个凶手肯定心理变态，看他的犯案时间，可以断定此人越来越失控……"

"我希望警方早点破案，不然整个南泽都人心惶惶。在这里，我也提醒女性朋友们，出门一定要注意安全啊……"

姜槐越往下看，心里越沉重。

单池远的前女友周萌，是第四个遇害者。

在这个帖子里，虽然她被隐去了姓名，照片也打了马赛克，但她一次次被提及，一次次被拿出来分析。

姜槐不认识周萌，也不曾见过她，只是她与单池远有过一段故事，姜槐看到这些文字都忍不住心悸。姜槐无法想象，单池远看到这些东西是什么心情。

姜槐并不吃醋，也不嫉妒。

每个人都有过往，周萌死于非命，如若单池远无动于衷，能够云淡风轻地谈笑，她才觉得可怕。

“我好几天没有看见他了，估计他没回来，房间里的东西都没动，还是阿姨打扫过的样子。”南希说，“姜槐，我原本不想影响你，但既然你回来了，我也直说了，我想他现在很需要你。”

南希极少这么郑重其事，虽然她与单池远是舅甥关系，但除了少数亲近的人，一般不对外人提及。她知道单池远在哪里，但她是艺人，名气与日俱增，终究有许多不方便之处。

[4]

可南希说错了，单池远并不需要姜槐，此时他最不想看见的人便是姜槐。

此时单池远待在事务所里。

深夜，金融中心空荡、寂静，事务所一片漆黑，只有单池远的办公室还亮着一盏小灯。

姜槐看见他坐在办公桌前，桌面上散落了许多文件和照片，他垂着头，头发有些乱，也不知道多久没有休息了。

她还未敲门，他已经听见声响，猛地抬起头，目光直直地射向玻璃门后的她。

这是她没有见过的单池远，带着一点点陌生，戒备、冷漠以及愤怒。姜槐被他的目光钉在原地，感觉十分不适，心脏深处隐隐作痛。

见到是她，单池远愣了一下，很快便移开了目光。

她在这时候已有了预感，今晚的谈话估计不会很愉快。

果然，她一进门，单池远便单刀直入：“你来做什么？”

两人半个月未见，他却没有一句寒暄，仿佛站在眼前的不是恋人，而是极度厌恶的不速之客。

姜槐有些无措，她太久没有见到这样的单池远，一时间不知道怎么应对，只低声道："我来找你。你电话不接，家也没回，我很担心你……"

单池远仍旧没有看她，冷漠地打断："你回去吧。"

姜槐不为所动，朝他走近："你还好吗？"

"我叫你回去！"单池远忽然大怒，手拍在桌子上发出巨响，"我现在不想看见你！"

虽然从她一进门，他便如此表现，但这句话从他口中说出来，她还是感觉心脏猛地收缩了一下。

她的不安越演越烈："我知道你的心情……"

"你知道？你知道什么？"单池远猛地起身，扬起一桌的纸，他的语气是尖刻的，"你可真厉害，什么都知道！"

"我……"

"你知道什么？你什么都不知道！"单池远冷漠的情绪像被这句话挑起来了，瞬间爆发，"你知道我前女友死于凶杀，到现在还没有破案！你知道这是连环杀人案，在她之后还有两个人遇害！除此之外呢，你知道什么？你知不知道她为什么会遇害？因为我和她吵架，她落单了！在她遇害的那个晚上，她给我打了很多电话，我都没有接！如果不是因为我，她可能不会遇害！而我呢？这么多年来，我活得好好的，却连凶手也不能给她找到，还若无其事地生活着！"

姜槐张了张嘴，想要说不是他的错，可看着他愤怒、痛苦的双眸，终于没有发出声音来。

"她死后，我发誓如果找到凶手，穷极一生也要对方付出代价！可是，我什么也没有做，什么也做不到！在她之后，又有两个女孩遇害。而我每天就和你谈情说爱，我觉得自己很恶心！"

"不是你的错，是凶手的错，你不该将问题归结到自己身上！"姜槐打断他，声音极高，"这不是你的错！"

"是啊，不是我的错，是凶手的错。"

单池远深深地看着姜槐，忽然笑了起来，可姜槐的心越发下沉。

"可是，我痛苦，后悔，内疚，这么多年，我什么事都没为她做过。我和你在一起，我以为一切都过去了。直到最近，直到今天，我才发现我爱的人是周萌。我从没爱过你，和你在一起，不过是一时兴起，是为了遗忘而已。但到了这一刻，我才知道我忘不了她，忘不了。”

他的背后是巨大的落地窗，夜空寂静而遥远。

明明是盛夏，姜槐却觉得冷，冷得忍不住打冷战。

不该是这样，事情不该是这样发展的。

她从剧组请假，千里迢迢赶回南泽，连饭也顾不上吃，奔波到深夜，只是因为担心他。

她想过他因为周萌痛苦，她想过他可能困在内疚里，却不曾想过他最后会告诉她，他不爱她。

明明不久前，他说喜欢她，会试着去爱她；明明不久前，他们还在拥抱和亲吻，她还记得他身上的味道；明明不久前，他们亲密无间，他让她觉得甜蜜。

可事情怎么忽然变成了这样？

姜槐站着，许久没有动，她其实是无措的。

她知道怎么在危险中保护自己，她知道受伤后怎么快速自救，却不知道恋人忽然说不爱自己时该怎么面对。

这一刻，她慌乱无措，难以置信。

“你说什么？”她听见自己问，明明话是她说出口的，声音却不像自己的。

“我说，姜槐，我不爱你，我不想再看见你。因为一看到你，我就想起自己是怎么为了逃避过去虚伪地与你在一起。你没有错，只是一看到你，我便想起自己多么浑蛋和荒唐。”

单池远仍旧站在那里，他似乎缓和情绪了，不再那么激动，平静而颓唐。

姜槐知道自己此刻应该给他一巴掌，事实上，她也伸出手了。

她的动作不快，单池远也没有躲，但这个巴掌最终没有落到他的脸上。

她的手顿在了半空中。

姜槐在单池远背后的窗玻璃上看到了自己满脸的泪，她完全没有意识到自己哭了，可眼睛确确实实在流泪。

“你骗我。”

单池远都懒得敷衍了：“你愿意怎么想就怎么想。”

“为什么？”

他坐回了椅子上，脸埋在掌心中：“对不起。”

姜槐不喜欢别人与自己道歉，因为这样代表他们做了伤害自己的事情。她摇摇头，没有再说话，踉跄着往外走。

她本就不是难缠之人，长久以来良好的素养让她即使愤怒、痛苦、委屈，也只是咬着牙承受，维持着最后的体面。

他说了谎，他欺骗了她，可是他也道歉了。

他说不爱她，她还能够怎么样呢？

或许是连日来太过疲倦，或许是心境一时间大起大落，她一时没注意，被沙发绊了一跤，整个人跌倒在地。

只是很快，她又站了起来。

姜槐没有回头，所以没有看到单池远伸出又收回的手。

“我这几天会找个时间搬出碧海蓝天。”姜槐几乎用尽了全身的力气才将这句话挤出来。一时间，她虽然很难找到合适的居住地，但更难的是假装若无其事地住在他的隔壁。

单池远张了张嘴，却没有出声阻止，这是他想要的结果，也是最好的结果。

直到她走出办公室，走到了电梯口，单池远都不曾开口再说一句话。

他只是维持着原先的姿势，看着她离去的背影，深深地凝视着，许久都没有动。

他坐在那里，与窗外的夜色融为一体。

过了一会儿，他忽然想起了什么，忙拿起手机给谢峋打电话。

电话那边的人听他说完后，骂了一句什么。

“麻烦你了。”他郑重其事道。

谢峋一愣，单池远和他做了这么多年朋友，两人虽不是那种生死之交，但也不是需要客气说谢谢的关系。听到单池远这么说，他叹了一口气：“你啊，又何必呢！”

挂了电话，单池远走到了窗外，夜晚的南泽车水马龙，他没有看到那个小小的身影。

他用手按住了心脏的位置，那里传来陌生的刺痛感。

[5]

姜槐走了很久才走出金融中心，虽然她迫不及待地想要离开这个地方。

她在电梯里站了十来分钟，才发现电梯一直没有动静，原来自己没有按楼层键。出了电梯，她又走了岔路，兜兜转转在一楼绕了好久，还是值班的保安带着她离开的。

出了金融中心，猛然灌来的冷风给夏夜平添了一份凉意。

虽是半夜，南泽依旧车水马龙，但出租车很少，也不知道能不能打到车。姜槐刚走到路边，一辆红色的跑车便停在她面前，她下意识后退了一步。

车窗滑下来，露出的却是一张略微熟悉的脸。

“上车。”谢峋的头发乱糟糟的，脸色也不大好看，不知是刚睡醒还是太久没休息。

姜槐站着没动，她实在想不通他怎么会在这里。

“上车呀！你要去哪里，我送你。你还像木头一样杵着干吗？虽然这是市中心，但这个点打车很难的，你也不怕遇到坏人？”

姜槐迅速抹去脸上的泪，声音仍是沙哑的：“你怎么在这里？”南泽虽不大，但大半夜要偶遇也不是一件容易的事。

“我住那里。”谢峋的手往后一指，那是南泽有名的酒店公寓，“我远远看着人影觉得很熟悉，就开车过来看看，果然是你。走吧，我送你回去。”

车门已经打开，且车也很难打到，姜槐想了想，还是上了谢峋的车。

好在谢峋没有追问她为什么在这里，也没有像上一次那样拿她打趣，只是沉默地开着车，这让她十分感激。

从金融中心到碧海蓝天有一定的距离，谁也没有说话。姜槐浑浑噩噩地坐在副驾驶座上，不知怎么忽然开口了：“周萌是一个什么样的女孩子？”

姜槐问完就后悔了，逝者已逝，此时她提及显得不够礼貌和尊重。谢峋也被她突然发问难住了，一时没有开口。

“不好意思，我没有别的意思，你觉得为难的话不用回答。”

“不是，我和周萌虽是校友，但我们不熟。”谢峋笑了笑，笑容苦涩，“她追着老单跑的时候，我还笑话过她，和她结下梁子了。她估计不怎么喜欢我，我也不待见她，所以我们也没见过几次。她啊，是一个挺爱笑的女孩子，性格外放张扬。” 谢峋没有说的是：她是一个和你完全不一样的人。

姜槐听他说完，也没有再追问，微微闭上了眼睛。

她的睫毛在微微颤抖，脸上还有哭过的痕迹，她的疲倦与难受显而易见，只是她自始至终都坐得笔直，也没有在他面前崩溃失控，维持着基本的体面。

她真是坚韧，坚韧得令人心疼。

谢峋将姜槐送回了碧海蓝天，看着她进门后，并没有马上离开，而是出了车，缓缓地点了一根烟，才给单池远打电话。

“任务完成了。”

单池远道完谢便挂了电话，谢峋对着手机骂了一句浑蛋，又看着姜槐消失的地方，无奈地叹了一口气。

姜槐脱离剧组提前回到南泽，有三天的休息时间。

第一天，姜槐昏昏沉沉地睡了一天。

第二天，她起来收拾了房间，又整理好自己的行李，来时只有一个行李箱，住了将近一年，不知不觉添置了不少的东西，行李箱塞得满满的。她又翻出一个行李袋，仍旧没法将东西都放进去，索性舍弃了一些。

收拾完行李，她看着满地的混乱，哭了一场。

第三天，姜槐出门和南希告别。

姜槐按了门铃，开门的却不是南希，而是一个高瘦的女人，看起来比她大几岁：“你找谁？”

姜槐还没开口，南希已经从卧室出来了：“姜槐，快进来。”

女人退了两步，看着她防御的姿势，姜槐没有进去，南希见状，索性走到门口。

姜槐没有问她是谁，从对方的眼神中已经窥出了端倪。果然，南希道：“这是瑶姐给我安排的保镖。”或许先前的事情让南希心有余悸，或许是蒋瑶给南希做了思想工作，这一次，南希对请保镖这事没有那么抗拒。

“我要走了。”

南希“啊”了一声，却没有很惊讶，应该是已经和单池远沟通过。她看着平静的姜槐，半是心疼半是不舍：“你就不能不走吗？”

姜槐摇摇头，十分感激南希没有刨根问底。事实上，她也舍不得南希，南希看似乖张跋扈，却单纯、善良且护短，在这复杂浮沉的娱乐圈，还保留着一点天真。

她垂着头，把所有的情绪深藏在眼底：“我会回来看你的。”

“那你要搬到哪里去？”南希说，“等过段时间，你就搬回来吧……”

话到这里，戛然而止，姜槐直觉对方有话要说，但南希眼神闪躲，她也就不再追问了。

“我安定下来就告诉你。”

姜槐是在傍晚离开碧海蓝天的。南泽下了入夏后的第一场雨，电闪雷鸣，南希让她第二天再走，她仍然执意离开。

姜槐固执起来，真是谁也拦不住。

她拖着行李箱，拎着小小的行李袋，伞也没有撑，冒着雨冲进了出租车里。南希撑着伞，远远地看着她瘦瘦的身影消失在车里，觉得很难过。

南希上了楼，发现2203的门敞开着，以为是姜槐忘记关了，进了门却被站在客厅的高大黑影吓了一跳，仔细一看，原来是单池远。

“你在家啊？”

“嗯。”

“姜槐走了。”

“我知道。”他语气冷冰冰的，情绪毫无起伏。

“你明明在，为什么不送她？外面下那么大的雨。”

南希看到他就来气，忍不住抱怨了两句，见他死猪不怕开水烫，冷哼了一声往回走，眼不见为净。

直到出了门，她才听见他低低地说了一句什么。

雷声轰隆，他的声音极低，被雨水掩盖，南希没听清，再想问，而他已经坐在了沙发上，闭上了眼睛。

如果南希听见单池远说的话，一定会忍不住嘲讽他一番。

他说的是：“我怕自己舍不得。”

[6]

姜槐在酒店住了一周。

她原本打算回武馆，但经过那二层小楼，看见门口垃圾桶里杂乱的酒瓶，她站了许久都没有勇气踏进去。

如她猜测的一样，姜山并没有戒酒。

与谢峋长期将五星酒店当家的做法不同，姜槐住的是普通的连锁快捷酒店，房间小，隔音差，环境相对复杂，但这对她来说并非最大的困扰。

令她觉得烦恼的事情是，离开了碧海蓝天后，她开始失眠了。

从前，她是沾着枕头就能睡的人，现在她每夜都辗转反侧，难以入睡，一闭上眼睛，脑海里便如走马观花，不停地闪现各种画面。

她只好睁着眼睛看着天花板，直到撑不住疲倦入睡。

姜槐夜里睡不好，白天的工作便难以负荷，同剧组的工作人员关心了她不止一次："你的脸色怎么看起来这么差？"就连她扮演替身的女演员都忍不住问："你最近是不是发生了什么事？"

姜槐摇摇头，越发沉默了。

失眠的时候，姜槐总会想起单池远，没有爱，没有恨，只是单纯地想起他这个人，想起最后一次见面，他站在大片的夜色中，沉默得像一尊雕像。

她始终想不明白，也不相信单池远说的那些话。一个人怎么能在这么短的时间里变化这么大呢？

可是，她也有尊严，单池远如此决绝，她说再下去便像摇尾乞怜了。

姜槐仅在连锁酒店住了一周。一周后，她接到了陆沉舟的电话。

"我帮你租了一个不错的房子，就在我住的地方对面的阳光海岸。"

姜槐已经好久没有见到陆沉舟，更没向他透露自己从碧海蓝天搬出来的事："你怎么知道我在找房子？"

"你之前不是问了周导吗，他和我关系挺好的，知道你和我师出同门，和我提起了你的事情。"陆沉舟毫无隐瞒。

周导是姜槐所在剧组的动作指导，前几日见她精神萎靡关心了一下，便知道她在找房子，没想到他和陆沉舟还有如此渊源。

姜槐知道陆沉舟今时不同往日，多少有狗仔跟着，自己不方便麻烦他，正想拒绝，他已经一锤定音："我晚点让司机带你去看房子，你将行李收拾下。"

话已至此，姜槐也不好再说什么。

当天姜槐才收了工，陆沉舟的司机就已经等在片场外。她想着看完房子找个理由拒绝，谁知那公寓无论是地点、楼层、采光还是格局，都十分令她动心。陆沉舟甚至已经让人打扫好了卫生，她能够直接住下。

问到房租的时候，他也没有矫情，直接说了一个数字。姜槐最终没有辜负陆沉舟的好意，当天就退了酒店的房。

可是这一夜，姜槐依旧没有睡好。

所以第二天一大早，陆沉舟发信息来的时候，姜槐第一时间就收到了。

陆沉舟问：你晨跑吗？

陆沉舟就住在姜槐对面的小区，姜槐洗漱完下楼的时候，他已经到了。

晨运是多年来的习惯，无论是姜槐还是陆沉舟，一直都保持着。

姜槐和陆沉舟有好一段时间没见了，两人却也没生疏，打了个招呼，便一前一后绕着小区跑步。

好像从很久以前开始，两人就是这样的。

最初，两人是在武馆打早拳，后来有一段时间，学员多了，武馆地方又小，姜槐嫌闷，便大清早出去跑步。老城区人不多，路边都是卖早点的摊子，两人跑了一圈，又兀自买了早餐回家。仔细回想，好像两人从前话就不多。

清晨，小区空气清新，人烟稀少，两人绕着步道跑了一圈，始终保持不远不近的距离。

姜槐一夜没睡好，精神萎靡，跑起来步伐也有些拖沓。

跑第二圈的时候，她身后的陆沉舟忽然喊了停："姜槐，你是不是发生什么事了？"这个问题，他老早就想问了，只是到了这一刻才问出口，"你怎么突然搬出来了？南希又挤对、欺负你了吗？还是……那个律师？"

姜槐猛地顿住了，像被人忽然拉了一把，过了许久才调整好气息："没有，南希没有欺负我，我们是朋友。"她的声音骤然低沉了下去，带着一点连自己都说不清楚的意味，"我和他分开了……那个律师。"

说这些话的时候，姜槐一直没有回头。她不是一个善于分享的人，极少将自己的心事说给谁听，但这一刻她说出来才发现，原来并没有想象中那么艰难。

她觉得压在心头的沉甸甸的大石一下子轻了不少。

同样轻松的人还有陆沉舟："你们分开了也好，那样的人不值得你去喜欢。"

姜槐蓦地回头，脸上带着诧异："那样的人？"

陆沉舟从不言人是非，但他见过单池远几次，对对方印象并不佳。单池远也好，南希也好，终归和他们不是一个世界的人，只有他和姜槐才是来自同一个地方的人，只有他们自己知道彼此走到这一步有多不容易。

陆沉舟不喜欢那个男人，第一眼，他就从对方眼中看见了熟悉的敌意。况且，先前网络上传得沸沸扬扬，那个男人的风评并不算佳。

"先前武馆的事，你没说，就当我不知道吗？还有网络热议的冤案，他也……"

姜槐打断他："武馆的事，是一个误会。网络的热议，我也都看见了，但那并不是事实。我有眼睛，我知道他是什么样的人。即便我和他分开了，我也觉得他是我见过的最正直、最有正义感的律师，他做的事情，可能我们很多人都无法做到。那样的人是什么样的人，我很清楚，我也从未后悔喜欢过他。"正是因为清楚，所以他们即便分开了，她也无法说他一句坏话。

喜欢两个字掷地有声，陆沉舟看着姜槐，心忽然往下沉。

晨曦从云层中透出，落在她因激动而微微泛红的脸上。

陆沉舟比她高出许多，他微微低下了头："阿槐。"这是他第一次这样叫她，带着些许无奈。他是一个演员，这一刻也无法完全隐藏自己的情绪。

"阿槐，你不要再喜欢他了，让我来照顾你。"

直到这一刻，陆沉舟才终于说了这句话。

过去这些年，有许多次，"阿槐"两个字已经到了嘴边，但还是被他生生咽了下去。他不过是一个孤儿，他被她从泥泞沼泽中拉出来，他还不足以庇护她，也没有站在她身边的资格。

他与姜槐不同，他对武行毫无热爱，可他不顾姜山的反对，摸爬滚打走到了这一步，皆因为多年前她的一句话："我一定要有出息，向我爸证明学武并非无用。"

现在，他证明了她的话，可她已经走到了别人身边。

她这么好，可那人不知道。

陆沉舟既遗憾，又庆幸。

挫折与经历是对人的淬炼，会让人成长。

若是从前，陆沉舟这番话难以对姜槐造成影响，可现在，她读懂了他话中每一个字的含义，只是她不确定，她所理解的与他所说的是不是同一回事，所以她选择了逃避。

她慌不择路，往相反的方向走："我差不多要去片场了，你也回去吧。"

有两个正准备上学的女学生朝他们的方向频频回头，应该是认出了陆沉舟，毕竟姜槐做的都是替身与群演，虽然在业内小有名气，但扔到人群里也没人知道她是谁。

陆沉舟倒也没说什么，看着她落荒而逃的背影微微一笑。

这些年都等了，他并不急。

[7]

姜槐看似只是从碧海蓝天搬到阳光海岸，每日依旧早出晚归地拍戏，并没有翻天覆地的改变，但她确确实实感觉到不一样了。

她再也没有那种一收工就火急火燎恨不得立马回家的心情，再也没有人会在清晨做好早餐等她吃完再去上班，她再也没有走出片场的期待，反正那个人不会来。

离开碧海蓝天的时候，她只给单池远发了一条微信，而他没有回复，也不曾打电话来。

倒是南希偶尔会在空闲时给她发微信，抱怨生活的一些琐事，比如助理太笨，导演色眯眯的，保镖太凶，不如她可爱。

姜槐看完多是一笑，回复只言片语。两人都很忙，闲聊很少，南希一次也没有提起单池远，当然，她也没有。

从那夜分手后，两人再也没有见过面。

有个晚上，她连连NG，收工时已近天明。打车回去的时候，她不知怎么报错了地名，司机开车到了碧海蓝天。她迷迷糊糊地下了车，走到楼下才发现自己走错了地方。

她回去的时候，正值出租车司机交班，怎么也打不到车，网约车也没人接单，她只好走回去。

碧海蓝天与阳光海岸隔了南泽江，隔江相望，走路却要将近一个小时。

夜晚，南泽亦是灯火通明，姜槐一个人走却也不觉得害怕，谁知快走到的时候，遇到了正准备出发赶通告的陆沉舟。

世界上就是有这么巧的事，南泽这么大，说遇见就遇见。

陆沉舟追问姜槐，姜槐也不好说自己报错了地址，便说自己打不到车。结果第二天，陆沉舟便将公司派遣给他的车和司机留给她，他则让助理开了自己的车。

姜槐拒绝了，但司机充耳不闻，姜槐也不好让对方为难，便坐了他的车去片场。没想到，她收工下班的时候，司机还在那里等候。

人家等了这么久，她当然不可能推托。

结果有一就有二，第三天、第四天，姜槐去片场坐的依旧是陆沉舟的车。她找过陆沉舟，陆沉舟明确表示，自己这几天不需要用车，司机先借给她用，免得浪费资源。

姜槐虽然觉得不妥，但只是觉得麻烦陆沉舟，不曾想过会引起什么严重后果，直到南希给她打电话，告知她和陆沉舟已被记者拍到，微博上也流传了不少她坐陆沉舟车子的照片。她十分震惊，也不知自己在什么时候被偷拍了。

“虽然你们师出同门，但现在毕竟是陆沉舟事业的上升期，加上他还有不少女友粉，所以这个影响对你来说很不好，我找人帮你删了帖。”南希极少这么正经。

姜槐十分感激，毕竟这事与她无关，她蹚了浑水，还不知道要麻烦多少人。

“南希……”

“别和我说谢谢，你还是想想怎么处理这事吧！”南希想起一个小时前，单池远与她一起，看到手机上的新闻时，脸色十分难看。

南希虽然知道姜槐与陆沉舟绝无苟且，但看到新闻心情也很差，本着死道友不死贫僧的心情，她还想揶揄几句，结果刚说了个“姜”字，单池远已经将手机扔了出去。

手机在地上发出哀号，屏幕一瞬间就暗了。

这下，南希连话都不敢多说了。

这边有人大发脾气，当事人陆沉舟对此却显得云淡风轻：“身正不怕影子斜，你担心什么？”

保险起见，姜槐说道：“我还是搬走吧！”

“你搬去哪里？记者既然盯上你了，就不可能再放过了，你搬家更证明你心虚。”隔着电话，姜槐听见陆沉舟轻笑起来，“我拍部电影就要闹一次绯闻，说我借哪个女星上位，要不我们直接承认得了，你也帮我挡挡桃花。”

姜槐只当他在说笑，第二天说什么也不坐他的车了。他见她坚决，便也不再勉强。

连续几天，姜槐因为这事闹得兵荒马乱，却也不是坏事，至少她不会再一遍遍地想起单池远。

直到她在小区楼下看见单池远的车。

彼时，她刚夜跑回来，第一反应是自己看错了，毕竟南泽这么大，有一模一样的车并不奇怪。等她看清车牌后，她仍然不敢相信。

他为什么会在这里？

他来做什么？

姜槐有一瞬间是欣喜的，可是很快又被浓浓的失望覆盖了。无论单池远为什么出现在这里，他们都已经分开了，这是事实。这些天，他从不曾联系过她，怎么可能是为她而来？

那他会出现在这里，当然与她无关。

只是姜槐不曾想到，他对自己的影响已经这么深，只是看见他的车，她的步伐就变得艰难，更别说看见坐在车里的人影。

车窗半开着，姜槐一眼就看见了那个模糊的人影，她不敢再看下去，加快步伐越过那辆熟悉的黑色越野车。

“姜槐。”她完全没想到单池远会看见自己，并且叫住了她，那两字在他口中显得字正腔圆，不带半点情绪。

姜槐瞬间就定住了，再回头的时候，单池远已经开了车门走出来。

他的腿很长，步伐又大又快。他在她面前站住的时候，她并没有抬头，只是盯着他的西裤看，那是干净的、整洁的。

“搬家吗？”

姜槐怎么也没想到，他第一句话会是这个，她愕然地看着眼前的人，他的声音带着一点急躁，表情却是平静、冷然的：“我给你新找了一个房子，搬走吧。”

上一次分开，姜槐表现得很体面，这一次她却克制不住自己的情绪：“你凭什么？”

“现在我很难和你解释，听话，你搬走吧！”

他皱着眉，一副懒得多言的样子。姜槐原本还抱着希冀，见状，怒火瞬间被点燃。

“我们现在没什么关系对吧，我住在哪里也和你无关对吧？你不喜欢我没有关系，但请你别耍着我玩。欲擒故纵在我这里行不通，我不喜欢你了，你说的话我也不会听，所以请你走远点。”

她向来克制，此时已是气急，整个人都在颤抖，眼睛也微微泛红了。

单池远原本想着与她好好说，但想起这几天的新闻，气就不打一处来，更何况她这句“不喜欢你”直直地刺入他的心。他冷冷一笑：“是呀，我走远点，你好投入大明星的怀抱。”

话音刚落，姜槐便抬脚狠狠地踹了他一下。

他难以置信地低下头，姜槐也没想到自己竟然对他动武，骂人不是，道歉也不是，冷着脸就跑了。

单池远低着头看自己的裤子，上面还有她球鞋留下的印子。

他之所以愕然，并非姜槐踹了他一脚，而是他的小腿外侧竟然有了轻微的疼痛，是久违的疼痛。

[8]

姜槐一口气跑到了电梯口，头也没敢回。

单池远固然可恶，她也不该出脚伤人，那一脚十分用力，虽然单池远痛感不明显，但也会受伤。

姜槐有些生气，气单池远怪声怪气，也气自己到了这一刻还为他心焦。

明明他说不喜欢她了，明明他们已经分开了。

回到公寓，不知出于什么心理，姜槐走到了窗边。她忘记她所在的方向是望不到小区门口的，只能望到园内葱郁的绿化带。

姜槐平静的生活在单池远突然出现后，又变得一团糟。

这有如筑建城墙，兢兢业业、夜以继日才一砖一瓦将城墙筑好，摧毁它却轻而易举，只需要一瞬间。

两人分开以来，姜槐一直极力保持着生活的平静，虽是掩耳盗铃，但至少伪装得下去。如今单池远突然干预，以及说了那番意味不明的话，让她连假装无所谓都困难，心慌意乱，忍不住一遍遍地思考他到底是何动机，又忍不住猜想第二天他是否还会出现。

到了这一刻，姜槐才终于承认，虽然他们分开了，虽然她从碧海蓝天搬走了，但她从未放下他，有点卑微，又有点可笑。她可以把控自己的言行，却无论如何也克制不住自己的心。

接下来几日，姜槐始终心神不定，总觉得有什么事会发生。她将这一切归咎于单池远，都怪他，打乱了自己的步伐。

所以当三天后的深夜，她在片场等待下一场戏，场记告诉她有人找的时候，她脑海里第一时间浮现了单池远的脸。

"怎么现在有人找？"

场记耸耸肩："不知道，他看起来很着急。"因为剧组清场，无关人员不得入内，就连粉丝和探班的人都被阻隔在外，一般找人都会直接打电话，像这种叫人传达的事情十分少见。

姜槐也很意外，还以为是自己在拍戏，手机放在休息室，所以来人才会找不到自己。看时间还有富余，她一边疑惑，一边往场记说的地点走去。

此时将近一点，影视基地已不如白天喧哗，只有匆匆的行人和搬运道具的工作人员。姜槐照着场记所说的地点走去，越走心里的疑问越深，如果是单池远找她，不应该选这样偏僻的地点。

果真，到了场记所说的“秦王宫”宫门时，姜槐并没有看到人。她估摸着自己遭遇了恶作剧，正准备往回走，黑暗中却猛地蹿出一个黑影。

若是平时，姜槐一定会注意到蛰伏在黑暗中的影子，只是她顾着想事，也没有留意周遭，当那人从背后跳出来的时候，她也没能第一时间做出反应。

她刚闻到那股呛人的刺激性的味道时，口鼻已被捂住，她猝不及防吸了一大口气体，猛地抬手给身后的人来了一个肘击，但对方用了极大的力气，被她连续击打了几下，都未曾放开捂住她的手。

姜槐只觉得呼吸困难，整个人被一种难以形容的感觉冲击着，使出的力道也越来越小。

这是有预谋的下药，在失去意识之前，姜槐使出了自己最大的力量，可惜，拳头未曾落到身后之人身上，她已经无力地倒下。

姜槐醒来的时候，第一感觉是痛。她的头很痛，浑身的肌肉和骨骼都在叫嚣着疼痛。

她的鼻腔萦绕着的那股难闻的刺激性气味已经消散，取而代之的是同样难闻却截然不同的烧焦、腐朽的味道。她费劲地睁开眼，入眼的仍是一片朦胧的黑。

虽是夏天，但她整个人被一股阴森森的冷意笼罩着，浑身又疼又无力，努力了许久也无法动弹。她后知后觉自己被绑住了，不仅如此，嘴巴也被封住了。

“你别白费力气了。”

这个声音响起的时候，姜槐被吓了一跳，她已经意识到自己被绑架，手脚被束缚住，嘴巴也无法呼喊，正费劲地挣扎着。虽然她的眼睛没被蒙住，但周遭一片黑暗，她什么也看不见，也不曾听到响动，不知道黑暗中还有另一个人的存在，且那个人离她并不远。

她是恐惧的，就像有人在黑暗中拉住自己的脚，猛地往下拽。

她想问他是谁，为什么把自己带到这里，想要做什么，可是她用尽了力气，也只能发出“嗯嗯嗯”的音节。

她知道挣扎是徒劳的，仍旧拼命地挣扎着，至少这样能够缓解内心的恐惧。

那个男人自说出那句话后，便恢复了沉默，直至姜槐蹭着墙慢慢地快站起来，他像被激怒了一般，猛地冲过来，狠狠地拽着她身上的绳子，再一次将她扯倒。

姜槐原本就行动不便，被他这么一扯，再一次重重地摔倒在地。

“我说了，你别费劲了！”

“你给我老实待着！”

“你听见没有？”

他边说边用脚用力地踹着姜槐，黑暗中姜槐看不见他，也无法躲闪，只能缩着身体护着自己的头，咬着牙承受，听着他的谩骂。她终于知道自己身上的疼痛从何而来，想来从迷晕她到她醒来这段时间，他没少对她拳打脚踢。

他的声音带着癫狂，姜槐不敢再乱动，唯恐惹怒他。

他见姜槐没有反应，似乎也累了，气喘吁吁地停下来，焦躁地在房子里来回走。他穿着一双拖鞋，拖沓地摩擦着地面，在这寂静的黑暗中，十分折磨人。

男人似乎也无法忍受这样的寂静，忽然走到姜槐面前，蹲下了身。她看不清他的脸，只能看见一个黑影在自己面前晃动。

“你一定想知道我是谁吧？”

“你一定想知道自己得罪了谁，为什么在这里吧？”

“我告诉你，你没有得罪谁，你是在替人受罪！那个姓单的律师把我害得好苦，我一定要他尝尝自己爱的人死在自己面前是什么感受！你别怕，再等等，等他来了你就解脱了……”

听到单池远的名字，姜槐整个人一震，却无法发出声音。

她知道这个人是谁了，怪不得她觉得他的声音耳熟，她在网络上看过他访谈的视频，他是黄某。

“你为什么不说话？你不害怕吗？哦，我忘了，你不能说话！你一定很痛苦吧，恨透了我对吧？你也没做错什么，为什么我要这样对你呢？可是我又做错了什么，我的妻子、女儿又做错了什么？她们死得好惨啊，被活活烧死在这里，当时还是半夜呢！你闭着眼睛听见了吗？是我女儿在哭……”

黄某絮絮叨叨，吐沫飞溅在姜槐脸上，她听他压低着声音在自己耳边说着话，只觉得毛骨悚然，这个人疯了。

“你别怪我，你要怪就怪单池远，怪那个律师，如果不是他，我也不会这么惨……”

“他可真是狡猾啊！独来独往，无亲无故，我几乎以为他没有弱点和破绽，我跟了他整整一个月才找到你……你放心，等他来了，你就解脱了……嘻嘻嘻……”

他的笑声在黑暗中听起来尤为可怖，像一条毒蛇吐着信，缠住了她的脚。她蹭着地面往后挪动，仍旧无法摆脱他所带来的恐惧。

疼痛与恐惧交织在一起，姜槐的大脑在这一刻却异常清醒。

单池远为什么会突然性情大变、行为古怪，连家也不回，每日宿在律师所？

南希为什么会忽然请了保镖，从前被变态跟踪者跟踪，她都那么抗拒请保镖，现在为什么会如此顺从？

或许，他早就意识到黄某会报复。他是一个律师，有着敏锐的洞察力，怎么可能不知道呢？

黄某说，他已经通知单池远了。

那么，单池远会来吗？

姜槐从未有一刻像现在这般纠结和矛盾，她害怕他到来，更害怕他不来。

[9]

姜槐不知道时间过了多久，因为这里始终一片漆黑。

从黄某近乎病态的自言自语中，姜槐才知道自己置身何地。她在安置区的廉租房里。两年前煤气爆炸后，政府对这一片重新规划，但不知什么原因，最后还是没有规划好。这一片成了烂尾楼，有的已拆迁夷为平地，有的还保持着荒废的模样，成了流浪汉和拾荒者的聚集地。

姜槐之所以闻到烧焦的味道，是因为这栋楼就是当年煤气爆炸的那一栋，是黄某妻女的丧生之地。

黄某一直在焦急地踱步，时不时拉开遮着窗户的黑布张望，外面也是一片昏暗。

到底过了多久，姜槐不知道，她只知道黄某越来越急躁，步伐越来越急，喘气的声音越来越大，掀黑布的频率也越来越高。

其间，黄某的手机响了几次，都被他按掉了。

姜槐浑身乏力，神经却随着黄某的动作越绷越紧，可她心底始终有个微弱的声音在对她说：他会来的。

终于，她听到黄某欣喜的声音："他来了"。

果然，没有多久，她便听到密集的脚步声，很快，门板被用力地拍响。

姜槐还未反应过来，已经被黄某拉住，有什么东西架在了她的脖子上。她知道，这是一把刀，因为它锋利的刀刃已经割破了她的皮肤，她有些疼。

疲倦、疼痛、恐惧和紧张，还有饥饿，一直伴随着姜槐，她的神志已经不甚清晰了，可是很奇怪，后面的事情她记得很清楚。

比如这间囚禁自己的屋子的模样。随着单池远破门而入带进来的光，姜槐终于看清了这里到处是烧焦的痕迹，地上还有不少黑色的灰烬。她看清了单池远的脸，他神情焦急，却没有慌乱，看到她的时候，甚至露出一点笑容，只是这笑容是冷的。她还看清了黄某的反应，从看到他的那一刻起，黄某的手便有些抖，是愤怒、仇恨还是兴奋，她不得而知。

"你来了，你来了！"他不停地重复着，"你竟然来了！"

"难道你不希望我来吗？"单池远看起来很平静，甚至没有看姜槐一眼，但只有他自己知道，他背在身后的手一直在颤抖。

这样的单池远显然惹怒了黄某："你怎么能这么若无其事，你心爱的女人在我手上，你想看着她死吗？"

"她死了，你要继续回到监狱里，况且，你怎么知道她就是我心爱的女人呢？"

"那你来做什么？"

"我只是想来看看你到底在玩什么把戏。你杀了她，你坐牢，我少了一个仇恨我的人，对我有什么影响？"

单池远说得云淡风轻，黄某听着，却越发愤怒，他像一个破旧的风箱，"扑哧扑哧"地喘着粗气："你……你……"

"难道我说得不对吗？你妻女的死亡，我的确很遗憾，但我不认为我有错！况且，你口口声声说爱他们，但据我所知，你妻子活着的时候，你和她的关系也不怎么样，轻则破骂，重则殴打，你和你女儿的感情似乎也一般，连家长会都没有参加过，现在何必装成一副好丈夫、好爸爸的模样？你痛苦，不过是因为你坐了几年冤牢，出来了，连一个发泄的对象都没有……"

屋子里光线昏暗，单池远居高临下地看着黄某，“我真为你感到可怜。”

说完这一句，单池远转身就走。

在这一刻，黄某终于彻彻底底地被激怒，他猛地推开姜槐，朝单池远冲去：“姓单的，我要杀了你……”

单池远等的就是这一刻，他早就有所防备，黄某冲过来的时候，他已经转过身，用力地拽住了对方的手腕，狠狠地给了黄某一个肘击，随后一个过肩摔，狠狠地将男人摔落在地。

黄某手中的匕首应声而落，单池远一脚将它踢开。

他是一个律师，擅长抓住人的心理活动。

黄某挟持姜槐，不过是想看单池远痛苦和惊慌失措，单池远表现得越淡定，越能够激怒他。若他冷静些，一定能够听出单池远的话漏洞百出，单池远若不在乎姜槐，怎么可能出现呢，何不干脆报警？

好在愤怒的人没有理智可言，单池远赌了这一把是对的。

姜槐瘫坐在地上，她清楚地看见单池远对她挤出一个如释重负的笑容。

可姜槐笑不出来，她的嘴上还贴着胶布，所以单池远朝她走来的时候，她无法发出声音提醒他，只能拼命地挣扎。

单池远还以为她着急，忙道：“别动，我马上帮你解开绳子。”

他刚将她手中的绳索解开，后背却忽然一疼。

单池远猛地回头，黄某已经将手中的玻璃块从他身体里拔了出来，正准备扎第二下的时候，姜槐已经抬手劈向黄某的脖颈。

若是平时，黄某早就晕了过去，可她的手被束缚太久，手刀无力，这么一劈下去，黄某竟然还有力气挣扎，狠狠地转手，将手中的玻璃块朝姜槐刺来。

只是，他没能刺中姜槐，玻璃块深深地没入单池远的后背。

这一次，姜槐没有给黄某机会，她抬起手，狠狠地击在他的后背，他的号叫伴随着骨骼的“咔嚓”声猛地响起。

姜槐已经完全红了眼，手已经按在了他的脖颈上，只要她一用力，这个人就没命了。她正准备按下去，却被单池远抱住了：“你冷静一点……”

或许是因为疼痛，或许是因为失血，单池远整张脸都是白的，他拉着姜槐的手也没什么力气：“冷静一点，你冷静一点……你放手，我没事……”

姜槐的身体不停地颤抖着，她无法发出声音，她在这一刻确确实实生出了杀意。

可是，单池远抱着她，声音越来越小：“阿槐，你听见我说话吗？你冷静一点……”

她终于把手从黄某的脖子上挪开，抱住了单池远，在这一刻，恐惧才猛地朝她袭来。

“你怎么可以这样！你怎么可以这样！”她失控地哭着，重复着这句话。

单池远任由她发泄，咬着牙没出声。

姜槐这才想起他受了伤，手忙脚乱扶着他起身，然而他虚弱地倒在了她的怀里。

“真疼……”

这是单池远晕倒前说的最后一句话，却令姜槐啼笑皆非，而刚刚那恐怖的情绪也神奇地被压制下去。

我爱他。姜槐想，比想象中还要爱。

[10]

后来的事情，单池远完全不知道了。

他醒来的时候，已经在医院里，姜槐不在，只有南希坐在一旁百无聊赖地一边玩手机，一边唉声叹气。

因为受伤的地方是后背，所以他侧着身体，正面对着外甥女。他甫一睁眼，南希便咋咋呼呼：“你醒了呀！”

她的声音不小，吵得单池远脑壳疼：“姜槐呢？”他环视了一周也没看见人。

“我守了你一夜，你就知道姜槐。”南希哼了一声，像背台词一般说道，“在你晕血之后，姜槐撑着虚弱的身体报了警，又等警察来了，将你送到医院，看到你没事之后，她便急匆匆走了。刚刚我给她打电话，她拍戏去了！”

单池远简直不敢相信自己的耳朵：“她拍戏去了？”

“对啊！”

“我在医院躺着，她工作去了？况且，她身上还有许多伤，怎么就去工作了？”麻醉药效已过，后背的疼痛阵阵袭来，单池远已许多年没有痛感，这会儿痛意让他无比烦躁，特别是听说她不在之后，他感觉后背的疼痛更加剧烈。

南希翻了一个白眼："有什么问题吗？你又没什么事，只是受了点伤，医生给你打了麻醉，缝了针。她又没什么事，就去工作了呀！她在工作的时候失踪，又翘了一天班，肯定要回剧组和导演说明情况呀！"南希叹了一口气，"她身上的伤都是皮外伤，医生都处理了。唉，你以为娱乐圈好混哦？连我都要看导演的脸色，更何况是我们可怜的小武行姜槐。"

单池远理智上接受这个解释，但情感上还是有些许落差。他正准备给姜槐打电话，没想到南希又慢悠悠地补了一刀："况且，你不是和她分手了吗？"

"张希。"单池远忽然叫了她的本名。

南希忙捂住耳朵："我身份证上已经不是这个名字了！我叫南希！"

"你给我出去。"火烧一般的疼痛让他更加不耐烦。

南希冷哼了一声："我还不想看见你呢！"话虽这样说，但南希离开病房的时候，还是轻轻地带上了门。

所有的事情已尘埃落定。

黄某涉嫌绑架和故意伤害、故意杀人被拘留，后续的事，单池远没有再干预，因为他相信司法机关会公正处理，无论量刑多少，此事的后果都足够黄某后悔一生。

黄某的遭遇固然令人同情，但他的行为已经造成巨大伤害，不幸从来不是犯罪的理由，他该为自己的所作所为付出代价。他坐了三年冤狱，而这一次，无论他要进去多少年都毫不冤枉，都是他应有的结果。

单池远在医院住了几日，伤口正在恢复，又疼又痒，令他心情烦躁。更令他烦躁的是，他连姜槐的人影都没见着，她电话也不接。

单池远完全有理由相信，她是在报复他，报复他先前的不搭理。

南希每每来探望他，都是与他抬杠，且她一来，病房就成了粉丝见面会。他干脆让她走远点，不要出现。除了她，来得频繁的还有谢峋，只是谢峋没比她好多少，不是给他带工作来，就是出去逗护士站的小姑娘，以至于他看到谢峋就头疼。

单池远吃睡不香，还被这两人轮番打击，嘴角起了好几个泡。

而一直到他住院的第四天深夜，他才看见她的身影。

她到来的时候，已经过了探视时间。病房隔音不好，单池远睡眠浅，她才在走廊上与护士低声说话，他已经醒了。

听见姜槐与护士胶着，他便要起身，想了想，又躺了回去，静静地听着姜槐小声和护士抱歉说自己来得晚，又听她轻轻开了门，慢慢走近。

他闭着眼装睡，她却站着不动了，只是看着他，又像她所说的一样，看完便要走。他猛地起身，叫住她："姜槐！"

姜槐似乎没想到他醒了，被这声冷喝吓了一跳。

单池远开了灯，姜槐站在床尾，显得略微疲倦，眼角还有一点瘀青，看起来倒是没有大碍。

"你怎么现在才来？"单池远没意识到自己的语气中带了一丝委屈和抱怨。

"我刚拍完戏。"姜槐没有撒谎，她虽然受伤了，但是工作不能耽搁，好在这两日的工作都是比较轻松的。

"你知道我说的不是这个。"

这几日，他打了几个电话姜槐都没有接，好几次他都想出院去找她。南希好说歹说劝住了，他等了几日，已经决定无论如何明天一定要出院，结果她就静悄悄地来了，还打算静悄悄地走。

单池远盯着她，目光如炬。她如芒在背，好一会儿后才挤出一句："你不是说从来没有喜欢过我，和我在一起令你难受、内疚吗？"

单池远愣住了，这话的确是他说的，没错。

不久前，他频繁地收到匿名恐吓信，更有鲜血淋漓、臭气熏天的死动物被寄到事务所，将助理吓得生病发烧，至今还请假在家休息。恐吓信多是打印的，大红色的字体，多是诅咒和"杀你全家"。

单池远近期没有得罪人，仔细一想，便知道是谁的杰作。

单池远的家人就只有南希一个，南希是公众人物，这段关系是秘密，极少人知晓，且她是公众人物，身边有助理，黄某要接触到她并不容易。

起初他没有在意，只当是儿戏，直至这恐吓越来越频繁、越来越偏激，他终于觉得不能这样下去，报了警。可惜黄某做得隐秘，没有证据，他也无可奈何。

随着死鸡死鸭被扔到了公寓楼下，单池远第一次觉得恐慌，因为那不是他一个人的住所，还是南希与姜槐的。

单池远委婉地与南希说了这件事，强制性给她请了保镖，她不乐意，想起先前的事还是松了口。倒是姜槐虽然有功夫在身，能够自保，但单池远仍旧没有告诉姜槐这件事。他能保证，姜槐得知后一定义无反顾站在他身边。

可是，单池远不敢冒险。

若要对单池远做什么，黄某有大把的机会，但他没有，只是恐吓。单池远猜想，他并非要直接伤害自己，而是要对自己身边的人下手。

对一个穷凶极恶、家破人亡的人来说，单池远永远无法预料到对方会做什么。推开姜槐，这是他所能做的对她最大的保护。

所以，他撒了谎，说不爱她。

可当他看到她与陆沉舟闹绯闻时，他终于还是按捺不住去找她。

他极力避免，可仍然给她带来了伤害。

“对不起。”

灯光下，单池远的脸色苍白，他没有解释，只是道歉，姜槐心里却忽然觉得酸涩。

她从来就不相信单池远的话，不相信他喜欢她只是儿戏，只是她怎么也想不到，他默默承受了这么多。

他可真是讨厌又自大。

他凭什么自作主张推开她！他凭什么为了保护她而欺骗和隐瞒她！他凭什么擅自替她决定！他凭什么？

这两天，姜槐并非忙得抽不开身，而是故意不来探望他，一直到今天。

她原本还有些生气，但看到他小心翼翼的模样，忽然就没了脾气。

算了，他不就凭他爱她吗？可是，她也爱他。

Chapter 08

归来迟

今夕或何夕，黎明与深夜。

无论走多远，你都是全世界。

[1]

无论是打官司还是谈感情，一定要乘胜追击，一旦你错过时机，翻身便难如登天。

单池远觉得姜槐变了。

那夜姜槐来探望他，他道了歉，她没有不依不饶，而是让他好好休息，说完便要走。

单池远几日未见姜槐，她好不容易来了，当然不肯轻易放她走，便下床拉住她。

姜槐担心他扯到后背的伤口，也不敢和他拉扯。VIP病房很大，除了病床，还有一张陪护床，姜槐便在那儿休息。

单池远不喜欢陌生人在身边，连护工也不愿意请，除了谢晌与南希，每日基本是自己一人在医院。姜槐的工作告一段落，暂时没有接新戏，她便在医院陪着他。

每日醒来，他都能看到姜槐，两人一起吃饭，一起散步，一起去医院楼下咖啡厅喝下午茶，还偷偷在查房之后溜出去看电影。

两人在一起的时间不长也不短，但因为工作都忙，时间也对不上，这样简单的情侣之间的互动少之又少，趁着他受伤住院之际，一次性体验齐了。他觉得这样的生活太美好了，甚至不想出院，愿意多住几天。

当然，这只是他的一己私欲，他在姜槐面前还是装作对医院生活深恶痛绝。

“饭不好吃！”单池远对姜槐抱怨，“营养餐难吃得很，你帮我吃一些。”

“床睡得不舒服！”他侧着身，“后背很疼，你帮我揉揉。”

“护士站的小护士总是偷拍我。”单池远添油加醋，希望姜槐能够多些危机感，“今天她们还问我有没有女朋友。”

“放心，你很快就可以出院了。”姜槐说，“我问了医生。”

单池远一听就不乐意了，往床上一瘫：“我感觉有点不舒服。”

单律师向来高冷，姜槐也没想到他会幼稚地装病，忙按下床头铃准备叫医生，却被他抱住：“你陪我休息一下，很快就好。”

这边单池远乐此不疲地享受美人在怀，谢峋却来打扰，事务所还有一堆事情等着他处理，一听他可以出院，立马亲自过来接他回家。

单池远以为他与姜槐关系破冰，和好如初了。

所以在回家的第二天，他便打电话问姜槐：“你什么时候搬回来？”

姜槐一时间回不过神：“我搬到哪里？”

“还能搬到哪里，2203呀！如果你喜欢，搬到2201更好。”单池远是这样理解的，危机解除了，姜槐怎么也应该搬回来，难道继续“分居两地”？

结果姜槐说：“我暂时不搬回去了，我觉得住在这里挺好的。”

单池远当即就愣了：“为什么？”

“我们不是分手了吗？”姜槐说。

所向披靡的单律师估计没想到会遭到这样的对待，他以为他们已经和解了，事情翻篇了，没想到还有后招在这儿等着，他没能在第一时间应对。姜槐听他半晌没答话，忙说自己要试镜，先这样，随即挂了电话。

单池远傻愣愣地看着手中的手机，许久没有缓过来。

原来这几日热恋般的甜蜜是他的错觉，他与姜槐竟然还是“分手状态”。

事实上，姜槐并非故意刁难单池远，她说的是客观事实。

她所理解的是，单池远还未开口言和，所以他们还是分手状态。当然，她没有提醒他，因为当初要分手，他也没有经过她同意，是他擅自决定的。

她虽然不生气，但也不是可以轻松糊弄过去的。

更重要的是，她才搬家，房租虽没有押一，但也是付了三的，怎么可以马上就搬走？她的钱不是大风刮来的，而是辛辛苦苦靠着拳头赚来的。

她匆忙挂断电话，也不是因为逃避，而是确实有个重要的试镜，这是她第一次试镜女配角。

是的，配角，不是替身，也不是群演，而是有扎扎实实戏份的角色。

对姜槐来说，她成为武行，从来不是为了进军演艺圈。她和陆沉舟不同，她并非要在荧幕上露脸出名，她想做的是成为一个优秀的武行、武指，在未来的某一日，像姜山一样开个武馆，为武行输送人才。

她对幕前毫无兴趣，更热爱幕后。所以，她一开始就只接替身戏。

当陆沉舟找到她，告诉她有这么一个机会的时候，她仍是拒绝的。

“姜槐，你这是矫枉过正。虽然你不在乎成名，但机会摆在眼前，你为什么不试试？它并不会让你有损失，反而会让你以后走得更顺，或者你看看剧本。”

这两年，陆沉舟的名气越来越大，但在小鲜肉与流量横行的时代，他也走得不容易，是一步一个脚印才走到今天的。他并没有特别好的资源，此次看到剧本，他义无反顾向导演推荐姜槐已是十分冒险之举，毕竟，连他自己这个角色都来之不易。以他的资质和履历，自己都走得颤颤巍巍，哪有资格推荐人上位。

为此，他还被经纪人骂了一顿。

但陆沉舟并不后悔，因为他知道，姜槐是适合这个角色的。

果真，一看剧本，姜槐的眼睛便亮了，陆沉舟推荐她试镜的角色是一个武术老师——女主的老师，一个沉默寡言的角色，台词不多，戏份却不少，基本是动作戏。

姜槐向来是认真的人，试镜之前，她已经将剧本看了好几遍，加上本身功底扎实，所以她的表现令导演十分满意，第三天便接到了试镜通过的电话。

姜槐还没来得及和人分享喜讯，陆沉舟的电话已打过来：“恭喜你。”

“你怎么知道？”

“我觉得你肯定可以。”

他并非客套。他推荐姜槐并非一时起意，一看到这个角色，他的脑子里便已浮现姜槐的脸，这个角色就像为她量身定做的一般。

他知道她可以，无论是从前，还是现在。

[2]

单池远对姜槐还住在阳光海岸的事情始终耿耿于怀。

他不是控制狂，并非一定要将姜槐放在自己眼前，但她住在另一个男人给她找的房子里，让他十分不悦。

况且，这个男人对她还有所图谋。同是男人，他一眼就看出陆沉舟的觊觎之心。

但姜槐不知情，他当然不可能提起，只是旁敲侧击告诉她住在那边不够安全，至少安保这一块就不如碧海蓝天。

“没关系，我可以保护自己。”

单池远被姜槐一句话堵回来，几日郁郁不平。

所以，在姜槐第一时间与单池远分享她试镜通过的消息后，他立刻就想到了那个让他不是特别愉快的人，果然他一问，接收到的讯息让他更不愉快，且隐隐觉得自己很危险。

可是他阻止不了姜槐，那是她的工作。

姜槐饰演的这个角色是编剧后期修改剧本时增加的，电影拍了十几天，姜槐才急匆匆地进了组，单池远想阻止也来不及了。

剧组当下在官塘取景，距离南泽有两百多公里，姜槐要在那边待上一个月。在姜槐出发前一天，单池远敲开了她的门："我为你饯行。"山不过来我过去，这是单池远一贯的原则。

对冷漠的、高傲的单池远，姜槐以冷制冷，可面对温柔的、面带微笑的单池远，姜槐束手无策，无法拒绝。她承认，他笑起来时眼睛弯弯，确实很好看。

姜槐打开了门，让单池远进来，才发现他手中还拎了酒。

"我为你庆祝。"

"可是我明天要飞官塘。"姜槐十分敬业，"我怕影响休息。"再者，她对喝酒也有了阴影，姜山两次对她动手，都是在酒后。

单池远有些遗憾："这是谢峋给我的酒，味道挺好的，我特意带来和你分享。而且这酒挺甜的，度数也不高。你不是下午的飞机吗？"

姜槐看着他失落的样子，于心不忍："那我喝一点就好。"

单池远带来的是树莓酒，颜色鲜亮，酸酸甜甜很好入口。姜槐并不喜欢喝酒，原本只想浅尝即止，谁知味道太好，一不小心就贪杯了。

两瓶酒，单池远觉得甜，只喝了一小杯，才转个身，姜槐已经喝掉了一大半，这下他傻眼了。

谢峋说，女孩子夜晚的时候感性一些，再加一点小酒，什么要求都会答应。单池远深以为然，准备借酒劝说姜槐搬回碧海蓝天，结果她喝了这么多，人还是乖巧地坐着，眼神却涣散了。

这还让他怎么好好聊天？

"姜槐，你还清醒吗？"

"当然。"

姜槐慢悠悠地点头，单池远却不相信："那你知道我是谁吗？"

"单律师呀！"姜槐露出了"你当我傻"的表情。

“那我们和好好不好？”

姜槐再次点头：“当然。”

单池远半蹲在她面前，放缓了声音：“那你搬回碧海蓝天好不好？”

“当……当然好！”

她喝了酒，说话行动都慢半拍，呼吸急促，带着一点酒的香甜。单池远和她靠得近，那气息似有魔力，一个劲地往他鼻腔里钻，他明明没有喝多少酒，可光闻着这味道都觉得醉人。

“姜槐。”

他的提问一个接一个，姜槐被问得不耐烦，声音也带上一点郁闷：“嗯？”

可是，她没有听见单池远后面的话，因为他已经吻了下来。

他的唇是凉的，他的气息与身体却是热的，他朝她压了过来。

原本是姜槐坐着，他半蹲着，下一秒，两人已经换了个位置，他硬邦邦的胸膛在前面，后背抵着柔软的沙发。

姜槐意识有些模糊，却知道自己在做什么。

她是清醒的，却也是迷乱的。

她出了一身汗，触手可及也是单池远黏腻的皮肤，他的汗滴落在她的皮肤上，明明是凉的，她却感觉到烫。

就像他，看似冷漠，实则热烈。

姜槐是被热醒的。

她才睁开眼，便觉得头有些疼，除此之外，身体也像散架了一般。

昨晚走失的记忆，随着她的动作慢慢地回笼。

她猛地转过身，果然，单池远一张脸就横亘在自己面前。这个人，她平时没觉得有多霸道，可睡个觉，手臂紧紧地箍着她，怪不得她觉得热。

姜槐挣了挣，没挣开，倒是把单池远弄醒了。

两人赤身裸体，面面相觑，姜槐还没想好说什么，单池远已经先发制人开口道：“姜槐，你要对我负责。”

“啊？”

“你昨天说了什么，你还记得吗？”

姜槐是记得的，但她觉得这个时候还是假装不记得好。单池远却一眼看穿她的意图：“你不记得的话，我倒是录了音，我放一遍给你听？”他说着，从床头摸了手机。

姜槐忙道：“我记得记得，你别放录音了。”

单池远摆弄着手机，又叹了一口气：“原来我没录音，还好你记得。”

姜槐确认他是故意的，但眼下的局势，似乎不适合谈论这个话题。她瞪了他一眼，裹着床单往洗手间走。路过一地散落的衣服，她又忍不住想起昨夜的荒唐，不禁红了脸。

姜槐在洗手间待了很久，其间，门铃响了，她听见单池远去开门。她以为是他叫了外卖，毕竟知道她住在这里的人不多，而且是大清早。

结果她洗漱完出来，没看见外卖，单池远已换好衣服淡定地坐在沙发上看手机新闻。

“谁来了？”

“走错门。”单池远这样说。

姜槐狐疑道：“我明明听见你在和对方说话。”

“对，我告诉他找错人了。”单池远一脸严肃，并不像开玩笑。

在这个问题上纠结没有过多意义，姜槐转身便去房间收拾出差用的行李。单池远好整以暇地跟在姜槐身后，指点江山：“你把衣服什么的都收一收，我下午找人给你搬家。”

姜槐顿了顿：“我还没想搬走。”

“你别忘了，你昨晚……”

“我没忘，我记得很清楚，我和你说过搬回去，却没有说时间。”

单律师觉得失策，他被姜槐的话堵得哑口无言，郁闷得很，低头看她弓着身子收拾行李，心底一软：“好吧，我听你的。”

这下倒是姜槐觉得不可思议，她抬头看他，他向来强势，在让她搬回去这事上也费尽心思，没想到这一次这么好说话。

单池远被她质疑的眼神盯得浑身不自在，低下头将她的头转过去，从背后抱住了她。

“姜槐，我说了，我会努力学习。”

直到姜槐出了门，上了飞机，她才想起单池远说的学习是什么。

他曾经说过，要好好学着去爱她。

[3]

姜槐与陆沉舟坐同班飞机飞官塘。

《心有蔷薇》已开机大半个月，陆沉舟早已进组，此次他回南泽是赶通告，刚好与刚进组的姜槐搭了同班飞机。

姜槐的位置原本在后面，陆沉舟的助理硬要与她调换位置，她不同意，助理的脸便垮了："舟哥不想看见我，你就帮帮我吧。"

姜槐知道是陆沉舟的意思，只好与她换了座位。

结果她坐到了陆沉舟旁边，与他打了招呼，他却对她爱搭不理，整个人都笼罩在低气压里。

这样的陆沉舟，姜槐并不陌生，以前两人比试，他输了就沮丧，赢了之后会短暂地欢喜雀跃，然后就是这副模样。

直到飞机快落地，姜槐才听见他问自己："你和他和好了吗？"

姜槐耳畔是轰鸣声，一时间没听清陆沉舟的话，抬起头，只见陆沉舟的眼睛藏在墨镜后，看不清情绪。

"你和他不是分开了吗，怎么又和好了？"

他语气里的质问太过明显，还有压抑的不甘，让姜槐觉得有些不愉快，但她还是按捺住了："你怎么知道的？"

"你只需告诉我是不是？"

直至这一刻，陆沉舟想起那个画面都忍不住咬紧牙关。大清早的，衣衫不整的男人给他开门，谁都能想象昨夜他们到底经历了什么。

只是陆沉舟不敢去想，也不愿去想。

"姜槐呢？"他毫不客气地质问。

那个男人仍旧站在门口，宣告主权的意味十分明显："她在洗手间，现在有些不方便。"

单池远没有给他让路，他也不走。两人沉默地对峙了半晌，直到他听见姜槐在问是谁，他才终于破功，转身离开。

看到姜槐的第一眼，他已按捺不住自己的情绪，但他已习惯压抑，一时间竟不知如何表达。

"这是我的事。"姜槐说。

陆沉舟感觉自己像一个吃不到糖的小孩："可他那样的人……"

"他是什么样的人，我很清楚。"姜槐冷冷地打断陆沉舟，没有再继续这个话题。

姜槐不是没有察觉陆沉舟的变化，这不仅令她陌生，还让她不舒服。

但人在社会这个复杂又浮躁的环境里，很难保持一成不变，即使是姜槐自己，也不能保证维持初心，保持本真，所以这点变化她并未放在心上。

《心有蔷薇》的拍摄比想象中更难，虽然姜槐饰演的角色是沉默寡言的失传拳馆传人，大多戏份是要拳脚功夫，这是姜槐的专长，但一到讲台词与对手戏，她就磕磕绊绊，不停NG。

姜槐进组一周，工作还不及当武替时多和琐碎，她却每天累得沾床就想睡。

但无论她多累，收工多晚，只要一条信息发过去，单池远的视频请求便会发过来，好像他一直等着她。说来也奇怪，她不是话多的人，最近却发现与他有说不完的话，说工作，说剧本，说自己又被导演批评了。他大多时候听着，时不时会给她出主意，偶尔还能帮她对对戏，几日下来，他连她的剧本都能背熟。

“单池远。”

“嗯。”他穿着家居服，一只手拿着手机，一只手撑着头，打了一个哈欠。

“你不用每天等我这么晚的。”

“好。”他答应得爽快。

虽是她提出的要求，但他遵守了，她又有些不开心。

谁知第二日，她收工回到酒店，他的视频请求又发来了。

“你不是说不等我吗？”

“谁说我等你？”单池远翻了翻宗卷，“我是在工作，没有等你。”

姜槐这才发现，这个人原来这么嘴硬。两人有一搭没一搭地聊着，很快又过了凌晨，临挂电话前，单池远似不经意道：“你最近与那姓陆的没有走太近吧？”

姜槐确定，他和陆沉舟确实互相看不顺眼，连称呼对方都只默契地提到姓氏。

姜槐摇了摇头。

剧组人多嘴杂，她是通过陆沉舟引荐才有机会进组的，两人住同一家酒店，低头不见抬头见，虽然有私交，但在剧组，她始终与他保持礼貌的距离。倒是他，偶尔会约她一起吃饭，却被她一次次婉拒。

单池远满意了，故作大义凛然：“现在狗仔多，他是明星，影响不好。”

姜槐没想到单池远一语成谶。

网络爆出“陆沉舟与绯闻女友实锤”那天，姜槐刚好与陆沉舟有对手戏，刚拍完，演女主的女演员沈乐便揶揄道：“你们两人什么时候公开？”

姜槐一头雾水，沈乐便将手机递到她面前：“看，你们都被拍到了。”

姜槐接过手机一看，明显是被偷拍的照片，但镜头里的人十分清晰，正是陆沉舟与她，他正帮她擦嘴。

不仅如此，那个微博大V还放出了一系列证据，从她出入陆沉舟家，到陆沉舟方出来声明两人的关系，到她搬到了阳光海岸，与陆沉舟晨跑，她坐陆沉舟的车去剧组，连她进《心有蔷薇》剧组是陆沉舟引荐的消息都被爆出来了。

姜槐完完全全傻了眼，她从来不知道自己被偷拍了这么多照片。

那张照片上的人的确是她与陆沉舟，不过那是前天晚上导演请剧组的演员吃饭，她也去了，与一干特殊演员替身坐在了末桌，陆沉舟刚好过来与她说话，她不知道嘴边沾了东西，陆沉舟便伸手帮她擦去。

这个简单的动作被放到了镜头前，却怎么看怎么暧昧。

她是无所谓，可陆沉舟与她不同，他虽靠打戏出名，但也积攒了一定人气，这时候爆出绯闻对他来说并不好。

姜槐想到了单池远，头也疼了。

“要不你再发个声明？”

“树欲静而风不止。”陆沉舟盯着手机屏幕，不知在想什么。

[4]

姜槐的朋友圈乏善可陈，基本是工作上认识的人，出了这样的事，询问的人只有南希一个。

往常咋咋呼呼的南希，这一次倒是很平静：“照片是真的吗？”

“是真的，只是当时周围有很多人，媒体断章取义。”她对南希从来不隐瞒。

“那你和陆沉舟……”南希刚问了半句又忍住了，“算了，没什么。对了，老单那边我没有透露半个字。他虽然不怎么关注娱乐圈，但估计瞒不住，你自己看着办。”

姜槐虽没觉得自己做错了什么，不需要与单池远交代，但夜间与他视频的时候，她不知怎么有些心虚。

好在单律师隔天要上法庭，还有资料要准备，帮她对了戏，就说要去忙。见姜槐欲言又止，他嘴角微挑："你有话要说。"

"没……没……"

姜槐忙否认，单池远似笑非笑，她总觉得他知道些什么。

虽然网络上闹得翻天覆地，但剧组工作进度紧，众人一进片场，便要心无旁骛。她站在镜头前也有两三年了，但替身与角色总归不是一回事，她更要打起十二分精神。一整天，她也没心思去想这件事。

直到深夜回到酒店，她打开手机，才发现话题热度没有降下去，反而多了不少讨论和猜忌。她心烦意乱，正准备看下去，手机却忽然响了，是单池远。

"喂。"

单池远单刀直入："你下来。"

"啊？"

"我在你住的酒店楼下，你下来。"

姜槐连鞋子也没换，穿着酒店的一次性拖鞋，匆匆就往外走。谁知她拉开门，陆沉舟刚好站在门口，手微微抬起，似乎要按门铃。

"姜……"

"等我回来再说。"

姜槐也顾不上他，门一关，就往电梯里冲，见两部电梯都显示还在三十几楼，索性走楼梯。

单池远就在那里，早一点、晚一点他都在，姜槐也不知道为什么自己要跑得那么急，跑到酒店大堂，看见他站在沙发边，又加快速度朝他跑去，差点刹不住车，整个人撞进了他怀里。

单池远闷哼了一声："姜小姐，你是不是在测试我有没有痛感？如果是，我可以告诉你，很疼。"

姜槐还气喘吁吁的："你怎么来了也不说一声？"

单池远伸手帮她顺了顺气，意有所指："你都成为别人的女友了，我再不来还得了。"

姜槐没想到单池远已经知道这事了，以为他千里迢迢赶来是来兴师问罪的，还没开口，又听他说："姜槐，我今天下了法庭就赶来了，并不是因为我不相信你。正是因为我相信你，我知道你们的关系，所以我开了三个小时车过来。"

姜槐已经很久没见过这样严肃的单池远，他看着她说："你相信我吗？"

"我相信。"这是毋庸置疑的。

"如果我告诉你，这件事并非偶然，照片是陆沉舟自己找人拍的，你相信吗？"

姜槐以为自己听错了："你说什么？"

单池远却没有回答，他的目光已经越过她，落在了她身后。

姜槐回过头，恰好看见了陆沉舟。他是追着姜槐下来的，见她火急火燎，以为她遭遇了什么事，却没想到看见了他并不想看见的一幕。

陆沉舟看着单池远眼中的挑衅，他仿佛在说：看吧，赢家是我。

陆沉舟的拳头猛地收紧。

明明是他先认识她的，明明是他先喜欢她的，可最后，他仍然输了。

这是姜槐与陆沉舟相识的第十五年。

但姜槐不得不承认，她从未真正看清他的内心，无论是从前，还是现在。

姜槐没有回答单池远的问题，但她内心的天平已经倾斜。她不敢肯定陆沉舟会这么做，但她相信单池远，他没理由会骗她。

夜已深，大堂只有稀稀落落的客人与工作人员，姜槐朝陆沉舟走去之前，已经把房卡给了单池远，他亦不好奇她要与陆沉舟谈什么，点点头就上楼了。

他相信她，正如她相信他。他匆匆赶来不是为了质问，而是担心她会受伤。她看似淡漠，其实比任何人都要重感情。

而陆沉舟自始至终面色阴郁，他看着姜槐，就像看着一个背叛者。

姜槐毫不客气，单刀直入："为什么？"

"什么为什么？"陆沉舟问道，但他眼中的闪躲已出卖了他。

姜槐不喜欢与他兜圈子："你知道我在问什么，照片是不是你找人拍的？否则怎么那么巧，你帮我擦嘴角就被拍到了？"

陆沉舟冷笑着："他说的你就相信了？"

"不是他说的我就相信，我相信自己的眼睛。"两人站得近，他比她高，她仰着头，气势却没有比他弱，"你就告诉我，是不是你。只要你否认，我就相信你。"

人是一种很奇妙的生物，姜槐虽已知道这是事实，但仍想听到否定的答案。可是，陆沉舟终于还是让她失望了。

他说：“是。”

陆沉舟在被姜山收留之前，坑蒙拐骗都擅长，但他进了姜家后，因为说谎，姜山将他吊起来狠狠打了一顿，当时姜槐就在边上看着，没有求情。

当天夜里，她却偷偷给他送了膏药：“以后你别说谎了。”

这些年，他一直记得她当时眼中的同情，以及那双落在自己伤口上温热的手。

或许姜槐已经忘记了，可他答应过她，他不会说谎。

他隐瞒她，算计她，却不曾骗过她。

“为什么？”

“没有为什么。姜槐，我也想问为什么，为什么是他，为什么不是我？明明……明明是我先来的……为什么是他？为什么？”他极力压抑着，内心的不甘还是不停地往上涌。明明是他们先认识的，这些年，他这么努力，小心翼翼地从不敢开口说一句喜欢，为的是有朝一日能够庇护她。可是，她走到了别人身边，他那么喜欢的人，却因为别人伤心难过，甚至受伤。

那人不能够保护好她，那就把她还给他。

只要她最后能走到他身边，中间的曲折与手段，他一点也不介意，甚至愿意付出一点代价。

可是陆沉舟忘了，姜槐从来不属于他，一刻也没有。

姜槐从来不知道陆沉舟是喜欢她的，毕竟这些年，他从未说过一句，而她在感情方面向来不开窍，他不说，她便真的不知道。

他们不是朋友，不是亲人，虽没有表现出热络的感情，但陆沉舟在她心中的位置不低。

毕竟在过去十几年，在单池远出现之前，他和姜山是她的全部。

后来姜山变了，变得面目全非，没想到陆沉舟也变成了她不认识的模样。

被欺瞒与算计的感觉，真的特别不好受。

姜槐转身欲走，却被陆沉舟拉住了：“阿槐，我……”

“你为什么要那么做，这一刻我也不想听了。至于你问我为什么选择他，而不是你，因为他从来不会质疑我的决定，只会义无反顾地与我站在一起。”

从前她不明白他的好，这一刻才逐渐明了。

姜槐不是不伤心，不是不难过，但对着陆沉舟，更多的是失望："我没想到你会变成这样。"

姜槐挣开他的手，朝电梯的方向走去。

陆沉舟看着她慢慢远去的背影，他隐约有种预感，他彻底地失去了她。

她说错了。

他并没有变，他从来都是这样的。

他压抑、隐藏自己，是知道自己没有能力庇护她。他视她如珍宝，从不敢表现，唯恐别人发现她的好，与他争夺。他努力争取了，可她还是越过他，走到了别人身边。

他看着闭合的电梯门，也不知过了多久，才踉跄着跑过去按下了按键。

金属门上映着他俊秀的面孔，还有眼中一直未曾掉落的泪。

[5]

单池远仅在酒店住了一夜，第二日便离开了。

但离开之前，他陪姜槐去了一趟剧组，请全剧组的人吃了糖水。

姜槐不过是一个小武行，不入流的新人演员，演了一个不那么重要的角色，如果她来做这件事，会显得十分功利和讨嫌。但单池远不同，他虽是律师，但名气不小，加上南希的关系，他也与演艺圈的人打过不少交道，剧组里也有人认识他。更重要的是，他帅气的外貌给他的行为加了不少分，当下场记就拍着胸口说会好好照顾她。

而这一天，陆沉舟没有戏，他没有来剧组，所以也没有喝到单池远请的糖水。

关于陆沉舟与姜槐的传言不攻自破，很快有上道的工作人员传了单池远的照片到微博，虽然只是一个背影，但单池远个高腿长肩又宽，光背影就不输明星。

陆沉舟一方终于在第三天由工作室发表了声明，称与姜槐是师兄妹关系。

姜槐知道，他们之间再也回不到从前了。

即使他们在同一个剧组，住同一个酒店，两人碰面的次数也越来越少。要制造机会见面还有难度，要避免见面却简单得多。

原本预计在官塘待二十天，但姜槐整整待了一个月，戏份才杀青，她回南泽的那天，终于还是发了信息和陆沉舟告别：一路顺风。

他回复了她，但没有来送她，这样挺好的。

回了南泽后，姜槐从阳光海岸搬回了碧海蓝天，之前她还想再住一段时间，但出了这事，再住下去是不可能了。

最高兴的人莫过单池远，若不是姜槐阻拦，他甚至准备将她的行李推到2201。

当然，最后他失败了。

姜槐誓死不从并非她矫情，而是她工作时间不够稳定，单池远工作繁忙，压力大，睡眠浅，她怕影响他休息。

更何况，两人住得这么近，又有彼此公寓的指纹和密码，与住在一起差别并不大。

结束《心有蔷薇》的拍摄后，姜槐更加坚定了自己待在幕后的决心。

并非她认死理，而是在尝试走到幕前之后，她才发觉其实那条路比自己走的路更为艰难。她不是一个聪明的人，没有太高的天赋，眼神与台词都不过关，与其昙花一现，不如老老实实地做好替身和武行工作。

单池远虽不喜欢姜槐的工作，但依旧没有过多干涉。

“无论何时，我都希望你保护好自己，因为你的身体不仅仅是你一个人的。”

在姜槐从官塘回来后，南希就宣布了一个重磅消息——她要暂别演艺圈，出国深造。

南希突然决定出国，姜槐并不清楚内情，但绝非她对外官方的说辞——为了追逐电影梦想。

因为南希是临时起意的，连蒋瑶和单池远都未告知。她用半个月时间偷偷找好学校，又办了手续，等一切尘埃落定才说出来。蒋瑶大发雷霆，只是无可奈何，她与经纪公司的合约仅有一年便到期，合作这么些年，撕破脸皮也挽回不了什么，况且她有个令人闻风丧胆的律师舅舅，蒋瑶再生气，也还是找了公关，为她的任性买单。

单池远也被气得两天没与南希说话，但她已经是成年人，他总不能将她揍一顿。在暗自生完闷气后，他还是要给她善后。

自始至终，南希都不曾说过突然出国的原因。

姜槐想起很久以前她苦恼的模样，心里有个大胆的猜测，但始终没有问出来。

南希出国那天，送她的人只有蒋瑶、单池远和姜槐。

她先是抱了蒋瑶和姜槐，最后才犹犹豫豫对冷着脸站在一旁的单池远展开了手臂："小舅舅，再见了。"她是笑着说的，像十几年前不谙世事的模样。

单池远心里一软，终于还是将她抱在了怀里，轻轻地吻了吻她的额头。

他不懂事的小姑娘，终于长大了，要从他的身边飞走了。

与他们告别后，南希并没有马上进去，而是站在安检口张望了许久。

"你在等谁？还有谁来送你吗？"

南希摇摇头，说没有，转身就进了安检通道。

她是没有回头的。

谁也不知道，在三天前，她给陆沉舟发了短信，约他出来见面。他没有回复，当然也没有赴约。

那个晚上，南希独自一人在咖啡店等到了店铺打烊。

没有人知道，南希不止一次在几个导演和制片人面前提起陆沉舟。

没有人知道，南希不止一次花钱帮他压下了负面绯闻。

南希自己也不知道为什么要这么做。

她也不知道自己从什么时候开始，每天都留意他的新闻，偷偷关注了他的微博，不止一次在搜索栏输入他的名字。

她也不知道，世界上那么多喜欢自己的人，她为什么唯独看见了这个从来不正眼看她的人。

她也不知道自己为什么会喜欢他，只是，这喜欢让她觉得难过。

在飞往美国的班机上，南希梦见了陆沉舟。

他站在料理台前切菜，她蹑手蹑脚地靠近，还未吓到他，已被他拦腰抱起："你又不穿鞋。"他的胸膛很宽广，也很温暖，抱着她的手臂十分有力。

那是他们之前合作的《各自远扬》中的一场戏。

那也是梦。

[6]

南希出国后，姜槐给自己放了一个假。

原本单池远是打算陪她去旅行的，结果他的合伙人谢峋又一次不告而别，给他丢下一整个事务所，还有压了三个月的若干案子。

单池远无法，只好自己上班去了。

只是，姜槐每一日都会接到他许多个电话。

他打电话来也不说什么事，只是问她在做什么，得到回答后便挂了，不到两小时，她的电话又会忽然响起来。

有一天，姜槐因为睡午觉，手机调了静音，没接电话，结果单律师仗着自己是老板之一，光明正大翘了班回来。

姜槐睡醒就看见他站在自己床前，吓了一跳，一看时间，距离下班还早。

"你怎么回来了？"

他长叹一口气："以前你去工作，我知道你在工作，现在你休假，我每天工作都会想你在干什么，有没有好好照顾自己……"

怪不得南希说他是控制狂。

既然翘了班，单池远准备翘班到底，正巧南希参演的《各自远扬》上映，他便买了票带姜槐去看电影。

结果进了影院他才发现失策，男二竟然是陆沉舟。

单池远沉着脸看完电影，其间，他瞄了几次姜槐，她看得津津有味，不曾发觉他心情不佳。

出了电影院，单池远故意问："你觉得陈远怎么样？"陈远便是陆沉舟所演的角色。

"陈远还不错，热血又善良。"

单池远冷笑了一声，没有再搭腔，将车门甩得"砰"的一声响。姜槐不明所以，直到回到家才知道他莫名其妙生气了。

他问的是陈远，又不是陆沉舟。

姜槐也很委屈，见他还不理人，干脆回了2203。

结果没过十分钟，单池远便气冲冲地跟来了，门铃也没按："姜小姐，你这遇事逃避的行为不大好。"

"老单同志，你这飞醋吃得我无法理解。"

"我不喜欢那部电影，不喜欢那个角色。"

姜槐哀号了一声："可那是你选的电影，说要支持南希的票房。"

单池远绝对不承认是自己的问题："南希不在，我一下子太闲了，所以不能怪我。"他轻轻地抱住了姜槐，"要不你陪我上班去吧，这样我就不用每天想你在家中干什么。"

姜槐却摇了摇头："不行，我接了一部新戏，要看剧本设计动作了。对了，从今天开始，你要叫我姜指导。"

单池远一时还没反应过来。

"从今天开始，我就是《落花》的动作指导啦！"

《落花》是由繁星工作室投资拍的小成本电影，出品人是曲般若。

相关负责人找到姜槐的时候，她既意外又不意外。

姜槐意外的是，《落花》虽是小成本制作，但圈内知名武术指导多得很，怎么会找到自己。看到出品人之后，她便不意外了。

姜槐与曲般若正面接触虽少，但渊源不浅，她许多次接到过繁星工作室抛来的橄榄枝。

曲般若是姜槐年少时的偶像，但这两年，那种炽热的迷恋逐渐减退，甚至隐隐有些抵触，这种改变，就连姜槐也说不清为什么。

倒是单池远说出了他的猜想："你觉得，你有没有可能是……"

"我不知道，也不想知道。"

单池远的话没说完，姜槐已明白他的意思。这两年，她无数次做过这种猜想，只是很快又被自己抛到脑后。

曲般若虽是知名影星，有着大把的资源，但这与姜槐一点关系都没有。姜槐从未想过攀附她，甚至一直避免与她过度接触。这次的工作却是意外，因为姜槐知道，自己是可以的，自己能够做好这份工作，所以接了。

曲般若是谁，出于什么理由帮姜槐，只要她不主动提及，姜槐永远不会去问。

只是姜槐没有想到，真相会来得那么快。

姜槐是在陈友口中得知姜山生病的，而距离姜山到片场找她，已经过了半年，其间，他们只见过一次面。

这半年里，姜山给她打过电话，也发过短信，先是道歉，后来便开始有了谩骂，谩骂后的第二天，她又会收到他道歉的消息。

姜槐一次也没有回复，她知道姜山又喝酒了。

她原先还抱着希冀，觉得他会戒酒，会改变，但随着时间的推移，她已死心。

她偷偷去看过他，给他卡里打钱，给他送去生活用品和衣服，却始终没有搬回去住。

她害怕，害怕姜山哪一天喝醉了又对她大打出手。

那可怕的经历，她这辈子不想经历第二次。

姜山也来找过她一次，喝了酒，醉醺醺地在楼下等着。

姜槐看见他，听见他喊着她的名字，那一瞬间，恐惧瞬间又笼罩了她，因为他的目光实在太过阴沉。

“阿槐，你和我回家！”

姜槐那句“爸”含在喉头，半晌挤不出来，若不是单池远与她在一起，拉着她进了公寓大堂，她甚至不知该作何反应。

“你和我回家！”

“你给我滚回来！”

姜山被阻挡在玻璃门外，拍着玻璃门破骂。单池远要叫保安，却被姜槐按住了：“别，他终究是我……”

后来姜山怎么回去的，姜槐不知道，也只有那一次。在那之后，他没再来过。

从最开始的震惊、愤怒到恐惧，她内心的波动已经越来越少，以至于她看到姜山的消息，可以云淡风轻地删除。

但接到陈友的电话，听说姜山生病的时候，她维持不了淡定了：“什么病？”

“肝癌。”

陈友听她沉默了，又补上两字：“晚期。”

[7]

肝癌对姜山来说，并非偶然，姜槐甚至觉得这是必然的。

从姜槐记事起，姜山就没日没夜地喝酒，她知道总有一天他的身体会受不了。

话虽如此，但得到消息的那一刻，姜槐还是受到了巨大冲击，险些站不稳。

师叔说，他不愿意治疗，拿到报告后便回了家。

师叔说，武馆在几个月前已经关闭了。

师叔说，希望她能够劝劝他，虽然是肝癌晚期，能够治疗还是要继续治疗。

师叔还说了什么，姜槐已经听不清了，她握着手机坐在地板上，连他什么时候挂了电话都不知道，连天黑了都不知道，直到单池远进来开了灯。

“姜槐，你怎么了？”

“我爸，我爸他生病了……”听见熟悉的声音，她的眼泪终于掉了下来。

她不是不恨他，可是她也爱他。

那是她叫了二十几年父亲的人，她怎么可能无动于衷。

姜槐是与单池远一起回姜家武馆的。说起来，她已一年多没有回去。她原本只想自己回去看看，单池远却执着地要陪着她。

“我总觉得不放心。”

姜槐也不知道，那一天与单池远一起回武馆，到底是幸运还是不幸。

他们是晚上回去的，只是一年多，姜槐却觉得恍如隔世。那二层小楼，仿佛迟暮的老人，短短一年多，衰败得犹如鬼屋。

姜山应该不在，武馆里黑漆漆的，一盏灯都无。姜槐还留着武馆的钥匙，所幸的是，锁没有换。

刚开了门，姜槐便闻到一股难闻的腐朽的气味，直至开了灯，她才知那气味从何而来——满地的垃圾、酒瓶、外卖盒子，老鼠与蟑螂明目张胆地乱窜。

姜槐生活了二十四年的地方，第一次以这样的面目呈现，令她几欲作呕，更别说向来有洁癖的单池远。

他后退了两步，站到了门后。

姜槐十分抱歉：“你要不先出去，我打扫一下。”

单池远没说话，却也没出去。

这是她长大的地方，这是她每天练习的木桩，这是她一身武艺的传承之地，现在却变成了这般模样，她不是不痛心，不是不难过，但痛心和难过改变不了什么，她只能拿了工具开始清扫。

她做这些工作的时候，单池远先是站着，而后估计不忍心见她兀自忙活，便要来帮忙。被她拒绝后，他便自己这里走走，那里看看，却碰也不碰屋里的东西。

直到——

“这是什么？”因为打扫卫生，屋里的桌子被姜槐挪开了。那是一扇木板门，还带了锁，只是不知怎么锁是开着的。

姜槐也不知道，摇了摇头："我从来不知道这里有扇门。"

姜槐蹲下身，拿下锁，打开了门，发现有楼梯，这是一个地下室。

她在这里住了二十几年，从来不知道家里有一个地下室。

如果给姜槐一次选择的机会，知道所有事情的真相，她想，她还是会打开那扇门的。

当她和单池远一起走进地下室的时候，眼前的一切让她完完全全发不出声音。她看到了曲般若，满满一屋子的曲般若，各种各样的海报、杂志，各个时期的都有。

她要伸手去拿架子上的杂志，却听到单池远一声冷喝："姜槐，别碰！"

她吓了一跳，随即知道单池远为什么阻止她，因为架子上摆了好几个玻璃容器，她只是看了一眼，便双脚一软。

玻璃瓶里是满满的液体，以及各种器官。

对，人体器官，泡得发白的手、耳朵、鼻子……

姜槐这个时候才知道，人在真正恐惧的时候第一反应不是尖叫，而是什么声音都发不出来。

姜槐整个人都在颤抖，若不是单池远搀着她，她几乎要晕过去。而单池远也在颤抖，他握着她手臂的手十分用力，几乎要嵌入她的骨头里。

"走，我们走……"

姜槐反应过来的第一件事，便是跌跌撞撞拉着单池远走，他却不动，眼睛盯着第四个玻璃容器，那里面是一只手。

姜槐不敢再看，胃里的东西一直往上涌，她闭上眼，几乎哀求道："单池远，我们走好不好……"

"姜槐，你帮我看看，那只手的小拇指上是不是戴了一枚戒指。"单池远的声音也是颤抖的，带着森森的寒意，"那是周萌的手。"

姜槐的脑子里"嗡"的一声响，电光石火间，她的恐惧反倒被压下了不少，她颤颤巍巍伸出手去数玻璃容器。

"六个，是六个。"

单池远的声音刚落，两人的头顶便传来沉重、拖沓的脚步声。

姜山回来了。

[8]

那是姜槐这辈子经历的最惊心动魄的一个夜晚。

好几次，她都以为自己要晕过去，可是并没有。

听到姜山的脚步声，她和单池远要走已经来不及了，因为姜山见地下室的门被打开，摇摇晃晃地下了楼梯。

看到他们，姜山先是一愣，随即露出一个意味深长的笑容："你来了啊，正好，我不用去找你了。"

他的样子很奇怪，看起来像喝醉了，却又像没有，酒气熏得姜槐几乎睁不开眼。

而他看着姜槐，只看着姜槐，似乎没有看见单池远的存在。

他颤颤巍巍朝两人走来的时候，姜槐没有动，她的脚沉重得无法移动。而就在这个时候，单池远朝他扑了过去："我要杀了你……"

直到单池远被姜山一拳打倒，姜槐才反应过来，朝他们扑了过去。随即，她被一脚踢开，脑袋狠狠地撞在墙上。

姜山整个人瘦了一圈，显出一点病态，但他的力气丝毫没有减小，姜槐被他这么一踢，一下子竟站不起来。

姜槐都不是他的对手，更何况是单池远。姜山对着单池远拳打脚踢，毫无章法，下手却极其重，像往死里踢。

很快，单池远身上便见了红。

姜槐起不来，只能随手抓东西往姜山身上砸。姜山猛地回头，终于放弃了揍单池远，朝她走来。

"没想到，有朝一日我还被自己养的狗咬……"

"你来了也好，你不来我也要去找你……"

"你说你哪里最像她呢？哪里最像你那个妈呢？是眼睛对吧，就是眼睛……"

姜山舔着嘴唇，露出令人恶心的笑容。姜槐的拳头刚挥出去，已被他一只手抓住，她的功夫都是他一手教出来的，他怎么可能制不住她。

下一秒，他的巴掌已经挥到她脸上。

姜槐感觉到满嘴的血腥，可姜山并没有放过她，他再一次朝她抬起了手。

姜槐被他打得脑袋嗡嗡响，直到单池远从背后抱住了姜山，撕心裂肺地唤醒姜槐："姜槐，走！你快走，出去报警……"

"走啊，姜槐！"

单池远手长脚长，手脚并用缠住姜山，一时间，姜山竟挣不开，只能拿手肘击着他的肚子。

"走……姜槐，走，你别管我，走，报警！"

姜槐咬咬牙，手脚并用往楼梯上爬，刚爬了几级，却被姜山猛地一扯，好在她扒拉住，才没有滑下去。

姜山只是扯了这么一下，又被单池远缠住了。

姜槐拼命地往上爬，听着姜山的怒骂声和单池远的呻吟声，始终不敢回头，她怕自己一回头，就失去了往上爬的力量。

姜槐才跑到武馆门口，便看见了警察。武馆里的动静太大，周遭邻居报了警。

姜槐指引着他们到了地下室，听见他们制服了姜山，却始终没有勇气往下望。

她害怕看见自己不想看见的一幕。

她坐在武馆的地板上，听着刺耳的警笛声，听着喧闹的动静，整个人仿佛虚脱了一般。她的头在流血，她知道自己要支撑不住了，却仍然努力地坚持着。

我不能晕倒，我要看着单池远平安无事。她这样想着，人却慢慢往后仰，重重地砸在地板上。

她看见许多人影在自己眼前晃动，却是模糊的，一个也看不清。

直到她听到那个熟悉的声音，他是虚弱的、疲惫的。

他喊了她的名字："阿槐。"

姜槐终于闭上了眼：他没事，真好。

有眼泪从她的眼角滑出，顺着脸颊落到了地上。

[9]

后来发生的一切，都被姜槐选择性忽略了。

比如连环杀人案的告破，凶手姜山到底有没有被判死刑，而肝癌晚期的他又被送到了哪个医院。

比如姜山与曲般若早年的故事，他杀人后藏起某个器官只是因为与曲般若相似这些事情，曲般若是怎么压下去的。

比如她和曲般若到底是什么关系，除了她，另一个给了她生命的人是谁。

这些统统被她选择性忽略，她不知道，也不想知道。曲般若和记者都来过，但她拒绝了对方探视。

大多时候，她如尸体一样躺在床上，一动不动地望着窗外。

姜槐在医院住了将近两个月，身上多处骨折和软组织挫伤，还有脑震荡。

她的隔壁病房住着单池远，他比她更严重，肋骨断了三根，锁骨骨折，右小腿粉碎性骨折，手术做了三次，在床上躺了三个月不能动弹，住院大半年。

在姜槐住院的两个月里，她每天向医生、护士打听他的情况，却一次也没去看过他。好几次，她推着轮椅走到门外，在敲门之际，又迅速地回到病房里。

姜槐不知怎么面对单池远，她想，他亦不想看见她。

虽然在那危急的时刻，他护着她，让她走，可这不能代表他能够面对她。

他的前女友死在她的养父手上，还被分尸，她虽不知情，但那个人终究是养育了她的人，他怎么可以毫无芥蒂？

饶是她都难以接受，更何况是单池远呢？

姜槐推了《落花》的武指工作，曲般若眼下负面新闻缠身，《落花》被投资公司撤资，无限延期，能不能拍出来还不一定。

住院一个月的时候，南希从美国回来了。

她去看了单池远之后，又到了姜槐的病房。这一次，姜槐明显感觉到南希对自己有了变化，谈不上是厌恶，却也没有以前亲密了。

两人相对无言了许久，还是姜槐先开口：“对不起。”

南希却笑了：“你为什么要和我道歉？”

“单池远因我受了伤，也因为……姜山。”

南希的脾气还是一如既往的暴躁，只是这么一句，她已经从椅子上站起来：“你该去和他道歉，而不是我。你没有对不起我，所以不用和我道歉。而对不起的话，我想他估计也不想听到。”

南希看着她，似乎还想说什么，最终只是摇头叹了一口气。

两人之间又是漫长的沉默。

直到谢峋打电话给南希，说单池远醒了，她要去隔壁病房，才留下一番话："姜槐，你没做错什么，但是我终究无法心无旁骛地对着你。至于小舅舅，我不知道他是怎么想的，他只问了两次你为什么没过去看他，便再也没提起你。"

南希正是无法面对姜槐，才选择去的美国。

姜槐没有做错什么，只是南希一看到姜槐，就会想起另外一个人，那个她爱的人爱的不是她，而是姜槐。

南希不是圣人，姜槐再好，她每每看见对方，都觉得如鲠在喉。

那她便远走高飞，不见罢了，等到哪天能够以平常心面对，她再回来。

当然，那是以前。

在单池远出事之后，南希看见姜槐只剩下气恼了。

小舅舅为了姜槐，现在还躺在床上无法动弹，而她与他仅有一墙之隔，却从来不去探望他。

从前南希觉得她坚定，现在才知道那是铁石心肠。

南希愤怒、不甘，却还是无法对姜槐说出难听的话。

姜槐是小舅舅爱的人，也是她爱的人所爱的。

那天之后，南希便没再探望过姜槐，来往医院的，只有师叔与陆沉舟。

陆沉舟接了新的电影，远赴毛里求斯拍戏。他得知姜槐受伤又马不停蹄回来的时候，已经是大半个月后的事了。

两人不过两个月没见，却如过了半个世纪。

姜槐看到黑了一圈的陆沉舟，想要笑，努力了许久也笑不出来。陆沉舟红着眼眶看她，看着她凹陷的脸颊，狠狠将拳头往墙上擂，好像只有疼痛才能让他这一刻好过些。

姜槐眼眶酸涩，却始终没有落下泪来。

"为什么会这样？"

这也是姜槐想问的。

姜槐知道自己生病了，她得了一种哭不出的病。

这些天，她从未睡着过，胸口像插着一把刀子，每一次呼吸都是艰难的、疼痛的。

她很难受，却怎么也哭不出来。

好几次夜里，她蒙在被子里，拼命地逼迫自己哭，但用尽力气也哭不出来，即便她掐自己，扇自己巴掌，拿头撞着墙，亦没有落下半滴泪来。

“阿槐。”陆沉舟叫她，想伸手去摸她的头，还未触碰到，又缩了回来，“师叔说你很不好。”

“是的，我很不好。”

饶是坚强如姜槐，在出了这么大的事后，她也无法虚伪地说出“我很好”这三个字。

她不好，一点都不好。

可是谁也帮不了她，无论是陆沉舟，还是陈友，他们只能短暂地陪伴她，因为陆沉舟有工作，而陈友不仅有工作，还有需要他负担的家庭。

况且，姜槐也不想他们陪着自己。

那都是与姜山有关的人，她看到他们，只会想起姜山，想起他带着那可怕的笑容撕开自己的衣服。

姜槐在医院住了两个月，出院时是陆沉舟来接的。这一次姜槐没有拒绝。因为除了他，也没人可以陪她了。

上了车后，姜槐和他商量：“你陪我搬家吧。”

她委托陈友帮她租了一个房子，她想从碧海蓝天搬走。

只是这一切，她没有告知单池远，无论是出院还是搬家。

从武馆被营救之后，她和单池远一直没见面。

她想念他，却不敢见他。

[10]

姜槐知道自己生病了。

出院之后，她便没有再工作，每日都在租屋里，并非她不想，而是她无法。

她可以正常地生活，可以正常地打拳，却无法正常地站到镜头前工作。

她只要看到镜头，便觉得手脚僵硬，无法施展，明明伤都已经痊愈了，怎么还会这样她也不知道。

她看过医生，医生也检查不出毛病，只能归结于这是创伤后应激障碍的一种表现形式。

姜槐知道自己生病了。

因为她不仅无法面对镜头、无法哭泣，也无法安稳地睡觉，她每夜都从噩梦中惊醒。

姜槐积极地接受治疗，可无论是心理干预、催眠还是药物治疗，效果都微乎其微，大半年下来，她仍旧没有痊愈的迹象。

姜槐将前两年攒下的积蓄花得七七八八，病却半点没见好，她索性放弃了治疗，决定先找工作养活自己。

出事后，曲般若给她打了不小的一笔钱，她退了回去。

姜槐不得不承认血缘力量的强大，世界上有那么多女演员，她一眼就看见了曲般若，还喜欢了那么多年。

只是曲般若从前为了名利抛弃她，而今因为名利也不敢与她相认。

姜槐对曲般若没有恨，却也没有了从前的爱和热忱。

单池远来找姜槐的那天，姜槐刚从人才市场回来，一无所获。

她大学学的设计，只是几年没有碰软件，基本知识就忘得七七八八了，且现在企业招设计师，要么要有经验，要么要应届毕业生，像她这种毕业了好几年又没从事相关工作的，实在很难找到合适的工作。加上她生病，又睡不好，瘦了大一圈，精神状态看起来实在不大好，没有企业愿意冒险招她。

她如行尸走肉一般回了临时住所。

姜槐租住的是连电梯都没有的老式小区，当她走到楼梯口，看到站在门口的人时，一时不知道是真实还是幻想。

毕竟，这些日夜她不止一次梦见单池远。

只是她一次也不敢联系他。

他站在那里，也瘦了不少，整个人带着病态的苍白，但精神状态还不错，甚至叫她的时候，语气都带上了一点笑意。

“姜槐。”

姜槐过了良久才反应过来，拍了拍自己的脸，有些疼。

这不是梦。

她慌乱地要去开门，他却攥住了她拿着钥匙的手。她的手很瘦，他握住的那一刻似乎愣了一下，但没有放开，十分用力，像要将她的骨头捏碎一般：“你陪我去一个地方。”

姜槐是想拒绝的，可是开口晚了一刻，她已被单池远拉着下楼了。

他的手很凉，姜槐被他包裹着的手心却渗出了汗。

她跌跌撞撞地被他拖着走，大脑一片空白，连话都忘记怎么说了，只能傻愣愣地被他塞进了车里。

他没有开车，是司机送他来的。

上了车，他向姜槐解释：“我的脚还没有恢复好，现在没办法开车。”

姜槐“嗯”了一声，不敢看他，就怕多看一眼，自己严防死守的防线会瞬间崩溃。

她抠着牛仔裤上的洞，未曾意识到自己已将皮肤抠破。

直到单池远又一次拉过她的手，将她的手放在了自己的腿上。

坐在车里，姜槐想过无数个单池远会带她去的地方，只是没想到，兜兜转转，他竟然带着她回到了姜家武馆。

或者说，那已经不是姜家武馆了。

仍旧是那个地方，却已经不是以前那个二层小楼，它被一栋四层高的楼所替代，门口还挂了一块招牌——姜家影视功夫培训基地。

姜槐看着那块招牌，猛地转头看向单池远。

他亦在看她，有些无奈，又有些不甘：“我没想到你竟然真的那么狠心，这么久也没看过我一次，我还是为你受的伤，病房就在你隔壁。”

“我醒来的第一件事就是找你，可每个人都缄默不言，不曾提起你。我还以为你出事了，他们不敢告诉我。没想到，是你不来看我……”

“一开始，我是生气的，砸了很多东西，想要找你兴师问罪，可当时我的身体状况根本不容许我去找你。我一直在等，等你来看我，可你一直没有来……”

“我是生气的，也是恨你的，甚至发誓不想再看见你……直到谢晌告诉我，你也生病了，我才慢慢地消气。”

“你出院后，我还不能下床，威逼利诱谢晌带我来看你，结果那天，我看见陆沉舟送你回家……我以为你们在一起了，气得两日没吃饭……”

“再后来，我还是忍不住打听你的消息，谢晌说，你一直在看医生，过得很不好，所以我又单方面原谅你了。”

“我很想你，不止一次想来找你，但我怕会影响你，所以只能偷偷地看着你。姜槐，我知道你是怎么想的，你觉得周萌是姜山杀的，而姜山是你养父，所以我会怪罪于你。我真的不知道是我做人失败，还是你太看轻自己了，我怎么会是那样的人？而你在我心中的分量，怎么可能那么轻？”

“这几个月，我一直在筹划这件事，让人买了这个房子，翻新重建了。我不止一次地想，你看到它会是什么表情。我是期待的，同时又是惶恐的，因为我不敢保证你会喜欢……”

“姜槐，我也不知道自己从什么时候开始变得如此卑微。每一次看见你，我会发誓再也不来了，因为我一看见你就难受，我又气又心疼，气你如此心狠，可又心疼你，你瘦了这么多，也不知道是怎么熬过来的。”

“姜槐，你听见我说话了吗？我知道，我这么做很冒险，毕竟这个地方给你留下太多不好的回忆。可我之所以选择这里，是想告诉你，那些过去与仇恨我都放下了，过去的都是过去，你才是我的未来。”

单池远的声音在耳畔响起，明明很近，姜槐却觉得遥远。

“姜槐，你怎么了？你如果不喜欢……”

她站在那块牌匾下，直到听见单池远惶恐的询问，才发现自己哭了，满脸的泪。

“不，我很喜欢。”这是她来到这里之后，说的唯一一句话。

她很喜欢，无论是这里，还是他，她都很喜欢，喜欢到无法自拔。

这是出事后，她第一次哭。

她知道，自己在这一刻痊愈了。

那些缠绕了她大半年的纷扰和痛苦在这一刻烟消云散，因为他在身边，因为有他——单池远。

姜槐这一生，被疼爱过，被欺骗过，被捧在手心过，也被踩在脚底过。

只是她的这一生，从未有一个人像单池远这般对待过她。

他从不说爱，却爱得比任何人都要深刻和绵长。

他像云，他像风，他不在她身边，却从未离开过。

他是山，他是海，他从不言语，却守护她的一生。

一生是你，你是一生。

我愿意予你我的全部，包括生命。

Extra

深海火焰

我是炽热的火焰，你是冰冷的海水。

靠近你，浇灭我。

[1]

南希是突然决定回南泽的，没有任何缘由。

那是她到美国的第三年，前一夜被Ryan叫去参加睡衣party，她裹着白浴袍喝了两杯饮料，看着满屋子群魔乱舞的人，觉得无趣极了，便偷偷开溜了。

她没有开车，裹着浴袍走回家。

一路上，人很少，南希倒是遇到了几个醉醺醺的男女，邀请她一起去喝一杯。

南希摆摆手，沿着夜色慢慢往回走，忽然就想念南泽了。

若是在南泽，她这样裹着浴袍在外面走，估计还没有走到家，就上了热搜，标题她也想好了——“知名女演员深夜浴袍秀所为何故”“是失恋还是失态，女演员毫无形象深夜流连”。

估计第二天，瑶姐便会要她去验尿、验血，在公众面前以证清白。

南希想着就觉得好笑，于是关于南泽的记忆更加拼命地往上涌，关于小舅舅的，关于姜槐的，关于那个人的，好的坏的，忽然就不受控制地拼命冲击着她。

我要回家，南希想。

她向来是急性子，一想到回家就订了回国的机票，又迅速地给导师发了一封邮件，说她不想念书了，想回国了。

她向来任性，说是到美国深造，其实只是找了一个三流学校逃避生活，课也是有一天没一天地上，现在她忽然要走，导师竟然也没有挽留，回复她：The longest day has an end。

南希怀疑那老头子也喝了酒，他哪只眼睛看见她难过了？

她来时没有带什么行李，就几套衣服，走的时候却发现有太多的东西要带。她的箱子压根塞不下，索性都留下来，只带重要的文件和一套换洗的衣服，轻松上阵。

洛杉矶没有直飞南泽的飞机，知名女演员戴着鸭舌帽和墨镜，还是素颜，在北京落了地，一路上也没人认出来，说不清是惆怅还是庆幸。

倒是Ryan终于从酒醉中醒来，看见她的告别信息，发了几十条文字加语音控诉她没良心，末了，问她：你还回美国吗？

南希正想回复，那边又发来了信息：你不回信息也没关系，我会找到你，无论天涯海角。

Ryan是她的同学，一个一米九的白人小伙，从她到美第一天就对她宣告爱意。被她无情拒绝后，他也没有知难而退，发展成了她最好的朋友，每天带着她逃课自驾游和泡吧。

南希在国内被过度保护，压根没有机会交朋友，在脱离小舅舅的掌控后，和Ryan一拍即合，过了整整两年自由自在的生活。

这两年，她过得混沌，美国带给她最深刻的记忆就是狂飙十斤的体重和Ryan了。

她还在想着要怎么回复信息，却突然听到了一阵喧闹。

南希抬起头，便看到了那个人。他面无表情，大步走在前方，身后跟了一群年轻的女孩，即便有工作人员拼命阻止，女孩们仍旧前赴后继，喊着他的名字，拼命地想要给他递礼物，但他一直没有回头，更没有伸出手去接。

他真是无情，但又充满了吸引力。

两年未见，她没有刻意关注他，但还是知道了不少关于他的消息。他拍了两部武打电影，靠着过硬的技术一炮而红，一年上了无数次热搜；他还在兢兢业业地拍戏，没有什么绯闻；有媒体说他有个交往多年的圈外女友，但终究是捕风捉影。

南希远远地看着他，觉得娱乐圈真无情，两年前她红遍全国，两年后的现在，她站着看女孩们疯狂地追着“流量”跑。

她压了压帽檐，往安检的方向走。鬼使神差地，她又忍不住回头望了一眼，恰好陆沉舟也朝她看了过来。

他先是迷茫，随即是难以置信，然后朝她微微一笑。

南希看着他被簇拥进了安检通道，恨恨地骂了一句：“没出息。”

两人都是从帝都飞南泽，在飞机上，南希又遇到了陆沉舟，隔了一个过道，她听见陆沉舟问她：“你什么时候回来的？”

南希低声道：“刚刚，两个小时前刚到。”

很快，有粉丝从后排来找他要签名，南希压低了帽檐，闭上眼睛假寐。

迷迷糊糊间，她听到有人在问：“她是南希吗？”

陆沉舟说：“飞机要起飞了，你赶紧回去吧。”

他的声音低沉，和她梦中的一模一样。

[2]

回到南泽已经是深夜。

南希忘记买电话卡，一出机场手机就没有网络。她思考了很久，也不知道自己该去哪里。碧海蓝天不能去，小舅舅还不知道她忽然跑回来了，她要是回去了，不死也得脱层皮；蒋瑶那边不能去，对方和小舅舅完全是一个鼻孔出气；老头子那边更不能去，好几年都没见，两人除了一点微薄的血缘牵扯，连户口都没有在一处，指不定他早就忘记了自己有个女儿。

最后，南希咬咬牙，打车直奔老城区。虽然最后一次她和姜槐见面不是那么愉快，但是姜槐那人最心软和不记仇，估计早就忘记了那些事。姜槐若记得，自己就撒个娇得了，自己年少无知，姜槐是长辈，怎么能和自己计较呢？

南希愉快地打算着，打车直奔姜家武馆，不，现在应该叫作姜家影视功夫培训基地。

结果，一到地方南希就蒙了。

南希原本主意打得好，姜槐在，她就在那边蹭住一晚，如果姜槐不在，她就去酒店睡一觉，明天再进行打算。

到了武馆，姜槐果然在，只是她没想到的是，自己的小舅舅也在。

三更半夜，姜家武馆灯火通明，姜槐与小舅舅正在打架，不是书里和网络上的那种妖精打架，而是实实在在地打架，或者说是姜槐单方面对小舅舅出手。

单池远抱着姜槐，对方对着他拳打脚踢，而他还在小心躲避，唯恐她伤到自己。虽然两人看起来就像打情骂俏，但她好歹是武替出身，正想逃跑的南希良心还是发作了一回，生怕她打坏自己的小舅舅，他好歹是自己唯一的亲人，虽然他现下变了心，自己已经不再是他的唯一。

“我说你们，虽然是打情骂俏，但给人看见多不好。”

南希坐在行李上，正想着怎么粉饰太平，将自己突然回国这事轻描淡写圆过去。

却没想自己这么一打断，姜槐就从小舅舅怀里溜了出来，往门口的方向跑。

“南希，你来得正好，帮我拦住她。”

南希下意识伸出手拦住姜槐，却听小舅舅再次补充：“你小心点，那是你弟弟妹妹。”

南希吓了一跳，看着放在姜槐肚子上自己的手，姜槐的肚子扁平，或许是常年练武，衣衫单薄，她几乎可以摸到紧致的肌肉。

南希尴尬地收回手，正在打闹的单池远和姜槐才同时反应过来："你怎么回来了？"

"呵呵。"猝不及防吃了狗粮的南希忽然觉得自己回来太不明智了。

当天晚上，南希还是回了碧海蓝天。

她原本想着去酒店，却被小舅舅拎了回去："你有家不住，住什么酒店？"

"这儿不是没打扫吗？"

"你住2203。"

南希正想问那儿不是姜槐住的地方吗，但她瞄了一眼姜槐的肚子，觉得自己还是不要说话为妙。

她回来这一趟，连学都退了，但预想中的暴风雨并没有发生，因为她的小舅舅，南泽最知名的律师单池远先生自顾不暇——姜槐怀孕了，姜槐不仅不肯在家安胎，每日还会去武馆授课，连婚都不想和他结。

南希托她未出生的小弟弟或是小妹妹的福气，没有被骂，反倒成了谈判者，被叫去说服姜槐。

南希也想不通，姜槐和小舅舅在一起这么多年，结婚也只是一个形式，怎么搞了如此大的阵仗？

回了碧海蓝天，姜槐不肯回2201，跟在南希身后进了2203。单池远原想动手抓人，又怕姜槐挣扎，最终还是忍住了，临进门前不忘给南希使眼色。

南希莫名其妙被托付了重任，只能软磨硬泡问姜槐："你怎么就不愿嫁给我小舅舅？虽然他阴险狡诈，又是不折不扣的暴君，但是他有钱呀，长得也还可以，你就当多张饭票，哪天不满意就离了，还可以分他一半家产！"

姜槐震惊又无奈，内心实则憋屈，只得道："他是流氓！"

"我知道他是流氓，但是也得知道怎么个流氓法，才能为你做主呀！"南希觉得自己作为一个小辈，真是太不容易了。

原来这一年多，单池远无数次和姜槐求婚，姜槐答应是答应了，但培训基地忙着招生，老师又少，她课很多，完全抽不出时间结婚。于是，单池远来了一招釜底抽薪，先上车后补票，打得她措手不及。

南希听完后目瞪口呆，觉得自家小舅舅真是太不要脸了，可是又不得不佩服他，这一招完全没给姜槐留退路。

他不愧是律师，心思缜密，一针见血。

[3]

单池远虽厚颜无耻，但是抓住了姜槐的命脉，她不可能打掉孩子，也不能让孩子不明不白地出生，所以只能退而求其次，被他设计着结婚。

南希也不知是自己幸运，还是赶得巧，在小舅舅结婚前夕回了国。

但对她的所作所为，单池远作为家长还是象征性地批评了几句，倒不是他良心发作，不忍心苛责外甥女，而是姜槐孕初期，心情暴躁，不肯与他说话，还要靠着她传话，他骂重了，她就不肯再帮着他周旋了。

南希初回国，无所事事，每日陪着姜槐逛街。

选婚纱，选戒指，购置小孩子的行头，姜槐对物质没有特别的追求，多是由南希决定。南希作为知名女演员，虽然不是顶级流量，但也得到了不少高级品牌的赞助，眼光是一等一的好，她刷着小舅舅的信用卡，买的每一件东西都让人无可挑剔。

试婚纱的那天，单池远有场官司要打，南希陪着姜槐一起去的婚纱店。

姜槐是习武之人，不喜累赘，层层叠叠的婚纱让她的脑袋一阵阵发疼。她试了一件婚纱，便不肯再试。南希便为她挑了一套简洁的小礼服，她身材纤瘦又高挑，普普通通的婚纱在她身上显出了大方的气质。

“就它了。”

南希一锤定音，姜槐毫无异议，见她的目光一直在其中一套婚纱上流连，便说：“你要不要试试这套婚纱，我觉得很适合你。”

“我又不结婚，试什么试。”

话虽这么说，但南希还是在设计师和姜槐的怂恿下进了试衣间。

她本身是衣架子，气质灵动，配上大裙摆的婚纱，戴上头纱，像落入凡尘的精灵。设计师帮她拍了照，才猛地反应过来：“您是南希对吧？南希小姐，我看过您演的电影，《回声》《周而复始》，还有《歧路》都是我的最爱。您这两年怎么不拍戏了？大家都说您去了美国。”

南希笑了笑：“终于有人认出我来了，我差点以为自己过气了。你设计的婚纱很好看，我很喜欢。”

设计师又惊又喜，明星们向来追求大牌，她不过是一个小工作室的设计师，万万没想到能得到她的青睐，兴奋之余不忘小心翼翼道：“我可以发微博吗，这张您穿婚纱的照片？”

南希大手一挥：“发吧！”

说着，她自拍了一张，也发了微博。

于是第二天，阔别娱乐圈两年的南希又上了热搜，不少人猜测她好事将近，她也不辟谣，任由别人猜测。

经纪人蒋瑶气得打电话将她骂了一顿：“我的大小姐，你还记不记得你在合约期？公司对你够宽容了，要进修就进修，不拍戏就不拍戏，你怎么回来也不说一声？你把我当成什么人了，现在还制造这么大的舆论，我还要去帮你公关，你这是要气死我呀！”

南希笑嘻嘻道：“瑶姐，我这不是太久没出现在公众面前，怕大家忘了我，炒作炒作也不行吗？你明天让工作室发个声明呗。虽然我不是流量明星，但我也不想别人把我忘记。”

南希从十几岁就跟着蒋瑶，蒋瑶说是经纪人，更像她的长辈。蒋瑶叹了一口气：“你不走了吧？”

南希想起Ryan发来的一堆邮件，没有正面回答：“应该吧。”

“那我这边可以给你接戏吧？这两年，你可错过了好几个不错的剧本。”

“再等等吧，我休息一阵。”

“南希，你还要休息到什么时候？时间不等人，你别把自己的灵气磨没了。”蒋瑶说，“你虽然年轻，但新人层出不穷，抓紧呀！”

南希听着她的话，心里虽不赞同，但也没有反驳。

[4]

南希说要休息，确实就是休息。

姜槐怀孕后，单池远虽明令禁止她再去授课，但她不予理会，仍旧每天往武馆跑。

南希百无聊赖，每天跟在姜槐身后跑。

南希出国两年，姜槐不知不觉已经发展成为业内有名的武指，影视基地也培养了不少学生，为演艺圈输送了人才，小至七八岁，大至四五十岁，范围之广，令南希咋舌。

姜槐虽怀孕，但没特别的反应，不像单池远草木皆兵，但也有作为妈妈的自觉，不再舞刀动枪，只在学生们练习的时候口头指导，远程教学。

武馆的老师估计都被单池远耳提面命了一番，看见姜槐走近就后退了几步：“您老走远点，我们别伤着您。”

姜槐无可奈何，怕大家为难，只好远远地看着。

南希极少看见这样的姜槐，觉得她鼓着腮帮子的模样真可爱，忍不住逗逗她：“你觉得无聊，要不教教我？”

她只是开了一个玩笑，姜槐却当真了：“我觉得你学些武艺防身也好，去扎马步吧！”

姜槐说着，将南希拎到初级班，扔在一群七八岁的小萝卜头中。

南希正准备开溜，却听见小舅舅的声音：“你每天无所事事，学学武术防身是不错。你的年纪是大了点，筋骨太硬，但是多下下功夫吧！”

瞧瞧这人，才和姜槐在一起几天，还说起了行内话。

南希扎了一会儿马步，腰酸背痛，正准备走，却见身边的孩子们没一个起身的，她只得咬牙坚持，总不能在孩子面前失了面子。

她想着，就今天一天，结果临走之前，大大小小的一群孩子眼巴巴地看着她：“漂亮姐姐，你明天还来吗？”

“当然……”她的话到了嘴边，在他们期待的眼神中，硬生生地转了弯，“来了！”

于是，南希小姐就这么在武馆上了一周的课，还是在初级班，和一群平均年龄不到七岁的孩子待在一起。每天她都苦不堪言，为了成年人的尊严，还不能喊累。

于是，蒋瑶拿着剧本来找南希的时候，南希连看都没看就说：“接！合同在哪里？我马上签！什么时候进组？明天可以吗？”她被姜槐折磨得脱了一层皮，偏偏小舅舅是一个昏君，被姜妃蛊惑，每日两人变着法子折腾她。

蒋瑶正想夸南希懂事，却听见南希尖叫了一声：“警匪片？武打？我的腰刚好呀，又要吊威亚？男主角是谁……”

南希翻着剧本，心里五味杂陈，她怎么也没想到，复出第一部戏就是和陆沉舟合作。上一次合作两人是男二女二，现在网络上还有不少人站他们这对CP，这一次他们直接晋级成男女主了。

南希想拒绝，可又觉得不甘。她为什么要拒绝？她没做错什么，为什么要怕他？

她终于还是接了这部戏，半个月后进组了。

这半个月，南希每天起早贪黑往姜家武馆跑，不仅为了拍戏打好功底，不用替身，更为了将在美国吃上来的十斤肉减掉。在罪恶的镜头下，多一两肉都不上镜，何况是整整十斤。

南希想风风光光出现在陆沉舟面前，结果进组第一天，男主角却没出现。他还在泰国拍戏，时间有冲突，估计要晚些进组。

南希不知怎么的，忽然想起了几年前的事。

那时候，他才从幕后走到台前，初出茅庐，而现在他已经成为国内的一线演员，接戏接到手软。

她不知怎么形容自己内心的感受，不知道该高兴，还是该不高兴。

进剧组第一天，她状态全无，两场戏拍了一整天。导演是之前合作过的良右安，和她也算老朋友，知道她刚从国外回来，也不急，只是循循善诱道："你别压力太大，像以前那样就很好，我知道你可以。"

但南希觉得，自己似乎不可以。

[5]

南希进组第八天的深夜，终于看见了男主角。

陆沉舟估计也是刚下飞机，风尘仆仆，连行李都没有放，就到剧组来了。

南希远远地看着他，他似乎感觉到她的目光，也朝她望了过来，似乎是想对她笑，明明是不苟言笑的人，嘴角却形成了可笑的弧度。

南希吊着威压站在高处，一分神，整个人往下滑，还好威压师及时拉住了她。

饶是如此，她还是受了伤，手肘蹭破了一大片皮，看得小助理胆战心惊，都要哭了。

南希想要安慰她，但手一阵阵发疼，一张口，眼泪就流了下来。

哭到一半，忽然有只手朝她伸过来，手上拿着膏药："这是特制的膏药，你擦一擦，不然会留疤。"

南希忽然觉得气恼，都是他，没事对她笑什么。于是她狠狠地打掉了他手中的膏药："不用你假好心，膏药姜槐也有，她是我小舅妈，什么好东西不舍得留给我？我不用你的东西！"

陆沉舟或许没想到她会突然提到姜槐，愣了一下。

也就是他这一愣，让南希更生气，她不解气地踢了一下被自己打在地上的膏药，火上浇油："姜槐要结婚了！"

她想着：我得不到你，你也得不到姜槐！

她想要在他面前挽回面子，却听他道："我知道。"

"你知道？"

"嗯，我收到她的请帖了，还是单……单律师亲自送来的。"

他的样子不像生气，倒像是释怀之后的无奈。南希盯着他的脸，不想放过一丝表情，企图从他脸上找到不甘的痕迹，毕竟这两年，他没有传出半点绯闻。难道是真的放下了？

她在他脸上瞧不出端倪，内心却更生气。

凭什么他放下了？凭什么他就可以这样放下了，而她还没有？

南希扭头就走，却听见陆沉舟说："你这脾气怎么越来越坏了？该改改，这样容易吃亏。"

"你凭什么用这样一副长辈的口吻教训我？"

"我不是长辈？"陆沉舟看着她气呼呼的模样，不知怎么想的，和她较上了劲，"你小舅妈是我的师妹，我怎么不是你的长辈？"

"我知道了，那我以后叫你师伯成吗？"

"你叫，你叫我就答应。"

陆沉舟看着她跺脚离去的背影，觉得这小姑娘真是暴躁又可爱。只是他没想到，自第二日起，一进组她便叫他师伯。

两人是男女主角，是有感情纠葛的CP，他本就不擅长拍感情戏，好不容易酝酿起来的情绪被她一句"师伯"叫破了功，笑场了。

偏生南希还一脸无辜的样子："师伯，您怎么了，是我演得不好吗？"

陆沉舟看着她天真无邪的样子，摇摇头："不，你很好。"他这不是恭维，而是真心实意的夸赞。她年纪轻轻拿影后不无道理，她在演戏方面有着无人能敌的天赋和灵气，任何角色信手拈来，她的眼睛里都带着戏，深情又悲伤。

陆沉舟别过脸，没有再与她对视。

[6]

南希觉得自己找到了新的乐趣。

她每日一见到陆沉舟，便甜甜地喊上一句"师伯"，看着他牙疼的模样，就是自己一整天的快乐源泉。

可是一到了镜头前，她又变得忧郁。

这部叫《听说》的电影，她演的是爱而不得的少女，爱上不羁的卧底刑警，随后发现他还是自己的杀父仇人，每日陷在痛苦与纠结里。虽然最后少女对刑警的感情得到了回应，但是以死在他怀里收尾的。

南希第一次想给编剧寄刀片，但又觉得，悲剧才是这段感情的最好表达方式，一如她和陆沉舟。

姜槐来探班那天，是南希的生日。

南希的生日是她妈妈的忌日，所以她从来不过，姜槐和单池远都知晓，也从来不为她庆生。但或许是担心她一个人，姜槐还是来探班了。

南希当时正在拍与陆沉舟的对手戏——她发现他就是害死自己父亲的人，在爱与恨之中纠结，她拼命地砸着东西，当她按照剧本朝陆沉舟扔出道具花瓶时，明明知道是假的，却怎么也扔不出去。

她就这样噙着眼泪，听见导演喊了“cut”。

随即，她看到了姜槐。

她的第一反应是转过头去看陆沉舟，他正在擦脸上的血浆，脸上没有特别的表情，只是朝姜槐点了点头。

倒是南希，出了一手的冷汗。

姜槐不知道南希和陆沉舟在拍戏，也没有问起，只是给她送来了小蛋糕，问她拍戏顺不顺利。

南希心不在焉，听着姜槐说话，不知怎么的忽然不耐烦了：“你别问了，也就那样，你还是赶紧回去吧！我要去忙了！”

姜槐一愣，也不知自己怎么惹她生气了。

倒是南希说完就后悔了，正想挽回，姜槐却已经起身了。

南希看着她离开的背影，却听到一声冷笑：“没想到你还是这么不懂事，我以为你变了，其实压根没有。”

南希心里正烦闷着，看到陆沉舟，她觉得自己像机关枪，直接朝他扫射：“你有什么资格说我，我哪里不懂事了？”

“那是你小舅母，她来探班，你那是什么口气？”

“那又关你什么事？那是我小舅妈，又不是你小舅妈，我怎么对她关你什么事？你就是心疼了，因为你爱她，所以我对她态度不好，你生气了对不对？”

陆沉舟盯着她，脸也沉了下来：“我爱谁不爱谁，关你什么事？我爱不爱她，关你什么事？”

“怎么不关我的事？”她在他的注视中，声音慢慢变小，“怎么……”

“你的乐趣就是挖开别人愈合的伤疤对吗？”陆沉舟说完这一句，转身便走。

那天的戏，一直拍到深夜，南希状态不好，NG了数十次，导演头疼不已，最后让她回去休息。

南希回了碧海蓝天，却没有在2203看到姜槐。

南希想到自己今日的所作所为，十分担心，忙冲进2201找单池远：“小舅舅，姜槐不……”

后面的话她没有说出来，因为她看见自己的小舅舅正将姜槐压在沙发上，嘴对嘴粘在了一起，手似乎还……

在单池远的破骂声中，她悻悻地出了2201。

这一夜，姜槐没有回来，南希也失眠了。

[7]

第二天，南希一大早去了剧组，却没有看见陆沉舟。

她让助理去打听，才知道他和导演请了假。

南希拍了几场戏，比昨天顺利了不少，但她的心思不在这儿，导演刚喊了“OK”，她便匆匆地离开剧组，开车走人了。

媒体曝光过陆沉舟住的小区，她只看过一次，就记住了地址。

南希也不知道自己怎么想的，鲁莽地就冲了过去，到了小区楼下，才想起自己不知道他具体住哪里，只好给他打电话。

都过了两年，陆沉舟的电话号码也没换，电话刚接通，她就打断他：“你住几栋几楼？”

陆沉舟的声音有些沙哑，像是刚睡醒，他没有怎么思考就报出了楼层。

南希直截了当冲上去，按了门铃，门才一打开，她已经骂了起来：“你这人怎么这么没有职业道德，不就吵个架吗，你就罢工不演了，你对得起整个剧组吗？”

陆沉舟穿着家居服，看起来有些疲惫，听她骂得起劲，还是忍不住打断她：“大小姐，我只是感冒请了一天假，明天就回剧组。”

南希这才发现，他脸色苍白，嘴唇却红得异常，头发也胡乱地翘着，比平时多了一分慵懒，少了一分冷漠。

她站在门口干笑了两声，又听见陆沉舟说：“你这样鲁莽地跑来，也没有说一声，有没有被记者拍到？”

南希冷哼了一声，没说话。

“你进来吧。”

南希跟在陆沉舟身后进了家门，才发现他家里干净又冰冷，一点都不像住家的样子，反倒像酒店。

“你吃药了吗？”

他“嗯”了一声，没说话，坐在了沙发上：“你自便，水在冰箱里，自己拿。”

南希进了厨房，发现连热水壶都没有，这人却说自己吃了药，她疑心他说谎，果然，找了一圈也没有看见药。

生病的人估计很累，坐在沙发上一下子就睡着了。陆沉舟迷迷糊糊的，被南希推醒了：“你快起来吃药。”

她端着的杯子他没见过，被子里的水还是热的。

见他一脸疑惑，南希扬扬得意：“我让跑腿送来的，我没让他进门，让他放在门口，没人发现我在你这里。你快吃药，多喝热水，身体才好得快。”

陆沉舟原想说：你的车大大咧咧地停在楼下，没人发现才怪。

但看着她带着笑的眼睛，他怎么也说不出口，老老实实地喝了她递来的水，吃了药。

吃完药，他更困了，意识模糊，任由南希捣鼓着。她似乎没有走的意思，不知道在厨房叮叮当当搞什么，还飘来了什么东西被烧焦的臭味。

他强撑着精神起身，发现她将他的锅都扔在了垃圾桶里，那锅已经面目全非。她一脸抱歉地说道：“我本来想给你煮个粥，结果忘记放水了，对不起！”

陆沉舟看着她，忽然道：“对不起。”

南希愣愣地看着他，他不好意思地别过脸：“你别弄了，放着吧，我不饿。”

她仍然站在他身后，没有动弹。

那奇怪的煳味让陆沉舟心里有些酸：不过是一个小姑娘，自己和她较劲什么呢？

[8]

单池远和姜槐的婚礼很快就举行了。

因为新郎新娘几乎没有什么亲戚，所以只是简单地在海岛举行婚礼，嘉宾更是少得可怜，只有二十几名。单律师阔气地包了所有人的来回机票和酒店住宿，还送上了伴手礼。

这场婚礼，姜槐压根没有插手，她的孕期反应与她这个人一样迟钝，三个月后才姗姗来迟。婚礼举办前夕，她每天都在吐，整个人瘦了一大圈，吐得单池远几乎不想办婚礼了，但请帖已经发出，只能简单举行。

南希作为男方唯一的亲人，当然要掌控全局，即便是简单的婚礼，她也忙得手忙脚乱。

她以为曲般若不会来，却没想到对方不仅来了，还随了一笔数额超级大的礼金。她数着支票上的零，吓得忙去请示小舅舅，没想到小舅舅邪魅一笑："收，当你小妹妹的礼物。"

"为什么是小妹妹？说不定是小弟弟。"南希撇了撇嘴，却不敢让小舅舅听见。

她以为陆沉舟不会来，没想到他来了，打扮得人模狗样，几乎要盖过新郎的风头。

南希看着他，担心他抢亲，所以时刻在关注他的动态。

"我愿意予你我的全部，包括生命。"南希听见新郎新娘在宣誓，她下意识看向陆沉舟，他在笑着鼓掌，眼睛也是笑着的，只有祝福，没有不甘。

南希松了一口气，跟着鼓掌，刻意忽略心里那一点点欣喜。

陆沉舟被她炽热的目光盯着，显得无所适从，只好道："你别盯着我。"

"你不看我，怎么知道我在盯着你？"

和南希打嘴仗，陆沉舟从来就没有赢过，只好转移话题："你那天去我家被记者拍到了。"

"你做了危机公关吗？"南希紧张道。

"没有，那是事实，为什么要做公关？"

南希听着他慢悠悠的声音就来气："喂，你可是在事业上升期，现在有了绯闻可不好……"

话未说完，她便听到陆沉舟喊了她一声："南希，看前面！"

南希回过神，新娘的捧花就落在了自己怀里。

她转头看向陆沉舟，他也在看她，眼里带着笑意。

她想：我们来日方长。

“陆沉舟。”

“嗯。”

“危机公关我不做，你自己看着办！掉女友粉的人不是我，我怕什么？”

“谁怕谁。”

南希看着他，在心里默默念了一遍姜槐的宣誓词——

一生是你，你是一生。

我愿意予你我的全部，包括生命。

她像火焰，他像海水，但她愿意为了他融化。